MARK TWAIN

EL PRÍNCIPE Y EL MENDIGO

Título: El príncipe y el mendigo
Título original: *The Prince and the Pauper*
Autor: Mark Twain

© Edimat Libros, SA
C/ Primavera, 10, nave 35
28500 Arganda del Rey
Madrid-España
www.edimat.es

Traducción: Realizada o adquirida por equipo editorial
Introducción: María Alfaro
Diseño e ilustraciones de cubierta: Karakachoff Estudio
Ilustración de cubierta: Koff para Karakachoff Estudio

ISBN: 978-84-9794-608-7
Depósito Legal: M-7776-2025

Impreso en España - *Printed in Spain*

INTRODUCCIÓN

Samuel Langhorne Clemens, más conocido por el seudónimo de Mark Twain, nació en Florida (Misuri) el 30 de noviembre de 1835. El célebre humorista norteamericano eligió este nombre, que había de hacerle popular, cuando navegaba a lo largo del Misisipi como piloto de uno de los muchos vapores que surcaban constantemente el río. Él mismo lo relata en una de sus sátiras: ¡Mark twain! (¡Marca dos!) era el grito del marinero encargado de echar la sonda cuando esta señalaba menos de dos brazos de fondo.

El original y, a ratos, dislocado humorista, observaba la vida con una mirada satírica, que le llevó a transformar en objeto de risa el espectáculo a veces incongruente y grotesco, que ofrecen el hombre y su contorno. Pudo ser, por su talento, el Aristóteles de América, y eligió el papel de bufón, de prestidigitador, de payaso literario. Cierto es que el público fue, en gran parte, culpable de ello; sus primeras excentricidades se celebraron en forma tal, que el escritor se encontró prisionero dentro de su papel —no demasiado lucido— de hombre que no tiene ya otra misión que la de divertir a las gentes. Pródigo en bromas irrespetuosas y en desdeñosos sarcasmos, Mark Twain fue, a su manera, un demoledor y un iconoclasta, que tan pronto se burlaba de Washington como de las Pirámides de Egipto o de los primitivos italianos. Veía las cosas del mundo iluminadas por una luz extraña, pero no por eso menos genial. Sin duda, su manera de enfocar la vida le imprimió un sello muy personal, porque no imitaba a nadie ni pretendía ajustarse nunca al espíritu de los demás.

Los procedimientos que más tarde siguieron los humoristas ingleses y americanos, tales como la hipérbole o exageración —hasta lindar en lo absurdo— de los hechos, han sido diestramente manejados por Mark Twain. A esto hay que añadir una ingenuidad, más que natural y espontánea, voluntariamente fingida. Y como para él no existía el pasado, ninguno de los grandes personajes que registra la Historia era digno de respeto.

No obstante, en el fondo de este gran humorista se encuentra una preocupación, un ansia de algo elevado y trascendente. Hay en él una mezcla de idealismo y de burla, de fantasía y de prosaísmo, de razón y de extravagancia, de cómico y de doloroso, y, en general, de contrastes inesperados, tanto en el pensamiento como en la forma de exponerlo. Acaso Mark Twain no se fije, como creen muchos de sus lectores, en la extravagancia personal, porque para él no existe el necio aislado, sino todo un mundo de necedad conjunta e infinita. Su humorismo es de una gran seriedad por lo que entraña de una idea aniquiladora y de escepticismo sin remedio. Para alcanzar la meta anhelada, el escritor precisó respirar o, por lo menos, adivinar la próxima aparición de un ambiente social en que las innovaciones pudieran servir de acicate a las dormidas energías del espíritu, tanto individual como colectivo.

Por otra parte, el gran humorista americano creyó que todas las fantasías le eran permitidas. Y una de estas fantasías, a la cual se entrega con verdadera fruición, es la libertad del lenguaje. Una jerga incomprensible salpica sus diálogos, *slang* que no descifran, a veces, ni sus mismos compatriotas. Expresiones pintorescas de los negros y de los chicos del Misuri, que no es dialecto propiamente dicho, sino una vulgar corrupción del idioma, sin reglas y sin ortografía. De esto abusa más frecuentemente en las obras escritas para niños, como *Las aventuras de Tom Sawyer y de su amigo Huckleberry Finn*. El lenguaje, de un fuerte sabor en medio de su barbarie, resulta intraducible a otros idiomas, pues perdería parte de su innegable gracia y frescura. Debo advertir al lector que no existen en castellano expresiones correctas que puedan sustituir a este *slang* desorbitado.

Dicho sea en honor nuestro, los niños españoles, aun los del pueblo y clases más populares, se expresan en una forma casi académica, y hasta me atrevería a asegurar que en ciertas regiones hablan un castellano que no desdeñaría Cervantes. El «yo y fulano», repetido constantemente a lo largo de *Las aventuras de Tom Sawyer* en su versión original, es una prueba más de la despreocupada incorrección de sus personajes. He procurado poner un poco de orden en este caótico pintoresquismo, con objeto de hacer la obra más clara y comprensible, no sólo para los niños, sino también para las personas mayores que gusten de estos libros, que a veces encierran en sus páginas un mágico poder para dar marcha atrás, hacia un pasado de alegre inconsciencia y de optimismo.

Mark Twain dejó a su muerte una gran colección de novelas y de narraciones. *Las aventuras de Tom Sawyer* y su continuación, *Tom Sawyer detective* y *Tom Sawyer en el extranjero,* tuvieron, en unión de *Las aventuras de Huckleberry Finn* —su obra más acabada, en opinión de los críticos americanos e ingleses—, un éxito inmenso. Entre muchos, se destaca el cuento *The Stolen White Elephant,* que es una divertida y graciosa sátira contra la policía americana.

No todos los críticos se mostraron benévolos con el gran humorista. George Eliot flageló sin piedad a los que ella llama bufones de la literatura: «El arte de destruirlo todo está al alcance de cualquiera. Un ser tosco y estúpido puede coger un martillo y machacar con él todas las estatuas del Vaticano, después de lo cual reventará de risa como consecuencia del placer que le ha proporcionado su obra...». Y en opinión de Remy de Gourmont, un género literario que no contiene más que bufonadas se halla en trance de desaparecer. La excentricidad es, sin duda, consustancial al hombre, que habla de su mundo como de un mundo extraño, a pesar de que no conoce otro. En general, nos referimos a lo excéntrico sin saber a punto fijo dónde está nuestro centro. Mark Twain vio las cosas y las gentes con fantásticas perspectivas, que sirvieron de base a su humorismo. Por fortuna para el escritor, sus obras no sólo perduran, sino que son de día en día más leídas y saboreadas, y su éxito estriba en ese perpetuo afán de olvido que sienten los hombres, mujeres y niños de todos los continentes.

En 1907, el rey de Inglaterra recibió al famoso novelista en el castillo de Windsor. La Universidad de Oxford le otorgó el título de doctor *honoris causa,* si bien antes había obtenido el doctorado en Letras en la Universidad de Hale y el de Leyes en la de Misuri.

El 21 de abril de 1910 moría en su finca de Redding (Connecticut) el humorista más extraordinario con que cuenta la literatura mundial. Que no sólo la risa entretiene al niño y al hombre, sino también el interés y la intriga. Y Mark Twain, en sus obras, reunía todas estas cualidades.

EL PRÍNCIPE
Y EL MENDIGO

MODO DE PRÓLOGO

Os contaré un cuento, tal como me lo contó cierta persona, quien a su vez lo oyó de su padre y este del suyo, y así, de ascendiente en ascendiente, este se remonta a más de trescientos años transmitiéndose, sucesivamente, de padres a hijos. Sucedió o no, pero pudo haber ocurrido.

Puede ser una historia creída por sabios y eruditos, o bien como una sencilla leyenda que gusta y merezca el crédito de los que la lean.

CAPÍTULO PRIMERO

Era a mediados del siglo XVI cuando, al atardecer de un día otoñal, nació en Londres un niño en el seno de una familia muy pobre apellidada Canty, y que a la sazón no tenían el menor deseo de tener hijos. Y, casualmente, el mismo día, en casa de los Tudor, nació otro niño, que fue recibido con manifiesto regocijo. Toda Inglaterra deseaba este niño desde hacía mucho tiempo y había rogado a Dios para que se realizase este fausto acontecimiento. No es de extrañar que el pueblo se volviese medio loco de júbilo y se lanzase a la calle, riendo y llorando a un mismo tiempo, de gozo y alegría. Todo el mundo se permitió un día de descanso: altos y bajos, ricos y pobres, tuvieron sus festines, bailaron, cantaron y hasta se achisparon un poco; esta fiesta duró varios días. El espectáculo que ofrecía Londres durante el día era digno de verse, con sus alegres banderolas que ondeaban en los balcones y azoteas y sus espléndidas retretas por las calles. De noche tenía otro aspecto no menos digno de admiración, con sus grandes fogatas en las esquinas y los grupos de gente jaranera que alborotaba a su alrededor. En toda Inglaterra no se hablaba nada más que del recién nacido Eduardo Tudor, príncipe de Gales, que yacía envuelto en sedas y rasos, ajeno a aquel bullicio, ignorante de que le asistían y le cuidaban grandes lores y excelsas damas... y, además, sin disfrutar de nada. Pero nadie hablaba del pobre niño Tom Canty, envuelto en andrajos, como no fuera la familia de mendigos en que había nacido y a los que tanto agobiaba su presencia.

CAPÍTULO II

Pasemos por encima algunos años.

Londres contaba ya mil quinientos de existencia y era una gran ciudad... Tenía unas cien mil almas, aunque algunos afirmaban que llegaba a las doscientas mil. Las calles eran retorcidas, sucias y estrechas, sobre todo en el barrio en que vivía Tom Canty, no lejos del puente de Londres. Las casas eran de madera, con el segundo piso más saliente que el primero, y el tercero asomado de codos por encima del segundo; eran altas y anchas. Parecían esqueletos, formados de gruesas vigas entrecruzadas, con sólidos materiales intermedios, revestidos de yeso. Las vigas estaban pintadas de rojo, de azul o de negro, demostrando así el gusto del dueño, y esto daba a las casas un aspecto verdaderamente pintoresco. Las ventanillas, con cristales pequeños en forma de rombo, se abrían hacia fuera con goznes como las puertas.

La casa en que vivía el padre de Tom estaba situada en un infecto callejón sin salida, llamado Offal Court, contiguo a Pudding Lane. Era pequeña, destartalada y miserable; en ella vivían hacinadas varias familias, sumidas en horrorosa pobreza. La familia de Canty ocupaba una habitación en el piso tercero. El padre y la madre tenían una especie de lecho en un rincón, pero Tom, su abuela y sus dos hermanas, Bet y Nan, dormían holgadamente, pues disponían de todo el suelo y podían acostarse donde se les antojara. Quedaban restos de unas mantas y algunos haces de paja vieja y sucia; pero, hablando con propiedad, no podía llamárseles camas; a puntapiés se hacía de ellos un montón grande por la mañana y el montón se repartía en porciones para el uso nocturno.

Las hermanas gemelas, Bet y Nan, eran unas muchachas de unos quince años, vivían en la más completa ignorancia, vestían ropas hechas jirones y ausentes de toda higiene. Las dos se parecían a su madre, pues tenían muy buen corazón. En cambio, su padre y su abuela eran un par de demonios, que siempre estaban borrachos, peleándose y pegándose entre sí, maldiciendo y blasfemando de continuo, pues era su modo de hablar. Juan Canty se dedicaba a robar y su madre a pedir limosna. Los hijos también se dedicaron a mendigar, pero se negaron a robar, como quería su padre. Entre la baja ralea que poblaba el edificio, pero sin formar parte de ella, figuraba un buen sacerdote anciano, a quien el rey había dejado sin casa ni hogar, con sólo una pensión de unas miserables monedas de cobre, el cual solía preocuparse por los niños y encaminarlos secretamente en la fe divina. El padre Andrés enseñó también a Tom algo de latín, así como a leer y a escribir, y lo mismo hubiese hecho con las niñas, si no fuera que estas temían las burlas de sus amigas, que no habrían comprendido en ellas una instrucción tan esmerada.

El barrio entero de Offal Court era una colmena parecida a la casa de Canty. Las borracheras, los tumultos y las baladronadas estaban a la orden del día y de la noche. Las reyertas eran en aquel lugar cosa tan común como el hambre. Sin embargo, el niño Tom se resignaba. Vivía bastante mal, pero sin percatarse de ello. Le ocurría lo mismo que a todos los muchachos de Offal Court y, como es natural, suponía que aquella vida era la verdadera y la confortable. Al regresar a casa de noche, con las manos vacías, sabía que su padre le daría una paliza por primera providencia, y que cuando hubiera terminado, la bruja de su abuela repetiría la escena ensañándose en él. Le constaba también que, en el silencio de la noche, su hambrienta madre se deslizaría, a hurtadillas, hasta él con un mendrugo miserable que le había guardado, quitándoselo ella misma de la boca, y eso que a menudo se vio sorprendida en aquella especie de traición y reciamente vapuleada por su marido.

De todos modos, la vida de Tom se deslizaba inconsciente, sobre todo en el verano. Mendigaba sólo lo necesario para salvarse, porque las leyes contra la mendicidad eran harto rígidas y graves las penas. Así podía dedicar buena parte de sus ocios a escuchar los deliciosos cuentos y leyendas del padre Andrés, en los que le refería proezas de gigantes y duendes, enanos y genios, castillos encantados y pomposos reyes y príncipes. Estaba absorbido por tan maravillosos sucesos, y más de una noche, acurrucado en la oscuridad sobre la mezquina y hedionda paja, cansado, hambriento y molido de una paliza, soltaba las riendas de su imaginación y pronto olvidaba sus sufrimientos, imaginándose deleitosos cuadros de la espléndida vida de un príncipe mimado. Con el tiempo, un deseo se apoderó de él día y noche, y era el de ver a un príncipe auténtico con sus propios ojos. Cierto día se lo manifestó a sus camaradas de Offal Court, pero los chiquillos se burlaron de él, y tan despiadada mofa hicieron que, desde entonces, Tom resolvió ocultar sus sueños para sí mismo.

Con paciencia leía los viejos libros del sacerdote y le rogaba que este se los explicara. No tardaron sus sueños y lecturas en ejercer ciertos cambios en él. Los personajes de sus ensueños eran ricos y bellos, y el niño empezó a avergonzarse de su pobreza y suciedad, y a sentir el deseo de asearse y vestir mejor. Y aunque seguía jugando en el lodo y divirtiéndose con él, en vez de bracear en el Támesis sólo por jugar, empezó el baño a adquirir a sus ojos un valor, por el lavado y la limpieza, insospechado.

A veces, Tom presenciaba algún suceso en torno del Mayo de Cheapside y en las ferias, y de cuando en cuando, el niño y los demás habitantes de Londres tenían oportunidad de ver una parada militar, cuando a algún desdichado famoso le conducían preso a la Torre por tierra o en bote.

Un día de verano vio quemar en la pira de Smithfield a la pobre Ana Askew y a tres hombres, y oyó el sermón que el obispo les dedicaba, cosa que no le interesó. Sí, la vida de Tom era varia y no del todo desagradable.

Las lecturas y los sueños de Tom, sobre la vida principesca, ejercieron en él tal efecto, que el niño empezó a dárselas de príncipe inconscientemente. Adoptó modales y manera de hablar ceremoniosos y cortesanos, con gran admiración y regocijo de sus familiares. La influencia de Tom entre aquellos muchachos empezó a crecer de día en día, hasta que llegaron a mirarle con una especie de temor, como a un ser superior. ¡Parecía saber tantas cosas! ¡Y sabía hacer y decir tales prodigios! ¡Eran tan profundos y sabios sus conocimientos!

Todas las cosas que se le ocurrían a Tom eran repetidas por los niños a sus madres, las cuales empezaron a hablar de Tom Canty y a considerarle como una criatura excepcional y de singulares dotes. Las personas mayores consultaban sus desazones a la experiencia de Tom y, a menudo, se quedaban pasmadas ante el ingenio y lo acertado de sus decisiones. El niño fue considerado como un verdadero héroe por todos cuantos le conocían, salvo para su propia familia, porque esta, en realidad, no reconocía en él ningún valor.

Un día, se le ocurrió organizar en secreto una corte real. Él era el príncipe, y sus más queridos camaradas eran guardas, chambelanes, escuderos, gentileshombres, damas y familia real. Al fingido príncipe se le recibía con ceremonias, sacadas por Tom de sus novelescas lecturas. Todos los días, los graves asuntos del imaginario reino se discutían en real consejo y a diario. Su Alteza dictaba decretos dirigidos a sus imaginarios ejércitos, navíos y virreyes; terminada la comedia, se largaba con sus andrajos, recogía, mendigando, unas cuantas monedas, comía un mendrugo de pan, soportaba los insultos y palizas de costumbre y, finalmente, se tendía en un puñado de hedionda paja y reanudaba en sueños sus fantásticas grandezas.

De este modo, fue creciendo en él el afán de ver a un príncipe real de carne y hueso, y el afán duró semanas y semanas, hasta absorber todos sus demás deseos y convertirse en la razón única de su vida.

Un día del mes de enero, en que vagaba entristecido por el paraje que rodea Mincing Lane y Little East Cheap, pidiendo limosna, como era su costumbre, descalzo, tiritando de frío y sin saber dónde guarecerse, mirando a través de las ventanas de las fondas, embobado ante los platos rebosantes de chuletas, empanadas de cerdo y otros manjares a cual más apetitoso, creía el niño que todo aquello estaba destinado a los ángeles del cielo, a juzgar por el olor, pues el pobrecillo no había probado en su vida tales exquisiteces. Era un día triste y desapacible, persistía la lluvia fina y helada, el ambiente era deprimente y lóbrego. Al llegar la noche, se presentó Tom en su casa rendido, empapado y hambriento, pero ni por estas logró conmover a su padre y a su abuela, quienes le recibieron con los mimos de costumbre..., es decir, propinándole una soberana paliza y echándole a puntapiés al montón de paja. El pobrecillo no podía conciliar el sueño entre el dolor, el hambre, las blasfemias y los ruidos de los escándalos en el edificio; mas, al fin, sus pensamientos se desviaron hacia lejanos países de novela, y el niño cayó en profundo sueño en compañía de príncipes que vivían en ricos palacios,

rodeados de criados que les hacían zalemas o volaban para ejecutar sus órdenes; después, como de costumbre, soñó que él también era príncipe. Toda la noche estuvo disfrutando de su regio estado. Vivió entre grandes señores y damas, en una atmósfera de luz, respirando perfumes, oyendo deliciosa música y respondiendo, con sonrisas e inclinaciones de su principesca cabeza, a las reverentes cortesías de la espléndida muchedumbre que se separaba en dos bandos para abrirle paso. Y cuando despertó por la mañana y se encontró con la miseria que le rodeaba, su desconsuelo no tuvo igual, llorando amargamente. Al pobre niño se le rompía el corazón de dolor y de pena.

CAPÍTULO III

Aquella mañana se levantó Tom hambriento, y sin probar bocado salió de su madriguera, con el pensamiento fijo en las ilusiones de grandeza de sus sueños fantásticos. Fue de un lado a otro correteando las calles de la ciudad, despreocupado del camino que llevaba y sin reparar en lo que ocurría a su alrededor. La gente le atropellaba y hasta le insultaba, y el infeliz seguía embobado como un autómata.

De pronto, se encontró en Temple Bar, o sea, en un punto apartadísimo de su casa. Se detuvo a reflexionar un momento; enseguida volvió a sus imaginaciones y llegó fuera de las murallas de Londres. El Strand había cesado a la sazón de ser camino real, convirtiéndose en una calle, aunque de construcción muy desigual, pues si bien la completaban una hilera de casas a un lado, en el otro sólo se veían algunos edificios grandes desperdigados, los cuales eran palacios de ricos nobles, con sus amplios y hermosos parques que se extendían a las márgenes del río; parques que en la actualidad están atestados y cubiertos de antiestéticas fincas de ladrillo y piedra.

Al momento divisó Tom la aldea de Charing y se detuvo en la hermosa cruz construida por un desgraciado rey de la antigüedad. Luego bajó, muy despacio, por una carretera solitaria, hermosa y tranquila, situada más allá del soberbio palacio del gran cardenal, en dirección a otro palacio mucho más grande y majestuoso que se alzaba a lo lejos, el de Westminster. Tom miraba atónito la vasta mole de mampostería y sus extensas alas, los amenazadores bastiones y torrecillas, la magnífica entrada de piedra, de verjas doradas y ornamentada de colosales leones de granito y demás signos y emblemas de la realeza inglesa. ¿Iba a satisfacer al fin el anhelo de su alma inocente? En verdad, se hallaba ante el palacio de un rey. ¿No podría dar la casualidad de que viera a un príncipe, a un príncipe de carne y hueso, si así se lo concedía el cielo, aunque sólo fuese una vez?

A ambos lados de la dorada verja se erguía una estatua viviente, es decir, un hombre de armas, tieso, majestuoso e inmóvil, cubierto de pies a cabeza con bruñida armadura de acero. A una distancia prudente se hallaban algunos campesinos y gentes de la ciudad, esperando que el azar les deparara ocasión de ver a un personaje regio. Lujosos carruajes, con espléndidas personas dentro y no menos brillantes lacayos fuera, entraban y salían por otras varias puertas monumentales que daban paso al regio recinto. El pobrecillo Tom, vestido de harapos, se acercó allí, y con el corazón palpitante y la esperanza que le azuzaba, se escurrió lenta y tímidamente por entre los centinelas, cuando de pronto divisó, por las doradas verjas, un espectáculo que le hizo gritar y dar voces de alegría. Dentro estaba un apuesto muchacho, curtido y atezado por los ejercicios y juegos al aire libre; sus vestidos eran de seda y raso, bordados de pedrerías. Al cinto llevaba espada y daga, ornadas de gemas; calzaba lindas zapatillas de tacones rojos y se cubría con una gorra carmesí de airosas plumas sujetas por un cintillo grande y reluciente. Le rodeaban varios caballeros de trajes vistosos: sin duda alguna, sus criados. ¡Oh! Era un príncipe..., ¡un príncipe auténtico, un príncipe viviente, sin género alguno de duda! ¡Al fin le había concedido el cielo esa dicha, por la plegaria salida del corazón de un niño mendigo!

Era tan grande el entusiasmo de Tom, que se le entrecortaba el aliento y se le agrandaban los ojos de pasmo y deleite.

Todas las necesidades de su alma cedieron inmediatamente a un solo deseo: el de aproximarse al príncipe y mirarle con embeleso. Sin fijarse en lo que hacía, se encontró con la cara pegada a los barrotes de la verja. Enseguida, uno de los soldados le arrancó violentamente de allí y le tiró dando vueltas contra la muchedumbre de campesinos papanatas y de ociosos ciudadanos de Londres. El soldado le dijo:

—Cuidado con lo que haces, rapaz pordiosero.

La chusma se echó a reír a carcajadas, pero el joven príncipe se abalanzó hacia la verja, con el rostro encendido, y echando chispas por los ojos exclamó:

—¿Por qué tratas de ese modo a un pobre mozo, aunque sea el último vasallo de mi padre? Abre la verja y déjale entrar.

Habríais visto entonces descubrirse a la mudable muchedumbre y le habríais oído aplaudir y gritar: «¡Viva el príncipe de Gales!».

Presentaron los soldados las alabardas, abrieron las verjas y volvieron a presentar armas cuando el pequeño príncipe de la pobreza, vestido de andrajos, entró y estrechó la mano del príncipe de la abundancia ilimitada. Eduardo Tudor dijo:

—Pareces cansado y hambriento. Te han maltratado. Ven conmigo.

Media docena de espectadores se abalanzaron a... no sé qué, sin duda a interponerse. Mas los apartó a un lado, con ademán verdaderamente regio, y los clavó en el sitio en que se hallaban como otras tantas estatuas. Eduardo condujo a Tom a una rica estancia de palacio, que llamó su gabinete. Mandó traer una suculenta comida para Tom, que no la había catado jamás, salvo en los libros. El príncipe, con delicadeza y educación principescas, despidió a los criados para que su humilde huésped no se sintiera avergonzado por la presencia de criticones; luego se sentó a su lado y le preguntó mientras comía:

—¿Cómo te llamas, muchacho?

—Tom Canty, para servirte, señor.

—¡Qué raro nombre! ¿Dónde vives?

—En la ciudad, señor, para servirte. En Offal Court, junto a Padding Lane.

—¿En Offal Court? Raro es también ese nombre. ¿Tienes padres?

—Sí, señor, y una abuela, además, cuya vida no me es en extremo cara, y Dios me perdone si con decirlo la ofendo. Tengo también dos hermanas gemelas, Nan y Bet.

—¿Quieres decir que tu abuela no es muy buena para contigo?

—Ni para con nadie, si no se enfada Tu Alteza. Tiene un corazón perverso y es mala como el demonio.

—¿Te maltrata?

—A veces se le olvida, bien porque tiene sueño o por la bebida; pero cuando tiene claro el juicio, me obsequia con soberanas palizas.

Asomó a los ojos del príncipe una centella de enojo, al tiempo que exclamaba:

—¿Palizas? ¿Qué dices?

—Sí, palizas, señor.

—Pero, ¿palizas? ¿Y tú, tan débil y tan pequeño? Te aseguro que antes de cerrar la noche esa mujer estará en la Torre. El rey, mi padre...

—Señor, olvidas su baja condición. La Torre es sólo para los grandes.

—Cierto. No había caído en ello. Ya le daré otro castigo. ¿Es bondadoso tu padre para contigo?

—Como la abuela Canty, señor.

—Tal vez los padres sean así. El mío no tiene genio de muñeca. Sabe castigar con mano dura, pero a mí no me castiga. Aunque, a decir verdad, no siempre me perdona su lengua. ¿Cómo te trata tu madre?

—Buena es, señor, y no me da ni disgustos ni penas de ninguna clase. Nan y Bet son iguales que ella.

—¿Qué edad tienen?

—Quince años, señor.

—La princesa Isabel, mi hermana, tiene catorce, y la princesa Juana Grey, mi prima, es de mi misma edad y muy linda y graciosa; pero mi hermana, la princesa María, con su cara torcida y... óyeme. ¿Prohíben tus hermanas a sus criados que sonrían para que no destruya el pecado sus almas?

—¿Mis hermanas? Pero, ¿crees, señor, que mis hermanas tienen criadas?

El príncipe contempló un momento con gravedad al mendigo y añadió:

—¿Por qué no lo he de creer? ¿Quién las viste cuando se levantan?

—Nadie, señor. ¿No ves que si se quitaran el vestido dormirían como los animales?

—¡Cómo! Pero, ¿no tienen nada más que uno?

—¿Y para qué más, señor? Sólo tienen un cuerpo cada una.

—¡Qué idea más rara y asombrosa! Perdóname, no he querido burlarme. Pero tu buena Nan y tu buena Bet tendrán dentro de poco excelentes ropas y lacayos. Mi mayordomo cuidará de ello. No me des las gracias, que no las merezco. Te expresas bien y eres gracioso en el hablar. ¿Eres instruido?

—No lo sé, señor. El buen sacerdote, a quien llaman el padre Andrés, me enseñó por pura bondad lo que dicen sus libros.

—¿Sabes latín?

—Sí, pero muy poco, señor.

—Apréndelo, muchacho. Sólo es difícil al principio. El griego lo es más; pero ni esa ni ninguna otra lengua son difíciles, creo yo, para la princesa Isabel y para mi prima. Me gustaría que oyeses a ambas doncellas. Pero háblame de Offal Court. ¿Eres feliz allí?

—Puedo decir que sí, salvo cuando se pasa hambre. Hay representaciones de títeres y monos —¡qué bichos tan raros y qué vestidos tan bonitos llevan!—, y también unas comedias en que los actores gritan y riñen hasta matarse todos. Es una cosa muy divertida y no cuesta más que un *farthing* [cuarto de penique], aunque no siempre lo tiene uno a mano.

—¡Oh! Cuéntame más cosas.

—Ocurre, con frecuencia, que los muchachos de Offal Court luchamos, armados de garrotes, como los aprendices, señor.

Al príncipe le brillaban los ojos de alegría:

—Te prometo que me gustaría ver eso. Cuéntame más cosas.

—Otras veces apostamos a ver quién corre más.

—Eso también me gustaría, correr mucho. Sigue, sigue.

—Cuando llega el verano, señor, nos lanzamos al río y lo vadeamos nadando, y nos chapuzamos unos a otros y nos sumergimos, gritamos y hacemos cabriolas..., y...

—El reino de mi padre diera por gozar de eso una vez. Prosigue.

—Danzamos y cantamos alrededor del Mayo en Cheapside, jugamos con la arena, cada uno cubre a su compañero y a veces hacemos tortas de barro. ¡Un barro muy bueno, que no tiene igual en el mundo para divertirse! Casi nos revolcamos en él, señor, con perdón de Tu Alteza.

—¡Basta ya! ¡Eso es magnífico! Si yo pudiera vestirme con un traje como el tuyo, descalzarme y chapotear en el barro una vez siquiera, sin que nadie me riñera ni me lo prohibiese, creo que sería capaz de renunciar a la corona.

—En cambio, si yo pudiera vestirme una vez, señor, como tú vas vestido; sólo una vez...

—¡Ah, sí! Pues te prometo que lo conseguirás. Quítate tus guiñapos y ponte estas galas, muchacho. Será una dicha breve, pero intensa. Nos divertiremos los dos, mientras podamos, y nos volveremos a cambiar antes de que nadie se entere o nos delate.

Minutos después, el príncipe de Gales se había vestido con los andrajos de Tom y el príncipe de la pobreza estaba ataviado con las vistosas plumas de la majestad. Se miraron a un espejo y hete aquí que, como por encanto, no pareció que hubieran hecho cambio alguno. Contempláronse ambos frente a frente, dirigieron luego la vista al espejo y se volvieron a mirar. Por fin, el príncipe exclamó:

—¿Qué te parece?

—¡Oh, mi bondadoso príncipe, no me pidas que te conteste! No sería prudente en un niño de mi condición decir lo que se piensa.

—Pues hablaré yo. Tienes el mismo pelo, los mismos ojos, la misma voz y continente, la misma estatura y la misma cara que yo. Si saliéramos por ahí desnudos, nadie sería capaz de identificarnos. Y ahora que estoy vestido con tu ropa, me parece que mis sentimientos se asemejarían más a los tuyos cuando ese bárbaro soldado... A ver, ¿no tienes una contusión en la mano?

—No tiene importancia, y Tu Alteza sabe muy bien que el pobre soldado...

—Calla. Ha sido un acto vergonzoso y cruel —exclamó el príncipe, dando una patada en el suelo, con el pie desnudo—. Si el rey... No te muevas hasta que yo vuelva. Te lo mando.

Y dicho esto echó a correr, después de guardar un objeto de importancia nacional que estaba sobre la mesa, cruzó la puerta y salió a los jardines del palacio, con sus ropas hechas jirones, encendido el rostro y brillantes los ojos. Al llegar a la verja, se agarró a los barrotes y trató de moverlos, gritando:

—¡Abrid, abrid!

El soldado que había maltratado a Tom obedeció prontamente, y al cruzar el príncipe la puerta, medio asfixiado de regia cólera, le dio un fuerte sopapo, que le mandó, dando vueltas, a la carretera, al tiempo que le decía:

—Ahí tienes, miserable mendigo, en castigo de lo que por ti he sufrido de boca de Su Alteza.

El populacho rio la ocurrencia. El príncipe se levantó lleno de barro y se abalanzó furioso al centinela exclamando:

—Soy el príncipe de Gales y mi persona es sagrada. Te verás con una cuerda al cuello por poner las manos en mí.

El soldado presentó armas con la alabarda y dijo con socarronería:

—Saludo a Vuestra Alteza Real —y enseguida añadió colérico—: ¡Largo de aquí, granuja pillete!

Al oír esto, la muchedumbre bulliciosa rodeó al pobre príncipe y le empujó hacia la carretera, acosándole e insultándole: «¡Dejad paso a Su Alteza Real! ¡Paso al príncipe de Gales!».

CAPÍTULO IV

Más de una hora duró la persecución y el asedio al pobre príncipe, al cabo de la cual la turba de acosadores le abandonó, viéndose por fin libre y solo. Mientras se dedicó a insultar al populacho con amenazas regias y ordenándole en calidad de príncipe, provocó la hilaridad de la mayoría; pero cuando el cansancio y agotamiento le hicieron enmudecer, perdió interés entre sus perseguidores y le dejaron en paz para ir a divertirse en otra parte. Eduardo echó una ojeada a su alrededor para orientarse; sólo pudo comprender que se hallaba dentro de la ciudad de Londres. Siguió andando sin rumbo, y a poco vio que las casas comenzaron a escascar, lo mismo que los transeúntes. Se lavó el niño los ensangrentados pies en el arroyo que fluía en el lugar en que hoy se alza Farrington Street; después de descansar unos momentos, reanudó el camino y pronto llegó a una gran explanada, donde sólo había algunas casas y una preciosa iglesia. El niño conoció el templo, lleno de andamios por doquier y atestado de obreros, pues se estaban llevando a cabo minuciosas reparaciones. El príncipe adquirió ánimos inmediatamente, creyendo que sus penas tocaban a su fin. Dijo para sí: «Esta es la antigua iglesia de los franciscanos, que el rey, mi padre, ha quitado a los frailes para destinarla a asilo perpetuo de niños pobres y abandonados, y ahora se llama Hospicio de Cristo. No cabe duda que atenderán de buen grado al hijo del rey, a quien tanto le deben, y más teniendo en cuenta que ese hijo se ve pobre y abandonado como todos los que se cobijan hoy en el asilo».

Enseguida se halló en medio de un grupo de chiquillos que corrían, saltaban, jugaban a la pelota o se entregaban a otras diversiones con gran alboroto. Todos vestían igual, a la moda que en aquellos tiempos era costumbre entre criados y aprendices; es decir, llevaban gorra plana, del tamaño de un plato, que no servía para taparse, porque era de ridículas dimensiones, ni tampoco de adorno. Por debajo de ella les caían los pelos lisos hasta la mitad de la frente. Llevaban una especie de alzacuello, un tonelete azul muy ceñido que caía hasta las rodillas, largas mangas, ancho cinturón rojo, chillonas medias gualdas, sujetas con la liga por encima de las rodillas, y zapatos bajos con grandes hebillas de metal. Era una indumentaria feísima.

Interrumpieron los niños sus juegos y rodearon al príncipe, que dijo con su ingénita dignidad:

—Queridos niños, decid a vuestro señor que Eduardo, el príncipe de Gales, desea hablarle.

Estas palabras fueron acogidas con burlas y alborotos, y un chiquillo grosero dijo:

—¿Quién eres tú, mendigo, acaso un mensajero de Su Gracia?

El príncipe enrojeció de ira y puso la mano vivamente en la cadera, pero no encontró nada. Siguió una tempestad de risas y un muchacho se adelantó:

—¿Reparasteis? Creía llevar espada... Tal vez sea el mismo príncipe.

Esta salida causó más risas. El pobre Eduardo se irguió, altanero, y dijo en voz alta:

—Soy el príncipe, aunque os pese a vosotros, que vivís de la bondad de mi padre; debéis respetarme.

¡Oh, cómo reían los chiquillos! El rapaz que primero había hablado gritó a sus compañeros:

—¡Hola, cerdos, esclavos, pensionistas del reino del padre de Su Gracia! ¿Qué hicisteis de vuestros modales? Caed de hinojos, al momento, y haced profunda reverencia a su regio porte y a sus magníficos harapos.

Alegres y bulliciosos, cayeron a la vez de rodillas y rindieron a la víctima burlón homenaje. El príncipe dio un puntapié al muchacho que tenía más cerca y dijo con altivez:

—¡Toma esto!, mientras llega el día de mañana en que te envíe a la horca.

Pero aquello ya no era una broma, aquello pasaba de diversión. Cesaron al instante las risas, cediendo el paso a la ira. Una docena de chiquillos gritaron: «¡Cogedle! ¡Al abrevadero de los caballos con él! ¡Al abrevadero de los caballos! ¿Dónde están los perros? ¡Hala, León! ¡Hala, Colmillos!».

Y sucedió un triste espectáculo como Inglaterra no había presenciado jamás; el de la sagrada persona, heredera del trono, maltratada por manos plebeyas y acosada y mordida por perros.

Ya de noche, el príncipe se encontró en medio de la parte más concurrida de la ciudad. Con el cuerpo magullado, ensangrentadas las manos y salpicados de barro los miserables vestidos. Siguió andando, cada vez más aturdido, y tan cansado y débil que apenas podía tirar de los pies. Dejó de preguntar, puesto que sólo le contestaban con insultos en vez de informaciones. No paraba de decir entre dientes: «¡Offal Court! Ese es el nombre. Si pudiese llegar antes que me faltasen las fuerzas me salvaría, porque la familia de Tom me llevaría a palacio, comprobando que no soy de los suyos, sino el verdadero príncipe, y así recobraré todo lo mío». Y, de cuando en cuando, volvía a pensar en el trato de que le habían hecho víctima los bellacos muchachos del Hospicio de Cristo, y decía: «Cuando sea rey, no sólo haré que les den pan y albergue, sino enseñanza, porque la tripa llena vale poco cuando pasan hambre el cerebro y el corazón. No se me borrará esto de la imaginación y la lección de hoy permanecerá siempre en mi memoria. Mi pueblo mejorará, porque la inteligencia cultivada suaviza el corazón y fomenta la caridad y los buenos modales».

Comenzaron a parpadear las luces, caía una lluvia fina y helada, se alzó el viento y cerró la noche, cruda y tempestuosa. El príncipe sin hogar, el desamparado heredero del trono de Inglaterra, siguió adelante, adentrándose cada vez más en el laberinto de sucios callejones donde se apiñaban las hacinadas colmenas de pobreza y miseria.

De pronto, un rufián borracho y corpulento le agarró por el cuello y le dijo:

—¿Qué haces por la calle, con este tiempo? ¿A que no traes nada a casa? ¡Como si lo viera! ¡Si no me equivoco, y no te rompo hasta el último hueso, perro canijo, es que no soy Juan Canty!

Se desasió el príncipe de un tirón, se llevó la mano sin querer al profanado hombro y exclamó con vehemencia:

—¡Ah! ¿Eres tú su padre? ¿De veras? ¡Ojalá sea verdad, pues entonces irás por él y me devolverás a mi palacio!

—¿Su padre? ¿Qué estás hablando? Lo que yo sé es que soy tu padre y te lo voy a demostrar pronto.

—¡Oh! No te burles, no te detengas en nada. Estoy fatigadísimo y herido y no puedo resistir más. Llévame al rey mi padre y él te enriquecerá como no has podido soñar en tu vida. Creéme: no te engaño, es la verdad pura. Ayúdame y sálvame. Soy el príncipe de Gales.

El borracho se quedó mirándole con asombro, movió la cabeza y refunfuñó:

—¡Pero este perillán se ha vuelto loco! —y volviéndolo a coger por el cuello, prosiguió, riendo groseramente y echando maldiciones—: ¡Anda, anda, que entre tu abuela y yo te encontraremos las partes más blandas de tu cuerpo o dejo de ser Juan!

Diciendo esto, arrastró al encolerizado príncipe y desapareció con él en un patio, seguido de una multitud bullanguera y miserable.

CAPÍTULO V

Cuando Tom Canty se quedó solo en el gabinete del príncipe, aprovechó la ocasión lo mejor que pudo. Se miró y remiró cien veces ante el espejo de cuerpo entero, encantado de sus vestidos, y empezó a andar por la estancia imitando los modales de Su Alteza, echando una ojeada al espejo. Desenvainó la espada, besó la hoja con respeto y reverencia y la oprimió contra su pecho, tal cual había visto hacer a un noble, a modo de saludo, al lugarteniente de la Torre, hacía cinco o seis semanas, al entregarle, en calidad de presos, a los grandes lores de Norfolk y de Surrey. Se entretuvo jugando con la daga, primorosamente labrada, que pendía de su cadera; examinó uno por uno los ricos adornos del aposento; se sentó en todos los sillones, y gozaba, pensando orgulloso, en la envidia que sentiría el rebaño de Offal Court si pudiera asomarse y verle en medio de aquellas grandezas. Se preguntó si creerían en el fantástico suceso que les contaría al volver a casa o si moverían la cabeza diciendo que su exaltada imaginación había dado por fin al traste con su cordura.

Cuando hacía media hora que discurría de este modo, comprendió lo peligroso de su situación allí solo y pensó que el príncipe llevaba mucho tiempo ausente. Enseguida abandonó los juegos que le distraían y se puso a escuchar anheloso. Estaba inquieto, desazonado y apuradísimo. Si entrara alguien y le pillara con las ropas del príncipe, sin que este estuviera presente para dar explicaciones, ¿no le ahorcarían por interina providencia, para averiguar después lo ocurrido? Había oído referir que los grandes eran muy expeditivos en las cosas pequeñas. Sus temores fueron en aumento y al fin abrió temblando la puerta de la antecámara, resuelto a salir a buscar al príncipe, para que le protegiera y libertara. Seis magníficos caballeros de servicio y dos jóvenes pajes de elevada condición, vestidos como mariposas, se levantaron al punto haciendo grandes reverencias. El niño retrocedió asustado y cerró la puerta de golpe, pensando:

«¡Oh! Se burlan de mí. Ahora lo contarán todo. ¿Por qué habré venido aquí para que me maten?».

Empezó a pasear de un lado a otro, atemorizado, escuchando y sobresaltándose al más leve rumor. Se abrió la puerta de par en par y un paje, vestido de seda, anunció:

—La princesa Juana Grey.

Se cerró la puerta y una encantadora joven, ricamente vestida, se acercó a él saltando, pero de pronto se detuvo y dijo con afligido acento:

—¿Estás triste, mi señor?

Tom creyó desfallecer, pero hizo un esfuerzo para tartamudear:

—¡Ah! Ten piedad de mí. No soy señor, soy el pobre Tom Canty, de Offal Court. Ruégote que me lleves cerca del príncipe, que él de buena gracia me devolverá mis andrajos y me dejará salir en paz. ¡Oh! Ten piedad de mí y sálvame.

El niño hablaba así arrodillado y suplicando, con las manos cruzadas. La princesa pareció horrorizada y exclamó:

—¡Oh, mi señor! ¿De rodillas? ¿Y ante mí?

Dicho esto, salió corriendo y Tom, anonadado por la desesperación, se echó al suelo balbuciendo:

—¡Estoy perdido, no hay esperanza! ¡Ahora vendrán por mí!

Mientras yacía allí, inmóvil de terror, corrían por el palacio espantosas noticias. El rumor —porque era siempre rumor— voló de lacayo en lacayo, de caballero en dama, por los largos corredores, de piso en piso, de salón en salón: «¡El príncipe se ha vuelto loco! ¡El príncipe se ha vuelto loco!».

Y en los salones y vestíbulos de mármol se formaron corrillos de damas y caballeros ricamente ataviados, charlando a media voz, dando muestras del mayor desconsuelo. Y cuando más interés tomaban las conversaciones se presentó un oficial muy ceremonioso, diciendo estas palabras solemnes:

—¡En nombre del rey! ¡Que nadie dé crédito a esa descabellada calumnia, bajo pena de muerte, ni hable más de ello, ni lo divulgue! ¡En nombre del rey!

Al momento cesaron las habladurías como si los murmuradores se hubieran quedado mudos.

No tardó en oírse un murmullo por los pasillos: «¡El príncipe! ¡Mirad, viene el príncipe!».

El pobre Tom avanzó lentamente por entre los grupos de personas que le saludaban, tratando de responder y mirando con humildad el extraño cuadro con ojos de asombro. Le rodeaban elegantes nobles que le hacían apoyarse en ellos y así afirmaban sus pasos. Tras del niño seguían los médicos de la corte y algunos criados.

Llegó Tom a una suntuosa estancia de palacio cuya puerta se cerró tras él. Le rodeaban los que con él habían ido. Frente a él, a poca distancia, se hallaba recostado un hombre alto y grueso, de cara ancha abotagada y de rasgos severos. Tenía el pelo casi blanco, y las barbas, que como un marco le ceñían el rostro, eran grises. Sus vestidos eran de telas riquísimas, pero viejos y un tanto raídos a trechos. Una de sus hinchadas piernas reposaba sobre un almohadón cubierta de vendas. Reinó un profundo silencio y no hubo cabeza que no se inclinara reverente, excepto la de aquel hombre. Aquel inválido de sereno rostro era el terrible Enrique VIII, quien dijo, suavizando la expresión al comenzar a hablar:

—¿Cómo estás, milord Eduardo, príncipe mío? ¿Te has propuesto engañarme a mí, al buen rey tu padre que tanto te quiere y tan bien te trata, con una broma de tan mal gusto?

Algo atontado, el pobre Tom escuchó el principio de estas palabras lo mejor que pudo; pero cuando percibieron sus oídos las palabras «del buen rey», palideció como un muerto y cayó de rodillas en el suelo, como si le hubieran hecho hincarse de hinojos a viva fuerza. Cruzando las manos, exclamó:

—¿Eres tú el rey? ¡Entonces estoy perdido!

El monarca quedó aturdido, sus ojos vagaron de rostro en rostro sin objeto alguno y se fijaron en el niño que tenía delante. Por fin, dijo con tono de profundo desencanto:

—¡Ay! Yo creí que fuesen habladurías, pero me temo que no es así —y exhalando un profundo suspiro, prosiguió con dulce voz—: Ven a tu padre, niño. No estás bueno.

Ayudaron a Tom a levantarse y se acercó humilde y tembloroso a la Majestad de Inglaterra. El rey cogió entre sus manos la asustada cabeza y la contempló un rato, vehemente y amoroso, como buscando algún signo de que volvía a ella la razón, y después la estrechó contra su pecho y la acarició tiernamente. Luego dijo:

—¿No conoces a tu padre, niño? No destroces mi anciano corazón. Di que me conoces. Me conoces, ¿no es verdad?

—Sí. Tú eres mi respetado señor el rey, que Dios guarde.

—Cierto, cierto. Eso está bien. Tranquilízate, no tiembles así. Aquí no hay nadie que te haga daño. Todos te quieren. ¿Cómo te encuentras? Pasó ya la pesadilla, ¿no es cierto? Te acuerdas de quién eres tú, ¿verdad? ¿No volverás a olvidarlo, como dicen que has hecho antes?

—Ruego a Tu Gracia que me crea. He dicho la pura verdad, mi noble señor, soy el más humilde de tus súbditos, nací mendigo y estoy aquí por una triste desgracia y por casualidad; en ello no hay ningún mal. Soy muy joven para morir y tú puedes salvarme. ¡Una sola palabra tuya! ¡Te ruego, señor, que la digas!

—¡Morir! No hables así, mi lindo príncipe. Tranquiliza tu perturbado corazón. No morirás, te lo prometo.

Tom volvió a caer de rodillas y dio un grito de alegría.

—¡Dios te salve, oh, rey mío, para bien de tu reino!

Levantándose de un salto miró alegre a los dos gentileshombres que le acompañaban y exclamó:

—¿Lo habéis oído? No moriré. Lo ha dicho el rey.

Nadie se movió nada más que para saludar con grave respeto. Nadie profirió una palabra. El niño vaciló, algo confuso, y se volvió tímidamente al rey, diciéndole:

—¿Puedo irme ya?

—¿Irte? Seguramente, si lo deseas. Pero, ¿por qué no te quedas conmigo un rato? ¿Adónde vas a ir?

Tom bajó los ojos y respondió humildemente:

—Tal vez lo he entendido mal, pero me he creído en libertad y pensaba irme al barrio en que nací y me eduqué entre miserias, pues allí viven mi madre y mis hermanas, y por eso es mi casa; quiero dejar esta pompa y estos esplendores a que no estoy acostumbrado... ¡Oh, señor, ten la merced de darme licencia para irme!

Por un momento, quedó el rey silencioso y pensativo, y la angustia y la intranquilidad se reflejaban en su semblante. Luego dijo algo esperanzado:

—¡Quién sabe si no es más que una manía sin llegar a atacar ni enfermar su cerebro por completo! ¡Ojalá, Dios, que así sea! Vamos a examinarle.

El rey preguntó algunas cosas a Tom en latín y el niño le respondió muy tímido en la misma lengua. Al oírle, todos los presentes manifestaron su satisfacción. Luego dijo el rey:

—No ha contestado como corresponde a su instrucción, pero de todos modos demuestra que su espíritu está ligeramente enfermo, no herido de gravedad. ¿Qué te parece a ti, doctor?

El médico aludido hizo una gran reverencia y contestó:

—Mi propia convicción, rey y señor mío, es que has adivinado la verdad.

El monarca se sintió halagado por estas palabras por proceder de tan notoria autoridad, y le indujeron a proseguir muy animado:

—Fijaos bien ahora. Voy a seguir examinándole.

Dirigió a Tom una pregunta en francés. Tom permaneció callado un momento, turbado al ver tantas miradas fijas en él, y al fin dijo tímidamente:

—Señor, no conozco ese idioma.

El rey se dejó caer de espaldas en el diván. Los criados corrieron en su auxilio, pero el monarca los separó, diciendo:

—Esto no es nada, dejadme, es sólo un poco de debilidad. Levantadme un poco. Así, ya basta. Ven aquí, niño. Apoya tu pobre cabeza perturbada sobre el corazón de tu padre y sosiégate. Te curarás enseguida. Esto es una alucinación pasajera. No temas, que pronto estarás bien —volvióse luego a los circunstantes, cambió su bondadosa actitud y en sus ojos brillaron relámpagos de mal agüero—. Escuchad todos. Este hijo mío está loco, pero su locura es temporal. Procede del excesivo estudio y tal vez del excesivo encierro. Acabáronse los libros y los maestros. Cuidad todos de ellos. Distraedle con juegos, entretenedle con recreos sanos para que recupere la salud —e irguiéndose altivo, prosiguió enérgicamente—: Está loco, pero es mi hijo y el heredero del trono de Inglaterra. ¡Loco o cuerdo, reinará! Y escuchad más aún y propalad mis palabras: todo el que hable de su enfermedad trabaja contra la paz y el orden del reino y será condenado a galeras... Dadme de beber, que me abraso. Este pesar me aniquila... Basta, no quiero más. Sostenedme. Así, está bien. ¿Loco decís? Aunque fuera mil veces loco, es aún el príncipe de Gales, y yo el rey lo confirmaré. Esta misma mañana será instalado en su dignidad de príncipe en la forma usada desde tiempo inmemorial. Ordenad todo lo necesario, milord Hertford.

Se acercó un noble y, arrodillándose ante el regio diván, dijo:

—La majestad del rey sabe que el gran mariscal hereditario de Inglaterra está preso en la Torre. No estaría bien que un preso...

—¡Basta! Te prohíbo que pronuncies ese maldito nombre. ¿Ha de vivir siempre ese hombre? ¿Se han de poner trabas a mi voluntad? ¿Ha de verse el príncipe privado de su dignidad, porque, ¡vive Dios!, no hay en el reino un conde mariscal limpio de infame traición para investirle de sus honores? ¡No, por la gloria de Dios! Ordenad a mi Parlamento que antes que despunte el alba me traiga la cabeza de Norfolk, pues de lo contrario pagarán con sus vidas.

—La voluntad del rey es ley —dijo lord Hertford, el cual se levantó y volvió a su puesto.

Poco a poco se apaciguó la cólera del viejo monarca y dijo:

—Dame un beso, príncipe. ¿Me tienes miedo? ¿No soy tu amante padre?

—Eres bueno para mí, no me lo merezco, ¡oh, magnánimo señor! Pero..., pero..., sufro al pensar en el que va a morir y...

—¡Oh! Eso te honra, hijo, es digno de ti. Bien, veo que tu corazón sigue siendo noble, aunque tu espíritu se haya perturbado, porque fuiste siempre de bondadosos instintos. Pero ese duque se alza entre tus honores y tú y quiero poner en su lugar a otro que no cubra de infamia su elevado cargo. Ten resignación, querido príncipe; no te atormentes con esos pensamientos.

—Pero él muere por mi causa, señor. ¿Cuánto tiempo podría vivir si no fuera por mí?

—Olvídalo, príncipe, no merece tu compasión. Dame otro beso y ve a tus juegos y tus diversiones, porque mi dolencia me acongoja. Estoy fatigado y deseo reposar. Ve con tu tío Hertford y tu séquito, y vuelve a mí cuando mi cuerpo haya descansado.

Salió Tom del aposento del monarca con el corazón angustiado, porque la última frase fue un golpe de muerte para la esperanza que había abrigado de verse libre. Volvió a oír el rumor de las voces que exclamaban: «¡El príncipe! ¡El príncipe viene!».

Por momentos perdía las fuerzas y el ánimo a medida que avanzaba entre las dos relucientes hileras de reverentes cortesanos, porque se dio cuenta de que era en realidad un cautivo y de que podía permanecer para siempre encerrado en su dorada jaula, como príncipe abandonado y sin amigos, salvo que Dios en su bondad se apiadase de él y le dejara libre.

Dondequiera que dirigía la vista, le parecía ver flotando en el aire la cercenada cabeza y el conocido semblante del gran duque de Norfolk, cuyos ojos indignados se clavaban en él.

Muy agradables habían sido sus antiguos sueños, pero la realidad era algo terrible.

CAPÍTULO VI

Condujeron a Tom al principal aposento de palacio, donde le hicieron sentar, cosa que le repugnaba hacer, pues se veía rodeado de caballeros ancianos y de hombres de elevada condición. Rogóles el niño que se sentasen ellos también, pero permanecieron en pie dando las gracias a media voz o con reverencias. Tom habría insistido, pero su «tío», el conde Hertford, susurró a su oído:

—No insistas más, señor, te lo ruego. No quiere la etiqueta que se sienten en tu presencia.

Anunciaron a lord St. John, quien, después de hacer pleitesía a Tom, dijo:

—Me manda el rey en misión secreta. ¿Quiere Su Alteza Real dignarse despedir a los presentes, excepto a milord el conde de Hertford?

Al darse cuenta de que Tom no parecía saber la manera de salir del paso, Hertford le dijo, en voz baja, que hiciera una seña con la mano y no se molestara en hablar cuando no le viniera en gana. Cuando los caballeros de servicio hubieron salido, dijo lord St. John:

—Es voluntad expresa de Su Majestad que, por graves y poderosas razones de Estado, Su Gracia el príncipe oculte su enfermedad por todos los medios que estén a su alcance hasta que mejore y Su Gracia vuelva a su centro; quiere decirse que no deberá negar a nadie que es el verdadero príncipe y heredero de la grandeza de Inglaterra; que deberá conservar toda su dignidad y recibir, sin protestar en lo más mínimo, la reverencia y pleitesía que se le deben por acertada y añeja costumbre; que no deberá mencionar a nadie este nacimiento y esa vida de baja condición que su enfermedad ha creado con las enfermizas imaginaciones de una fantasía harto trabajada; que habrá de procurar, esforzándose en ello, de traer de nuevo a su memoria los semblantes conocidos, y que cuando no lo consiga permanecerá en silencio, sin revelar con gestos de sorpresa ni asombro que los ha olvidado; que en las ceremonias de Estado, cuando se halle cohibido en cuanto a lo que debe hacer y las palabras que debe decir, no mostrará ninguna inquietud a los espectadores curiosos, sino que pedirá consejo en tal caso a lord Hertford o a este humilde servidor, que tenemos orden del rey para este servicio y que habremos de estar a su lado hasta que la orden se anule. Así lo dice Su Majestad el rey, que envía sus saludos a Su Alteza Real y ruega que Dios le haga la merced de curar a Vuestra Alteza cuanto antes y de conservarle ahora y siempre en su guarda.

Lord St. John hizo una reverencia y se apartó a un lado. Tom le contestó muy resignado:

—Si esa es la voluntad del rey, mi deber es obedecerle en todo. Nadie puede acomodar sus órdenes a su propia conveniencia. El rey será fielmente obedecido.

Lord Hertford continuó:

—En lo referente a la orden de Su Majestad, sobre los libros y estudios, suplico a Vuestra Alteza nos indique si le gustaría distraerse en agradables juegos, para que cuando llegue la hora del festín no se encuentre muy fatigado y pueda alternar con soltura.

Tom se manifestó sorprendido y se avergonzó al ver que los ojos de lord St. John se clavaban pesarosos en él. Su Excelencia dijo:

—Veo que tu memoria no vacila y has demostrado sorpresa; pero no te apures, porque esta es cosa que no persistirá, sino que desaparecerá conforme tu dolencia mejore. Milord de Hertford te habla de la fiesta de la ciudad, a la cual Su Majestad el rey prometió hace dos meses que asistiría Tu Alteza. ¿Lo recuerdas?

—Lamento confesar que lo olvidé —contestó el niño, titubeando y sonrojándose de nuevo.

En este momento anunciaron a la princesa Isabel y a la princesa Juana Grey. Ambos lores cruzaron significativas miradas y Hertford avanzó vivamente hacia la puerta. Cuando las doncellas pasaron por delante de él dijo en voz baja:

—Señoras, os suplico que no os sorprendáis al observar sus rarezas ni mostréis sorpresa cuando pierda la memoria, pues os dolerá notar cómo se distrae por la menor cosa.

Mientras, hablaba lord St. John al oído de Tom:

—Te ruego, señor, que retengas en la memoria el deseo de Su Majestad. Recuerda todo lo que puedas y finge recordar lo que olvides. Que no se percaten de cuánto has cambiado, pues sabes con cuánta ternura te aman y tienen en su corazón tus antiguas compañeras de juegos y cuánto dolor habrías de causarles. ¿Quieres, señor, que me quede yo contigo, y tu tío también?

Expresó Tom su aquiescencia con un ademán y una palabra a media voz, porque iba aprendiendo ya, y su ingenuo corazón había decidido salir lo más airoso que pudiera, conforme a la orden del soberano.

Pero a pesar de tantas precauciones, la conversación entre los jóvenes resultó algo artificial. Más de una vez, en efecto, Tom se vio a poco de rendirse y de confesarse incapaz para representar el difícil papel; mas le salvó el tacto de la princesa Isabel, y el mismo efecto produjo una palabrita de uno u otro de los vigilantes lores, proferida al parecer por casualidad. Una vez la princesita Juana se volvió a Tom y le dejó estupefacto con esta pregunta:

—¿Has presentado hoy tus respetos a Su Majestad la reina, mi señor?

Vacilante y angustiado, Tom ya se disponía a balbucir algo, fuese lo que fuese, cuando lord St. John tomó la palabra y respondió por él, con el desparpajo y desembarazo de un cortesano acostumbrado a afrontar situaciones delicadas y a salir con bien de todas.

—Claro que sí, mi señora, y Su Majestad la reina le ha animado mucho por lo tocante al estado de Su Majestad el rey. ¿No es así, mi señor?

Algo aturdido, dijo Tom entre dientes unas palabras que se interpretaron como asentimiento, pero dijo para sí que era un terreno muy peligroso. Poco después se habló de que Tom no iba a estudiar más por entonces, a lo cual exclamó la princesita:

—¡Oh, qué lástima! Hacías grandes progresos. Pero súfrelo con paciencia, porque esto no durará mucho. Pronto gozarás de la misma instrucción que tu padre, y tu lengua dominará tantos idiomas como la suya, mi buen príncipe.

—¡Mi padre! —exclamó Tom, momentáneamente distraído—. A fe mía que no es capaz de hablar la suya para que le entiendan sino los cerdos de las pocilgas. Y en cuanto a instrucción de otro género...

Alzó la vista y vio una disimulada advertencia en los ojos de milord St. John. Esto le hizo detenerse, sonrojarse y continuar con acento apagado y triste:

—¡Ah! La enfermedad vuelve a atacarme y se me escapan las palabras sin saber coordinarlas bien. No he intentado faltar el respeto a Su Majestad el rey.

—Así lo creemos señor —dijo la princesa Isabel, tomando entre las suyas las manos de su hermano, de modo cariñoso—. No te inquietes, querido; tú no tienes la culpa, es tu enfermedad.

—Encantadora y dulce señora, ¡cuánta gracia tienes para consolar las penas! Te lo agradezco de todo corazón, si con ello no he de agraviarte —dijo Tom, muy atento.

La graciosa princesita Juana dijo a Tom una frase en griego. La perspicacia de la princesita Isabel vio al punto, en la serena impasibilidad de la frente de Tom, que el niño no había entendido nada, por lo cual soltó tranquilamente una retahíla de excelente griego, relativa a Tom, y enseguida desvió la conversación a otro asunto.

Puede decirse que transcurrió el tiempo agradablemente y sin tropiezos. Las dificultades fueron menos frecuentes, y Tom se sintió más y más a sus anchas al ver que todos estaban amorosamente resueltos a auxiliarle y a pasar por alto sus equivocaciones. Cuando se enteró de que las damitas le acompañarían por la noche a la fiesta del alcalde mayor, el corazón le dio un salto de consuelo y de alegría, porque pensó que ya no se hallaría sin amigos entre aquella muchedumbre de extraños, y eso que, una hora antes, la idea de que las dos princesas fueran con él le había causado un temor indescriptible.

Los dos lores, o sea, los ángeles guardianes de Tom, habían estado menos tranquilos en la entrevista que los demás personajes. Parecía enteramente que conducían un enorme navío por un canal peligroso. Estaban alerta sin cesar y se daban cuenta de que su misión no era juego de niños. Por tanto, cuando acabó la visita de las damas y anunciaron a lord Guildford Dudley, no sólo pensaron que ya su carga había sido excesiva, sino que no se hallaban en el mejor estado para hacer retroceder el navío y emprender un nuevo y peligroso viaje. Así, pues, respetuosamente, aconsejaron a Tom que se excusara, cosa que alegró mucho al muchacho y sólo se notó una leve sombra de desencanto en el semblante de la princesa Juana cuando oyó que se negaba la admisión al bello mozalbete.

Se sucedió una pausa, una especie de silencio de espera, que Tom no pudo comprender. Miró a lord Hertford, y este le hizo un signo, pero el niño no lo entendió tampoco. Isabel acudió prontamente a su socorro con su habitual soltura. Hizo una reverencia y dijo:

—¿Nos da licencia Su Gracia el príncipe para retirarnos?

—Pueden vuestras lindas señorías —contestó Tom— obtener de mí lo que gusten con sólo indicarlo; pero preferiría daros cualquier otra cosa que estuviera en mi mano antes que licencia para privarme de la luz y el encanto de vuestra presencia. Dios os guíe y sea con vosotras.

Al decir esto sonrió por dentro pensando: «No en vano he vivido sólo entre príncipes en mis lecturas, y he adiestrado mi lengua en sus pulidas y graciosas palabras».

Una vez hubieron salido las ilustres doncellas, Tom se volvió fatigado a sus guardianes y dijo:

—¿Tendréis la bondad de darme licencia para retirarme a un rincón a descansar?

—Nuestra misión es obedecer y Vuestra Alteza mandarnos. Necesario es en verdad que toméis algún reposo, ya que pronto debéis emprender el viaje a la ciudad.

Tocó una campanilla y se presentó un paje, a quien se dio orden de llamar a sir William Herbert. Este caballero se presentó al instante y condujo a Tom a un aposento interior, donde lo primero que hizo el niño fue coger una copa de agua; pero antes que él la tomó un servidor vestido de seda y terciopelo, que hincándose en tierra de hinojos, se la ofreció en una salvilla de oro.

Se sentó rendido de cansancio y se dispuso a quitarse las zapatillas, después de pedir tímidamente permiso con una mirada; mas, otro criado diligente, ataviado asimismo de seda y terciopelo, se arrodilló y le ahorró semejante trabajo. Dos o tres esfuerzos más hizo el niño por servirse a sí mismo; pero siempre se le anticiparon vivamente y acabó por ceder en un suspiro de resignación y diciendo entre dientes: «Es extraño que no se empeñen también en respirar por mí». En chinelas y envuelto en rica bata, se tendió por fin a reposar, pero no a dormir, porque su cabeza estaba llena de pensamientos y en la estancia había muchos palaciegos. Como no podía desechar los primeros, estos permanecieron con él, y como no sabía tampoco lo bastante para despedir a los segundos, también se quedaron allí, con gran disgusto para el príncipe y para ellos.

Al retirarse Tom quedaron solos los dos guardianes, los cuales permanecieron un rato meditabundos, dando paseos y sin cesar de mover la cabeza. Por fin, dijo lord St. John:

—En verdad, ¿qué piensas?

—Pues pienso que la vida del rey se acaba. Mi sobrino está loco, y loco subirá al trono, y loco reinará. Dios proteja a Inglaterra, todo cuanto sea menester.

—Estoy de acuerdo, pero... ¿no te parece que...?

El personaje se detuvo, pues sin duda se percataba de hallarse en terreno resbaladizo. Lord Hertford se paró ante él, le miró de hito en hito con serenidad y dijo:

—Prosigue. Nadie sino yo te oye. ¿Qué puede parecerme?

—Me da cierta repugnancia manifestar lo que bulle en mi mente, siendo tú como eres tan cercano deudo suyo, milord; mas, después de pedirte perdón si te ofendo, te preguntaré si no te parece raro que la locura pueda trocar de tal suerte su porte y sus modales. No es que sus palabras dejen de corresponder a un príncipe, pero difieren en cosas insignificantes de las que solía emplear el príncipe anteriormente. ¿No te parece extraño que la locura haya borrado de su memoria las mismas facciones de su padre, las costumbres y las observancias que se le deben por los que le rodean, y que recordando el latín haya olvidado el griego y el francés? Milord, no te ofendas, pero tranquiliza mi ansiedad y recibe por ello mi agradecimiento. No se me quita de la cabeza su afirmación de que no era el príncipe y...

—No sigas, milord, que tus palabras trascienden a traición. ¿Has olvidado el mandato del rey? Ten presente que con sólo escucharte me hago cómplice de tu falta.

Palideció St. John y se apresuró a añadir:

—He faltado, lo confieso. No me hagas traición. Que tu cortesía me conceda esa merced y te prometo no volver a mencionarlo ni a pensarlo siquiera. Sé indulgente conmigo, milord; de lo contrario estoy perdido.

—Te suplico que no se hable más de ello. Si no reincides, aquí o en presencia de otros, ello será como si no hubieras hablado. Mas no debes albergar recelos: es hijo de mi hermana. ¿No me son familiares desde su cuna su voz, su semblante, su figura? La locura provoca esos fenómenos que ves en él y más aún. ¿No recuerdas que el viejo barón Marley, al volverse loco, olvidó su propia personalidad a los sesenta años? ¿No te acuerdas que pretendía ser el hijo de María Magdalena y tener la cabeza hecha de vidrio español? A fe mía que no sufría que nadie le tocara por temor a que una mano atolondrada pudiera rompérsela. Tranquilízate, milord. Es el mismo príncipe, le conozco muy bien, y no tardará en ser tu rey. Te convendrá tener esto presente y pensar en ello más que en lo otro.

Siguieron hablando un buen rato y lord St. John enmendó su yerro lo mejor que pudo con repetidas protestas de que su fe era ya arraigada y no podía ser de nuevo asaltada por la duda; lord Hertford relevó a su compañero de custodia y se sentó a vigilar y a asistir solo. No tardó en sumirse en honda meditación, y al parecer cuanto más ahondaba, más perplejo se sentía. De pronto, empezó a dar paseos y a hablar entre dientes:

—¡Oh! Debe ser el príncipe. ¿Habrá alguien en el reino capaz de sostener que puede haber dos personas, no siendo de la misma sangre y nacimiento con un parecido tan exacto? Y aunque así fuera, sería cosa de brujería que la casualidad pusiera a una de ellas en lugar de la otra. No. Es locura, locura, locura.

Al cabo de un momento, dijo:

—En el caso de ser un impostor que se hiciera pasar por príncipe, podía admitirse; pero, ¿cuándo se ha dado el caso de que un impostor, al ser llamado príncipe por el rey, por la corte y por todo el mundo, haya negado su dignidad y suplicado humildemente que no le rindiesen tales honores? Eso no ha pasado nunca, lo juro por san Jorge. Aseguro que es el auténtico príncipe que ha perdido el juicio.

CAPÍTULO VII

A la hora de la comida, apróximadamente a la una, consintió Tom en que le vistiesen de etiqueta para asistir a la mesa. Le cubrieron el cuerpo de ropas finísimas, como las que le quitaron, pero todas las piezas eran diferentes, ninguna era igual a la anterior, empezando por las medias y acabando por la lechuguina. Luego le condujeron a un lujoso comedor, bien dispuesto, donde aguardaba una mesa servida con abundancia para una sola persona. La vajilla era de oro de ley, adornada con dibujos de gran mérito, pues era obra de Benvenuto. El salón estaba casi lleno de nobles servidores. Después de bendecir la mesa el capellán y cuando Tom se disponía a habérselas con los manjares, porque el hambre en él era endémica hacía mucho tiempo, fue interrumpido por milord el conde de Berkeley, el cual le prendió una servilleta en el cuello, porque el elevado cargo de mantelero del príncipe de Gales era hereditario en su familia. Presente estaba el copero de Tom, que se anticipó a todas sus tentativas de servirse vino. También se hallaba presente el catador de Su Alteza el príncipe de Gales, dispuesto a probar todo cuanto se le ordenara; cualquier manjar sospechoso, corriendo el riesgo de morir envenenado. En aquella época no era ya sino una figura decorativa que rara vez se le llamaba al ejercicio de su profesión; pero tiempos hubo, y no muchas generaciones atrás, en que el oficio de catador tenía sus quiebras y no era muy agradable ejercerlo. Parece raro que no usasen para ello un perro o un villano, pero todas las cosas de la realeza son extrañas. Allí estaba milord D'Arcy, primer paje de cámara, sabe Dios para qué, pero el caso es que allí estaba y esto basta. El lord primer despensero no podía faltar y se mantenía detrás de la silla de Tom, vigilando con solemnidad, a las órdenes del lord gran mayordomo y el lord cocinero jefe, que no estaba lejos. Además de estos contaba Tom con trescientos ochenta y cuatro criados; claro que en el salón no estaban todos, ni aun la cuarta parte, ni Tom tenía noticias de su existencia.

Todos los presentes habían recibido acertadas instrucciones de no olvidar que el príncipe había perdido temporalmente la razón y de andarse con tiento para no manifestar sorpresa ante sus desvaríos. Estos «desvaríos» no tardaron en ponerse de manifiesto ante ellos, pero sólo movieron a compasión a los servidores, y nadie se burló. Era para ellos una gran aflicción ver al amado príncipe en tan lastimoso estado.

El niño tenía costumbre de comer con los dedos, pero nadie sonrió al verlo ni pareció observarlo. Al fijarse el niño en la servilleta, la examinó con curiosidad y atención, porque era una pieza de hermoso y delicadísimo tejido, y dijo ingenuamente:

—Te suplico que la guardes, no sea que la manche distraído.

El mantelero hereditario se llevó el lienzo con reverente actitud y sin una sola palabra de protesta.

Estuvo contemplando con gran interés la lechuga y los nabos, y preguntó qué eran y si podían comerse, pues estaba muy reciente la época en que se habían empezado a cultivar tales vegetales en Inglaterra, en vez de importarlos de Holanda como artículo de lujo. A la pregunta de Tom le contestaron con respeto y sin demostrar sorpresa. Después de comer los postres, el niño se llenó los bolsillos de nueces, pero nadie pareció reparar en ello ni preocuparse. Pero enseguida él fue quien se preocupó y se mostró aturdido, porque era aquello lo único que le habían permitido realizar con sus propias manos durante la comida, y el niño comprendió que había cometido una acción inconveniente e impropia de un príncipe. En aquel instante empezaron a temblarle los músculos de la nariz, y el extremo de este órgano se levantó y arrugó varias veces. Prosiguió esta situación y Tom se manifestó muy apurado. Miró suplicante a ambos lores y a todos los que le rodeaban, y se echó a llorar. Los nobles avanzaron con la ansiedad pintada en el rostro y le rogaron que manifestara cuál era la causa de su apuro. Tom dijo con verdadera angustia:

—Señores, concededme un poco de indulgencia, pero la nariz me pica a rabiar. ¿Qué usos y costumbres se observan en este caso? ¡Pronto! Contestad, porque ya no puedo aguantar más.

Nadie sonrió. Todos se quedaron perplejos y se consultaron con gran aflicción, como pidiéndose consejo. Tened en cuenta que aquello era un caso excepcional y que no había nada en la historia inglesa que dijera la manera de solucionarlo. No se hallaba presente el maestro de ceremonias, y no había nadie que se sintiera con ánimos para arriesgarse por aquel inexplorable mar ni para aventurarse a intentar salvar la situación. ¡Ay! No había rascador honorario. Entretanto, las lágrimas habían desbordado su dique y empezaban a resbalar por las mejillas de Tom. La contraída nariz de este pedía auxilio con más urgencia que nunca. Finalmente, la naturaleza dio al traste con las barreras de la etiqueta. Tom rezó mentalmente una plegaria de perdón por si obraba mal, y dio consuelo a los afligidos corazones de sus cortesanos rascándose la nariz él solito.

Cuando acabó de comer, se acercó un lord y le presentó una jofaina de oro, ancha y plana, llena de fragante agua de rosas, para que se lavara la boca y los dedos, y milord el mantelero hereditario se acercó con la toalla extendida. Tom miró un segundo la jofaina, algo confuso, y luego se la acercó a los labios y gravemente bebió un sorbo. Enseguida se la devolvió al palaciego, diciéndole:

—No me gusta, milord. Su sabor es agradable, pero es flojo.

Todos los presentes se sintieron angustiados, ante esta nueva extravagancia del pobre príncipe, cuyos síntomas de perturbación quedaron comprobados, pero nadie trató de reírse ni celebrarlo con burlas.

Aún cometió Tom otra imperdonable torpeza, y fue que se levantó de la mesa en el mismo instante en que el capellán se situaba detrás de su sillón y, alzando las manos y elevando los ojos al cielo, empezaba la acción de gracias. No obstante, nadie osó demostrar que se habían dado cuenta de la inconsciente acción del príncipe.

Este rogó que le condujesen a una habitación reservada y que le dejasen libre por completo.

Pendientes en sendos ganchos en el friso de madera, estaban las diversas piezas de una brillante armadura de acero, cubierta de bellos dibujos exquisitamente incrustados de oro. Aquel marcial indumento pertenecía al verdadero príncipe, pues era un regalo regio de la reina Catalina Parr. Tom se puso las grebas, los guanteletes, el empenachado yelmo y todas las demás piezas de que pudo revestirse sin auxilio, y hasta tuvo la idea de llamar para que le ayudaran a completar su atavío; pero, de pronto, se acordó de las nueces que había cogido de la mesa y pensó cuán agradable sería comérselas sin que nadie le mirase y sin aquellos grandes lores que tanto le molestaban con sus oficiosos servicios. Así, pues, volvió a colgar las lindas piezas de sus correspondientes ganchos y se dedicó a cascar nueces, sintiéndose casi dichoso por primera vez desde que Dios le había convertido en príncipe en castigo de sus pecados.

En cuanto se comió las nueces, se puso a registrar en un estante y encontró unos libros muy interesantes, sobre todo uno que trataba de la etiqueta de la corte en Inglaterra. Aquel hallazgo valía un tesoro. El niño se tumbó en un diván espléndido y se dedicó a instruirse poniendo en ello toda su atención. Por ahora, dejémosle en esta tarea.

CAPÍTULO VIII

Serían aproximadamente las cinco cuando despertó Enrique VIII de una siesta agitada y dijo entre dientes:

—¡He tenido malos sueños! Mi fin se aproxima. Así lo dicen los presagios y mi pulso debilitado lo confirma.

Y agregó después, con los ojos centelleantes de perversidad:

—No obstante, no moriré sin que él vaya por delante.

Al notar sus servidores que el rey había despertado, preguntó uno qué debía de hacerse con el lord canciller que esperaba fuera.

—¡Qué entre, que entre! —dijo el rey algo inquieto.

Se presentó el lord canciller y se arrodilló junto al lecho del monarca, diciendo:

—He dado órdenes y, cumpliendo los mandatos del rey, los pares del reino, en traje de ceremonia, se hallan ahora en la barra de la cámara, donde después de confirmar la sentencia del duque de Norfolk esperan humildemente lo que se digne disponer Su Majestad.

Un relámpago de alegría feroz brilló en el semblante del rey, que dijo:

—Levantadme, yo mismo voy a ir al Parlamento, y con mi propia mano sellaré la orden que me libre de...

Se le anudó la voz en la garganta y sus mejillas palidecieron. Los servidores le recostaron sobre los almohadones y se apresuraron a prodigarle cuidados y restaurativos. El rey habló por fin:

—¡Ah, cuánto he ansiado este feliz momento! Y ahora llega demasiado tarde y me veo privado de una ocasión tan codiciada. Pero, date prisa. Que realicen otros ese dichoso oficio, puesto que a mí se me niega. Doy mi gran sello en comisión. Escoge tú los lores que han de componerla y andad a vuestro trabajo. ¡Apresúrate! Antes de que salga el sol y se ponga de nuevo, tráeme su cabeza para que yo la vea.

—Tal como el rey lo ordena, así se hará. ¿Querrá Vuestra Majestad ordenar que me entreguen el sello, para que yo pueda solucionarlo?

—¡El sello! ¿Quién guarda el sello sino tú?

—Recuerde Vuestra Majestad que hace dos días me lo pidió diciendo que no haría falta para nada hasta que la propia mano de Vuestra Majestad lo usara para sellar la sentencia del duque de Norfolk.

—Sí, en verdad lo hice. Lo recuerdo. ¿Qué he hecho con él...? Estoy muy débil. En estos días la memoria me flaquea con frecuencia... ¡Es extraño, extraño...!

El rey dijo algunas palabras incomprensibles, moviendo de cuando en cuando débilmente la blanca cabeza y tratando de recordar dónde había puesto el sello. Por fin, milord Hertford se aventuró a arrodillarse y a ofrecer una información:

—Señor, perdonadme, pero varios de los presentes recuerdan conmigo que pusisteis el gran sello en manos de Su Alteza el príncipe de Gales para que lo guardase hasta el día en que...

—¡Exacto, ciertísimo! —interrumpió el rey—. ¡Traedlo aquí! ¡Corre, que el tiempo vuela!

Lord Hertford salió volando en busca de Tom, pero volvió a la presencia del rey al poco tiempo, turbado y con las manos vacías, diciendo estas palabras:

—Duéleme, rey y señor mío, traer tan graves noticias; pero la voluntad de Dios es que la enfermedad del príncipe subsista aún, y Su Alteza no puede recordar que ha recibido el sello. Así he venido al punto a decíroslo, creyendo que sería perder un tiempo precioso cualquier tentativa de registrar la infinidad de aposentos y salones que pertenecen a Su Alteza Real...

Al llegar a este punto, un suspiro del rey interrumpió al lord, y al cabo de un rato dijo Su Majestad muy compungido:

—No le molestéis. ¡Pobre niño! La mano de Dios se ha posado con fuerza sobre él, y mi corazón se deshace en lástima y compasión, por no poder quitarle esa carga para traerla sobre mis viejos hombros agobiados y devolverle así la paz.

Cerró los ojos murmurando frases entrecortadas, hasta quedar en silencio. Después los volvió a abrir y miró vagamente en torno, hasta que su mirada se detuvo en el arrodillado lord canciller. Instantáneamente se apoderó de él la cólera.

—¿Qué haces ahí? Por la gloria de Dios, que si no vas enseguida a despachar el asunto de ese traidor, tu corona holgará mañana por falta de cabeza en que posarse.

A lo que respondió temblando el canciller:

—Perdón, Majestad, pero esperaba el sello.

—¿Te has vuelto loco? El sello pequeño, que en otro tiempo solía yo llevar conmigo de viaje, está en mi tesoro, y puesto que el gran sello se ha perdido, ¿no bastará el otro? ¿Qué esperas? Vete y ten presente que no has de volver aquí hasta que me traigas su cabeza.

Salió veloz el canciller, huyendo de tan temible enemigo. La comisión tampoco se detuvo en dar el asenso real a la obra del esclavizado Parlamento y en fijar la fecha del día siguiente para la decapitación del primer par de Inglaterra, el muy desgraciado duque de Norfolk.

CAPÍTULO IX

A eso de las nueve de la noche, la espléndida margen del Támesis situada frente a palacio resplandecía de luces. El mismo río, en cuanto alcanzaba la vista en dirección a la ciudad, estaba tan cubierto de embarcaciones de recreo, adornadas con faroles de colores y suavemente agitadas por las olas, que parecía un maravilloso jardín ilimitado de flores, mecidas dulcemente por vientos estivales. La gran escalinata de peldaños de piedra que conducía al agua, lo bastante espaciosa para contener el cortejo de un príncipe alemán, era un cuadro digno de admiración, con sus hileras de alabarderos vestidos con sus pulidas armaduras y sus tropas de servidores de abigarrados trajes, que iban de arriba abajo y de un lado a otro con la prisa de los preparativos.

Una orden se esparció entre el personal y al punto todo el mundo desapareció de los escalones. El ambiente estaba impregnado de suspensión y expectación. Hasta donde alcanzaba la vista en aquel laberinto de miles de barquillas, se observó que se levantaron sus ocupantes y, resguardándose los ojos del resplandor de los faroles y antorchas, miraban hacia el palacio.

Unas cuarenta o cincuenta barcas reales vinieron a atracar a los escalones. Profusamente adornadas de oro, sus altas proas lucían primorosas esculturas. Muchas iban empavesadas con banderas y gallardetes, otras ostentaban brocados y tapices con escudos de armas, en otras flameaban banderolas de seda con innumerables campanillas de plata, que se estremecían como una lluvia de alegre música cada vez que las agitaba la brisa, y otras, en fin, tenían los costados protegidos con escudos y blasones de armas y empresas. Las barcas iban remolcadas por otras. Además de los remeros, estas otras llevaban varios hombres de armas con relucientes yelmos y corazas y una banda de música.

Una tropa de alabarderos, vanguardia de la esperada procesión, apareció al instante en la gran portalada. Iban vestidos con medias de listas negras y leonadas, gorras de terciopelo adornadas a los lados con rosas de plata y justillos de paño azul y morado, bordados en el pecho y en la espalda con las tres plumas, que constituían el blasón del príncipe, tejidas en oro. Las astas de las alabardas aparecían forradas de terciopelo carmesí, sujeto con clavos dorados y adornadas de caireles de oro. Iban desfilando a derecha e izquierda formando dos largas hileras que se extendían desde la puerta central del palacio hasta la orilla del río. Después se desplegó un grueso paño o tapiz de rayas, y unos servidores, vestidos de libreas color de oro y escarlata, distintivo de los servidores del príncipe, lo extendieron entre los alarbaderos. Hecho esto, sonó en el interior un floreo de trompetas. Los músicos de las barcas comenzaron un animado preludio, y dos ujieres con sendas varas blancas salieron de la portalada con paso lento y majestuoso. Iban seguidos de un oficial portador de la maza cívica, tras el cual marchaba otro con la espada de la ciudad. Seguían varios sargentos de la guardia de esta, armados de punta en blanco y con divisas en las mangas. Venía luego el rey de armas de la Jarretera, con su tabardo; varios caballeros del Baño, todos con su lazo blanco en la manga; luego sus escuderos, después los jueces con sus ropones de escarlata y sus pelucas, el lord gran canciller de Inglaterra, con su toga escarlata abierta por delante y orlada de piel; una comisión de regidores con sus capas de grana y, por fin, los jefes de las diferentes compañías cívicas en traje de ceremonia. Bajaron la escalinata doce caballeros franceses con espléndidos atavíos, consistentes en jubones de damasco blanco con listas de oro, capas cortas de terciopelo carmesí, forradas de tafetán violeta, y *hauts-de-chausses* de color de carne; eran el séquito del embajador francés, e iban seguidos por doce caballeros del séquito del embajador español, vestidos de terciopelo negro, liso y sin ningún adorno. Tras de estos iban varios nobles ingleses con sus servidores.

Se volvió a oír otro floreo de trompetas, y el tío del príncipe, el futuro gran duque de Somerset, salió de la verja lujosamente ataviado con un justillo de terciopelo negro brocado de oro y una capa de raso carmesí con flores de oro, ribeteada de trencilla de plata. Se quitó la empenachada gorra, se volvió frente al gran portal, se inclinó en profunda reverencia y empezó a bajar de espaldas, saludando a cada escalón. Siguió un prolongado clamor de trompetas y la voz de: «¡Paso al muy alto y poderoso señor Eduardo, príncipe de Gales!». En los picos de los muros de palacio prorrumpió, en estrépito atronador, una larga hilera de rojas lenguas de fuego. La gente apiñada en el río estalló en un entusiasta rugido de bienvenida y Tom Canty, causa y héroe de todo aquel alborozo, apareció a la vista inclinando con suavidad su principesca cabeza.

Su indumentaria era magnífica: un justillo de raso blanco, con pechero de púrpura y oro salpicado de diamantes y ribeteado de armiño. Sobre el justillo llevaba una capa de blanco brocado de oro y se tocaba con una gorra de tres plumas forrada de raso azul, adornada con perlas y piedras preciosas y sujeta con un broche de brillantes. De su cuello pendía la orden de la Jarretera y algunas condecoraciones de países extranjeros, y cuando se exponía a la luz, las joyas resplandecían con deslumbrantes destellos. ¡Oh, Tom Canty, nacido en una pocilga, educado en el arroyo de Londres, familiarizado con los andrajos, la suciedad y la miseria! ¿Qué significa este espectáculo?

CAPÍTULO X

Volvamos la vista a Juan Canty, a quien dejamos llevando a rastras hacia Offal Court al verdadero príncipe, seguido de una chusma escandalosa y alegre. Sólo una persona entre todos lanzó una súplica en favor del desgraciado, pero nadie la hizo caso, aunque, a decir verdad, apenas se le oyó con aquel ruido infernal. El príncipe luchaba, lleno de coraje, defendiendo su libertad y protestando del inhumano tratamiento de que era víctima, hasta que el feroz Juan Canty, indignado, le asestó un garrotazo en la cabeza. La única persona que defendía al niño quiso interponerse entre el brazo del rufián y recibió un porrazo en la muñeca. Canty rugió colérico:

—¿Quieres entremeterte? ¡Pues ahí va tu recompensa!

Cayó el garrote sobre la cabeza del mediador. Se oyó un quejido y un cuerpo rodó por el suelo entre los pies de la muchedumbre; un momento después quedó allí solo en la oscuridad. La chusma siguió apretándose sin que su alegría se interrumpiera por aquel lance.

El príncipe y Juan Canty llegaron a la madriguera de este, cerrando la puerta a los mirones. A la vaga luz de una vela de sebo, encajada en una botella, pudo apreciar los principales detalles del repugnante tugurio y vio a sus ocupantes. Dos desgreñadas muchachas y una mujer de edad madura estaban agazapadas en un rincón, junto a la pared, con el aspecto de animales abatidos a fuerza de malos tratos y que los esperan y los temen. En otro rincón se hallaba una bruja andrajosa, de revueltas greñas y ojos de hiena. Juan Canty dijo, dirigiéndose a ella:

—Espera, que nos vamos a divertir. No te adelantes antes de haberla disfrutado; después deja caer tu mano tanto como quieras. Ven aquí, rapaz; repite ahora tus necedades, si no se te han olvidado. ¿Cómo te llamas? ¿Quién eres?

El príncipe, con las mejillas encendidas, lanzó una mirada firme y llena de indignación al semblante del bellaco y dijo:

—Mala crianza es en gentes como tú mandarme que hable. Te digo ahora, como te he dicho antes, que soy Eduardo, príncipe de Gales, y no otra persona.

Fue tal la sorpresa que causó esta contestación en la bruja, que la dejó sin aliento. El estúpido asombro con que se quedó mirando al príncipe divirtió tanto al bribón de su hijo, que le hizo estallar en una carcajada, pero el efecto fue distinto en la madre y en las hermanas de Tom Canty que, atemorizadas por el castigo que le esperaba, apenas pararon mientes en las burlas. Abalanzáronse con los rostros afligidos y desalentados y exclamaron:

—¡Oh, pobre Tom! ¡Pobre niño!

La madre cayó de rodillas delante del príncipe, le echó los brazos al cuello y entre el llanto que se agolpaba a sus ojos miró ansiosa su semblante. Luego dijo:

—¡Hijo de mi alma! Tus descabelladas lecturas te han traído a este estado y te han trastornado el juicio. ¿Por qué te empeñabas en leer hasta volverte loco, como te prevenía yo? ¡Has desgarrado el corazón de tu madre!

El príncipe la miró y dijo dulcemente:

—No llores, buena mujer; tu hijo está sano y no ha perdido el juicio. Llévame al palacio donde se halla, y el rey mi padre te lo devolverá al momento.

—¿Qué dices, desgraciado? ¿El rey tu padre? ¡Oh, hijo mío! No vuelvas a hablar así, que puede ser la muerte para ti y la ruina para cuantos te rodean. Olvida ese triste sueño, recobra tu memoria extraviada. Mírame. ¿No soy yo tu madre, la que te dio el ser y tanto te quiere?

El príncipe movió lentamente la cabeza y dijo pesaroso:

—Dios sabe cuánto siento hacerte sufrir, pero lo cierto es que no te he visto nunca.

La mujer cayó al suelo sentada y, cubriéndose los ojos con las manos, se desahogó en desgarradores sollozos y gemidos.

—¡Continuemos la comedia! —gritó Canty—. ¡A ver, Nan! ¡A ver, Bet! ¡Mozas indecentes! ¿Estáis en pie en presencia del príncipe? ¡De rodillas enseguida, ralea de mendigas, y hacedle reverencias!

Juan Canty reía groseramente. Las muchachas empezaron a suplicar con timidez por su hermano y Nan dijo:

—Déjale que se acueste, padre; que descanse, y el sueño curará su locura. Te lo ruego: déjale.

—¡Ah, padre! —añadió Bet—. Está más cansado que de costumbre. Mañana volverá a ser el mismo, y mendigará con diligencia y no regresará a casa con las manos vacías.

Esta observación calmó la jovialidad del padre y le hizo pensar en lo positivo. Volviéndose airado al príncipe, dijo Juan Canty:

—Mañana tenemos que pagar dos peniques al dueño de este cuchitril, dos peniques nada menos, por medio año, pues de lo contrario nos echaría a la calle. Dame lo que has recogido mendigando.

El príncipe contestó:

—No me ofendas más con miserias y pequeñeces. Te vuelvo a decir que soy el hijo del rey.

Un recio golpe, que la manaza de Canty dio en el hombro al niño, le mandó tambaleándose a los brazos de la madre, que le estrechó contra su corazón y le defendió de una lluvia de puñetazos y pescozones interponiendo su propia persona. Las muchachas se retiraron enseguida a su rincón, temblando de miedo, pero la abuela avanzó muy solícita para ayudar a su hijo. El príncipe se separó de la madre de Tom, exclamando:

—No quiero que sufras por mi causa, señora. Deja que esos cerdos hagan conmigo lo que les dé la gana.

Al oír estas palabras se encolerizaron los «cerdos» hasta el punto que pusieron manos a la obra sin pérdida de tiempo. Entre ambos vapulearon de lo lindo al muchacho, y luego dieron un repaso a las muchachas y a su madre por haber mostrado compasión de la víctima.

—¡Vamos! —dijo Canty—. Todos a dormir. La diversión me ha fatigado.

Apagaron la luz y la familia se acostó. En cuanto los ronquidos del jefe y de su madre dieron fe de que estaban durmiendo, las muchachas se deslizaron a donde yacía el príncipe y le resguardaron tiernamente del frío con paja y unos trapos. También la madre se llegó furtivamente a él, le acarició el pelo y lloró sobre su cuerpo susurrando en sus oídos tiernas palabras de consuelo y compasión. Había guardado, además, un bocado para dárselo a comer, mas los dolores del niño le habían quitado todo apetito, y además no estaba acostumbrado al pan negro. Conmovido por la breve y cara defensa que había hecho de él la mujer y por la compasión que le mostraba, le dio las gracias con frases delicadas y principescas y le rogó que se fuese a dormir y tratase de olvidar sus dolores. Añadió que el rey su padre no dejaría sin recompensa su lealtad y su abnegación. Este retorno a su «locura» desgarró de nuevo el corazón de la pobre madre, que le volvió a estrechar una y otra vez contra su pecho, y por fin, bañada en llanto, se volvió a su camastro.

La pobre mujer lloró un buen rato pensando en su hijo, pero, examinando lo ocurrido, se le ocurrió una idea respecto a si aquel muchacho, en el que había observado algo indefinible que le distanciaba de Tom Canty, estuviese loco o cuerdo. Algo que no se escapa al instinto maternal, aunque en verdad no podía explicárselo, pero que estaba segura de haberlo descubierto. ¿Y si aquel muchacho no fuese su hijo? ¡Oh! ¡Qué disparate! Esta ocurrencia le produjo cierta risa, a pesar de sus sinsabores. No obstante, la idea se había fijado en su cerebro y la obsesionaba, se aferraba en su imaginación y no podía desecharla. Por fin, se dijo que no habría sosiego para su alma hasta que discurriese una prueba que demostrara claramente y sin disputa si aquel muchacho era o no su hijo, para poder así desterrar la fatigosa y abrumadora duda. ¡Ah, sí! Este era el mejor camino para salir del paso y, por consiguiente, la madre se puso enseguida a meditar para dar con aquella prueba. Pero era más fácil proponérselo que conseguirlo.

Varias pruebas se le ocurrió poner en práctica, pero se vio obligada a desecharlas, pues ninguna de ellas era segura, ni absolutamente perfecta, y una prueba imperfecta no podía satisfacerle. Sin duda, se torturaba los sesos en vano, pues parecía evidente que tendría que renunciar a su propósito. Mientras pasaba por su espíritu este depresivo pensamiento, sus oídos percibieron la respiración regular del niño, comprendiendo que se había dormido, y escuchando el acompasado alentar, la sorprendió un débil grito de susto, como el que se profiere en un sueño perturbado.

Esta casualidad sugirió instantáneamente a la mujer un proyecto superior a todas sus probaturas combinadas. Al momento se puso febrilmente, y en silencio, a encender de nuevo la vela, murmurando entre dientes: «Si entonces le hubiera visto le habría conocido. Desde el día en que, de pequeñito, le dio en la cara la pólvora quemada, no se ha sobresaltado por nada, ni en sueños ni despierto, sin llevarse las manos a los ojos, por instinto, y no como lo harían otros, con las palmas hacia dentro, sino con las palmas hacia fuera. Lo he visto centenares de veces, y no ha variado nunca ni ha dejado nunca de hacerlo. Sí. Pronto lo sabré ahora».

Con gran sigilo se había escurrido hasta cerca del niño, con la vela en la mano. Con gran cuidado y cautela se inclinó sobre él, sin respirar apenas por la reprimida excitación, y rápida le acercó la luz a la cara y dio con los nudillos en el suelo junto al oído del niño. Los ojos de este se abrieron asombrados, pero sus manos permanecieron inmóviles.

Se quedó anonadada por la sorpresa y el dolor, pero consiguió ocultar sus emociones y calmar al niño hasta dormirle de nuevo. Luego se separó y meditó afligidísima sobre el desastroso resultado de su experimento.

Quería convencerse a sí misma de que la locura de Tom le había hecho olvidar su habitual ademán; mas todo en vano, no podía conseguirlo.

—¡Oh, no! —decía—. Sus manos no pueden haber olvidado en tan escaso tiempo una costumbre tan añeja. ¡Oh qué triste día para mí!

Pero la esperanza era en ella tan pertinaz como antes la duda. No podía la buena mujer resignarse a aceptar el veredicto del experimento. Debía intentarlo de nuevo, pues el fracaso podía obedecer sólo a un accidente. Así, despertó súbitamente al niño por segunda y por tercera vez, a intervalos, con el mismo resultado que la primera, y al fin se arrastró hasta su cama y a fuerza de llorar se quedó dormida, diciendo:

—Yo no puedo renunciar a él. ¡Oh! No, no puedo. Debe ser mi hijo.

Cuando la madre dejó de interrumpir su sueño y los efectos del dolor cesaron, el príncipe, cansado y extenuado, cerró los ojos en profundo y sosegado sueño. Transcurrieron varias horas y el príncipe siguió durmiendo como un bendito.

Al cabo de cuatro o cinco horas, e inconsciente del lugar en que se hallaba, dijo, entre despierto y dormido:

—¡Sir William!

Y luego repitió:

—¡Hola, sir William Herbert! Ven acá y escucha el sueño más raro que... ¿Me oyes, sir William? He soñado que me cambiaba en mendigo y... ¡Hola! ¡Guardias! ¡Sir William! ¿Cómo? ¿No hay aquí ningún caballero de servicio? ¡Ah...! A fe mía que...

—¿Qué te pasa? —preguntó un susurro junto a él—. ¿A quién llamas?

—A sir William Herbert. ¿Quién eres tú?

—¿Quién voy a ser sino tu hermana Nan? ¡Pobre Tom! Se me había olvidado. Aún sigue con su manía. ¡Pobre niño! ¿Se quedará loco? ¡Ojalá no hubiera despertado para verlo! Pero te ruego que no digas nada más, para que no nos maten a todos a golpes.

El príncipe se levantó de un salto, pero el vivo recuerdo de sus contusiones le hizo volver en sí y hundirse en la sucia paja quejándose y diciendo:

—¡Ah! Luego, ¿no era un sueño?

Y como por encanto, toda la pena y la infelicidad que el sueño había desterrado cayeron de nuevo sobre el niño, el cual comprendió que ya no era el príncipe mimado en su palacio, con los ojos fijos en él de una nación que le adoraba, sino un mendigo, un paria vestido de harapos, prisionero en un antro digno de alimañas y en compañía de ladrones y mendigos.

Cuando mayor era su dolor, empezó a darse cuenta de alegres ruidos y voces, al parecer a una o dos manzanas de distancia. Enseguida se oyeron varios golpes en la puerta y Juan Canty cesó de roncar y preguntó:

—¿Quién llama? ¿Qué quieres?

—¿Sabes sobre quién has dejado caer tu garrote? —preguntó una voz.

—No. Ni lo sé ni me importa.

—Tal vez no tardes en cambiar de opinión, y, si quieres librar el gañote, huye, sólo la fuga puede salvarte. En este momento tu víctima está entregando el alma. Es el cura, el padre Andrés.

—¡Dios santo! —exclamó Canty.

Enseguida despertó a la familia y ordenó ásperamente:

—¡Arriba todos y huyamos, si no queréis que nos ahorquen!

Antes de cinco minutos, los familiares de Canty estaban en la calle, huyendo para librar la pelleja. Juan llevaba de la mano al príncipe y le hacía correr por las oscuras callejuelas sin dejar de prevenirle en voz baja:

—¡Ten la lengua, muchacho, necio de los demonios, y no pronuncies tu nombre! Yo tomaré otro postizo, para que los sabuesos de la ley se despisten. ¡Cuidado con lo que dices!, ¿oyes? —y a la demás familia le dijo refunfuñando estas palabras—: Si la casualidad hiciese que nos separásemos, todos al puente de Londres. El que primero llegue más allá de la última lencería del puente, que espere allí hasta que aparezcan los demás, para que huyamos juntos a Southwark.

Y dicho esto, la familia salió de repente de la oscuridad a la luz y no sólo a la luz, sino al centro de una muchedumbre que cantaba, bailaba y vociferaba apiñada en la orilla del río. Una hilera de fogatas se extendía por ambos lados del Támesis hasta perderse de vista. El puente de Londres aparecía iluminado, lo mismo que el de Southwark. En el río rielaban los fulgores cambiantes de las luces de colores, y constantes estallidos de fuegos artificiales llenaban el espacio de una intrincada mezcla de esplendores y de una espesa lluvia de brillantes chispas que casi convertían la noche en día. Por doquier había grupos de trasnochadores; toda la ciudad de Londres parecía estar en la calle.

Al darse cuenta de ello, Juan Canty estalló en maldiciones y ordenó la retirada, pero ya no había tiempo. Toda la familia se encontró envuelta en la populosa colmena humana y en un momento se encontraron separados como por encanto. Canty, no obstante, no soltaba al príncipe. El corazón del niño latía con violencia, esperanzado en escaparse. Un barquero corpulento, algo exaltado por la bebida, se sintió empujado por Canty, en su afán de abrirse paso por la fuerza entre la muchedumbre. El barquero, dejando caer su manaza en el hombro de Canty, le dijo:

—¡Eh, amigo! ¿Adónde vas tan deprisa? ¿Es que se pudre tu alma en bajos negocios cuando todos los hombres leales y fieles están de enhorabuena?

—A nadie he de dar cuenta de mis asuntos —respondió bruscamente Canty—. Quita la mano y déjame pasar.

—Ya que contestas de ese modo, no pasarás hasta que hayas bebido a la salud del príncipe de Gales —contestó el barquero, cerrándole resueltamente el paso.

—Bien, bebamos pronto. Dame la copa.

Se habían fijado en el grupo otros curiosos, que exclamaron:

—¡La copa, la copa! ¡Que beba en la copa ese bribón, si no quiere que le echemos de pasto a los peces!

Trajeron una enorme copa y el barquero, cogiéndola por una de las asas y llevando en la otra mano el extremo de una servilleta imaginaria, se la presentó a la antigua usanza a Canty, el cual hubo de agarrar la otra asa y quitarle la tapa, según la usanza antigua. No tuvo más remedio que dejar libre la mano del príncipe, el cual, sin perder tiempo, se sumergió entre el bosque de piernas que le rodeaba y desapareció. Un momento después no habría sido más difícil hallarle bajo aquel agitado mar humano si sus olas hubieran sido las del Atlántico y el niño una moneda pérdida.

Así lo comprendió el niño y se dedicó a pensar en sí mismo, sin acordarse más de Juan Canty. Además, pudo comprobar otra cosa, y era que un fingido príncipe de Gales era festejado en su lugar por toda la ciudad y fácilmente coligió que Tom Canty, el rapaz mendigo, se había valido deliberadamente de aquella estupenda ocasión para convertirse en usurpador.

Determinó presentarse en el Ayuntamiento, y allí se encaminó, para darse a conocer y denunciar al impostor. Inmediatamente resolvió en su imaginación conceder a Tom sólo el tiempo necesario para preparar su alma y entregársela al Señor, y después le ahorcaría, le arrastraría y le descuartizaría, por delito de alta traición, de acuerdo con las leyes de la época.

CAPÍTULO XI

Era digna de ver la falúa real, escoltada por una flotilla espléndida, navegando por el Támesis, entre la profusión de botes iluminados. El ambiente estaba impregnado de músicas y en las orillas del río se reflejaba el resplandor de las fogatas. La ciudad descansaba en un suave centelleo luminoso, que provenía de las innumerables hogueras invisibles. La coronaban miles de esbeltos capiteles incrustados de fúlgidas luces, que, vistos a lo lejos, se asemejaban a lanzas enhiestas y punzantes, salpicadas de gemas multicolor. Según iba avanzando la flotilla, era saludada desde los márgenes del río, con incesantes vítores y estampidos de la artillería.

Para Tom Canty, medio enterrado en sus almohadones de seda, aquella música y aquel espectáculo eran un portento inefable de felicidad y de asombro. Para las amiguitas que llevaba al lado, la princesa Isabel y Juana Grey, no tenían valor alguno.

Llegada a Dowgate, la flotilla subió por el límpido Walbrook (cuyo cauce lleva ya dos siglos oculto a la vista bajo innumerables edificios) hasta Bucklersburg, dejando atrás casas y pasando bajo puentes brillantemente iluminados donde estaban apiñados infinidad de curiosos, y por fin se detuvo en una pequeña ensenada, donde se halla ahora Barge Yard, en el centro de la antigua ciudad de Londres. Tom desembarcó, le siguió su espléndido cortejo, cruzó Cheapside y anduvo unos pasos entre la Judería vieja y la calle Basinghall, hasta el Ayuntamiento.

Tom y las princesas fueron recibidos con el debido ceremonial por el alcalde y los patricios de la ciudad, que ostentaban sus cadenas de oro y sus hopalandas escarlata, y fueron conducidos bajo un rico dosel situado en el gran salón, precedidos por heraldos, que abrían paso anunciándolo, investidos de la maza y la espada de la ciudad. Los lores y damas que habían de asistir a Tom y a las princesas se situaron detrás de sus señores.

En una mesa inferior, tomaron asiento los grandes de la corte con otros huéspedes de noble abolengo y los magnates de la ciudad. Los comunes ocuparon infinidad de mesas en el piso principal del vestíbulo. Desde su elevado puesto y condición, los gigantes Gog y Magog, antiguos guardianes de la ciudad, contemplaban el espectáculo que debajo de ellos se desarrollaba, el cual les era familiar desde hacía muchas generaciones. Luego sonó el clarín, el heraldo lanzó una proclama y apareció el despensero, seguido de sus ayudantes que con rígida solemnidad llevaban un magnífico solomillo de buey, de olor exquisito, dispuesto a ser trinchado.

Una vez se hubo bendecido la mesa y rezado una oración Tom, que había recibido instrucciones previas, se levantó —con él todos los presentes— y bebió de un magnífico velicomen de oro con la princesa Isabel. El velicomen pasó de sus manos a Juana Grey y después circuló por toda la sala. Así comenzó el banquete.

Era medianoche cuando el festín llegaba a su apogeo, disfrutándose de los pintorescos espectáculos, tan admirados en la antigüedad. Aún existe la descripción de él en el singular estilo de un cronista que lo presenció.

Se abrió paso y entraron un barón y un conde, ataviados a guisa turca, con largos ropones de brocado de oro. Tocábanse con sombreros de terciopelo carmesí, bordados con flores de oro, y ceñían hermosas espadas llamadas cimitarras, pendientes de grandes tahalíes. Les seguían otro barón y otro conde, con largas hopalandas de raso amarillo rayado en raso blanco, y en las listas blancas, otra barra de raso carmesí, a la usanza rusa, con sombreros de piel de ardilla. Cada uno de ellos llevaba un hacha pequeña en la mano y botas con puntas alargadas y vueltas hacia arriba. Seguía un caballero, luego el lord gran almirante, y con él, cinco nobles con justillos de terciopelo carmesí, muy abiertos por la espalda y por el pecho hasta el esternón y sujetos por delante con cadenas de plata, y sobre los hombros, capa corta de raso carmesí y sombreros a la manera de los danzantes, con pluma de faisán. Estos iban vestidos a la usanza prusiana. Se veían después unos cien portadores de antorcha, vestidos de raso carmesí y verde, lo mismo que los moros, y con las caras negras. Venía después un *mommarye*. Luego los ministriles disfrazados bailando, y los lores y las damas bailaron también con tal entusiasmo que daba gusto verlos.

Y mientras Tom, desde su elevado sitial, observaba las desenfrenadas danzas, absorto en la admiración de tan deslumbradora mezcla de colores como era la que ofrecía el arremolinado torbellino de vistosas figuras, el andrajoso y auténtico príncipe de Gales proclamaba sus derechos en la puerta del Ayuntamiento denunciando al impostor y pidiendo entrada a voces.

Este espectáculo causaba en la muchedumbre extraordinario regocijo, y se abalanzaba desnucándose para ver de cerca al pequeño alborotador. Pronto empezaron a zaherirle y a mofarse de él adrede para hostigarle a exaltarse más, y así se divertían. A los ojos del niño asomaron lágrimas amargas, pero así y todo supo defender su terreno y retar a la turba en la actitud de un verdadero rey. Continuaron las chanzas y las burlas, y, por fin, el príncipe exclamó:

—Os repito, hatajo de perros mal criados, que soy el príncipe de Gales, y aunque me veo abandonado, sin amigos y sin nadie que pronuncie una palabra en mi favor ni me ayude en mi desamparo, no me arrojaréis de mi puesto, que mantendré a toda costa.

—Seas el príncipe o no, lo mismo da. Eres un chico valiente y no te faltan amigos. Aquí me tienes de tu parte y te lo demostraré. Te advierto que peor amigo podrías tener que Miles Hendon, por mucho que te cansaras buscándolo. No te canses más, querido. Yo sé hablar mejor con un arma, el lenguaje de esos perros.

Este defensor improvisado podía compararse con don César de Bazán por su vestido, su aspecto y su continente. Era alto, flaco y musculoso. Su justillo y calzón eran de tela rica, pero rapada y descolorida, y el adorno de su encaje de oro estaba deslucido. Traía estropeada y ajada la gorguera, y la pluma de su chambergo estaba rota y tenía aspecto de suciedad y abandono. En el costado ostentaba un largo estoque en mohosa vaina de hierro. Su actitud fanfarrona fue disputada al instante por un espadachín en campaña. Las palabras del estrambótico personaje fueron recibidas con una explosión de voces y de risas. La gente gritó: «¡Es otro príncipe disfrazado!». «¡Cuidado con lo que haces!». «¡Ten cuidado, amigo, porque puede ser peligroso!». «¡Así lo parece!». «Mírame a los ojos». «Separa de él al chico». «¡Al abrevadero de los caballos!». Instantáneamente, y para ejecutar esta feliz idea, una mano cayó sobre el príncipe, pero al mismo tiempo la larga espada del desconocido salió de la vaina y el mediador cayó al suelo gracias a un fuerte golpe de plano. Al momento gritaron docenas de voces: «¡Mirad a ese perro! ¡Matadle, matadle!». Y la turba arreció sobre el guerrero, que se puso de espaldas contra una tapia y empezó a repartir cintarazos a diestro y siniestro. Sus víctimas caían acá y allá, pero la chusma, saltando sobre los cuerpos derribados, se abalanzaba con desenfrenada furia contra el campeón. Tenía contados los momentos y su derrota era segura, cuando, de pronto, sonó un toque de clarín y una voz gritó: «¡Paso al mensajero del rey!». Enseguida llegó una tropa de jinetes, cargando sobre la chusma, que se puso fuera de tiro lo más pronto que lo consintieron sus piernas. El intrépido desconocido cogió al príncipe en brazos y huyó con él, alejándose del peligro y de la multitud.

Volvamos al interior del Ayuntamiento. Atronó el aire entre los rumores de júbilo y el bullicio del festín la clara nota de una trompeta. Se produjo un instante de silencio, un largo siseo y, por fin, se alzó una sola voz, la del mensajero de palacio, el cual empezó a leer una proclama que escucharon todos los presentes en pie. Las últimas palabras, solemnemente pronunciadas, fueron:

—¡El rey ha muerto!

Todos bajaron la cabeza sobre el pecho y así permanecieron unos momentos en profundo silencio, hasta que cayeron a la vez de rodillas, extendiendo las manos hacia Tom, y sonó un recio grito que pareció estremecer el edificio:

—¡Viva el rey!

Lleno de asombro, el pobre Tom contempló el incomprensible espectáculo, y por último miró serenamente a las arrodilladas princesas que tenía al lado y luego al conde de Hertford.

—Respóndeme con lealtad, por tu fe y por tu honor. Si yo diera aquí una orden, que sólo un rey pudiera tener el privilegio y la prerrogativa de dictar, ¿sería obedecido mi mandato sin oposición de ninguna clase?

—En tu persona reside la majestad de Inglaterra. Eres el rey y ley es tu palabra. Ordena y se cumplirá.

Y Tom, lleno de ánimo, dijo con voz fuerte y enérgica:

—Entonces, la ley del rey será desde hoy la ley del perdón y no será nunca más la ley de la sangre. Levantaos y partid. ¡A la Torre! Y decid que el rey decreta que no muera el duque de Norfolk.

Cuando Tom pronunció estas palabras, volaron de boca en boca, con la rapidez del relámpago, por toda la concurrencia e, inmediatamente, se oyó este grito de alegría:

—¡Ya no hay rey de la sangre en Inglaterra! ¡Viva Eduardo, el nuevo rey!

CAPÍTULO XII

Una vez libres Miles Hendon y el príncipe niño de las persecuciones de la chusma, se dirigieron al río por callejuelas estrechas y veredas. No encontraron ningún obstáculo hasta llegar al puente de Londres. Entonces, se volvieron a enfrentar con la multitud; aún llevaba Hendon al príncipe, es decir, al rey, cogido de la mano. Todos divulgaban la noticia que llegó a oídos de Eduardo por miles de bocas. «¡El rey ha muerto!». El niño se estremeció de dolor y tembló de pies a cabeza. Comprendió lo que acababa de perder, pues el tirano y cruel que atemorizaba a todos era para con él dulce y apacible. Se llenaron sus ojos de lágrimas y lloró como lo que era, como un niño. Por un instante se sintió la más infeliz y desamparada de las criaturas de Dios. Después, otro grito estremeció la noche en muchas millas a la redonda: «¡Viva el rey Eduardo!», y esto hizo centellear los ojos del niño y le llenó de orgullo hasta las yemas de los dedos.

—¡Ah! —pensó—. ¡Qué cosa más grande y más rara es esa! ¡Soy rey!

Entre la multitud que llenaba el puente, se abrieron paso nuestros dos amigos. Esta construcción, que tenía más de seiscientos años de vida, había constituido siempre un barrio alborotado y populoso, muy pintoresco con su hilera de tiendas y almacenes, y con habitaciones en el entresuelo; se extendía a ambos lados y en las dos orillas del río. El puente era en sí mismo una especie de ciudad, con sus posadas, sus cervecerías, sus panaderías, sus mercados, sus industrias manufactureras y hasta su iglesia. Miraba a los dos vecinos que ponía en comunicación —Londres y Southwark— considerándolos como buenos suburbios, pero sin ninguna nota de particular importancia. Era una cofradía cerrada, por decirlo así; una ciudad estrecha con una sola calle de un quinto de milla de largo, y su población no era sino la población de una aldea. Todo el mundo se conocía íntimamente, como había tenido antes conocimiento de sus padres y de sus madres, y sabía además todos sus secretos familiares. Contaba con su aristocracia, por supuesto; con sus distinguidas y viejas familias de carniceros, de panaderos y otros tales, que venían ocupando las mismas tiendas desde hacía quinientos o seiscientos años, y sabían la gran historia del puente desde el principio al fin, con todas sus extrañas leyendas. Estas familias hablaban siempre en el lenguaje del puente, tenían pensamientos relacionados con el especial puente y mentían a boca llena y sin titubear, de una manera característica a los del puente. Era aquella una clase de población que había de ser por fuerza mezquina, ignorante y engreída. Los niños nacían en el puente, eran educados en él, en él llegaban a viejos y finalmente en él morían sin haber puesto los pies en otra parte del mundo que no fuera el puente de Londres. Aquella gente tenía que pensar, por razón natural, que la numerosa e interminable procesión que circulaba por su calle noche y día, con su confuso rumor de voces y gritos, sus relinchos, sus balidos y su ahogado patear, era la cosa más grande del mundo, y los habitantes del puente, en cierto modo los propietarios de todo aquello, lo creían así. Y tenían razón —o por lo menos así podían considerarlo desde sus ventanas—; cada vez que un rey o un héroe triunfante daban ocasión de celebrar festejos, no había sitio como aquel para poder contemplar largamente y sin interrupción las columnas en marcha.

Los hombres nacidos y educados en el puente no podían soportar la vida en ninguna otra parte. La historia nos habla de uno de estos hombres que se fue del puente a la edad de sesenta y un años y se retiró al campo, pero no pudo vivir; siempre estaba nervioso y daba vueltas en la cama sin poder conciliar el sueño, pues la profunda calma rústica le era penosa, horrible y opresiva. Harto de aquel suplicio, dicen que volvió a su hogar, convertido en un esqueleto, demacrado y huraño, y se entregó al reposo y descanso de los sueños agradables bajo la adormecedora música de las agitadas aguas y el estrépito, el bullicio y el alboroto del puente de Londres.

En el tiempo que describimos, el puente suministraba a sus hijos «lecciones de cosas» en la historia inglesa; a saber, unas lívidas y medio corrompidas cabezas de personajes famosos, clavadas en sendas picas de hierro en lo alto de sus verjas. Mas dejémonos de digresiones.

Hendon vivía en un albergue situado en el puente. Al acercarse el caballero a la puerta con su amiguito, dijo una voz bronca:

—¡Ah! ¿Has aparecido ya? ¡No volverás a escaparte, yo te lo juro! Voy a machacarte los huesos hasta hacerlos papilla para que no nos hagas esperar en otra ocasión.

Al decir esto, Juan Canty alargó la mano para agarrar al muchacho, pero Miles Hendon se interpuso diciendo:

—Poco a poco, amigo. Eres, a fe mía, demasiado brusco. ¿Qué tienes que ver con este muchacho?

—Puesto que así lo deseas, metiéndote en asuntos ajenos, te diré que es mi hijo.

—¡Eso es mentira! —exclamó airado el reyecito.

—Lo creo, hijo mío, tanto si tienes la cabeza sana como si la tienes perdida. Pero tanto monta que este rufián sea tu padre o no lo sea, pues no te entregaré a él para que te pegue y te trate como amenaza, siempre que tú prefieras quedarte conmigo.

—¡Oh, sí! No conozco a ese hombre. Le aborrezco y moriré antes de ir con él.

—Pues ya está decidido; de acuerdo y no hay más que hablar.

—¡Eso ya lo veremos! —exclamó Juan Canty, tratando de pasar por el lado de Hendon para agarrar al niño—. Por fuerza...

—Si te atreves a tocarle, piltrafa animada, te ensarto como a un pato —dijo Hendon, cerrándole el paso y llevando la mano al puño de la espada.

A esto retrocedió Canty y Hendon continuó:

—Te advierto que he tomado bajo mi protección a este chico cuando una chusma de tu calaña trataba de maltratarle y tal vez lo habría matado. ¿Imaginas que le voy a entregar ahora a un destino peor? Porque tanto si eres su padre como si no —desde luego creo que has mentido—, una muerte decorosa y rápida sería mucho mejor para él que la vida en tus brutales manos. Sigue, pues, tu camino y pronto, porque no me gusta malgastar palabras, ya que no es mi natural paciente con exceso.

Se echó a un lado Juan Canty, rezongando amenazas y maldiciones, y la muchedumbre le devoró. Hendon subió tres tramos de escalera hasta su aposento en compañía del niño, después de ordenar que les sirvieran de comer. Era una pobre pieza, con un destartalado lecho y algunos muebles viejos, y débilmente alumbrada por dos velas casi extinguidas. El rey niño se arrastró hasta la cama y se tendió en ella, casi exhausto de hambre y de fatiga. Llevaba en pie casi todo el día y parte de la noche (porque a la sazón eran ya las dos o las tres de la madrugada, y no había comido nada entretanto). Soñoliento, balbució:

—Te suplico que me llames cuando esté puesta la mesa.

Y se quedó profundamente dormido. Vagó una sonrisa por los ojos de Hendon, que dijo para sí:

—Vive Dios, que este arrapiezo se le mete a uno en casa y le usurpa la cama con gracia y soltura tan naturales como si fuera su dueño, sin pedir permiso ni ofrecer excusas ni nada por el estilo. En su estrafalaria locura se cree el príncipe de Gales, y lo cierto es que sostiene bravamente su dignidad. ¡Pobre ratoncillo sin amigos! Sin duda, su mente se ha desequilibrado por los malos tratos. Bien, pues yo le protegeré. Yo le he salvado, y algo en él me atrae con fuerza arrolladora. Siento ya cariño por el boquifresco rapaz. ¡Con qué marcial actitud ha hecho frente a la sórdida ralea y le ha dirigido su reto! ¡Y qué cara tan linda, tan dulce y tan gentil tiene, ahora que el sueño ha conjurado sus desazones y sus pesares! Yo le enseñaré y curaré su enfermedad. Sí, seré su hermano mayor y cuidaré de él y por él velaré. Y los que quieran mancillarle o maltratarle ya pueden encargar la mortaja, porque la habrán menester, aunque por ello me quemen vivo.

Se inclinó sobre el muchacho y, tras contemplarle con bondadoso y compasivo interés, le dio unos tiernos golpecitos en la mejilla y le alisó los enmarañados rizos con su enorme manaza. Un escalofrío recorrió el cuerpo del niño, y Hendon dijo entre dientes:

—Qué ocurrencia la mía, dejarle ahí acostado sin taparle, para que su cuerpo se llene de insoportable reúma. ¿Qué haré ahora? Si le levanto y le meto dentro de la cama, se despertará, y tiene gran necesidad de reposo.

Buscó algo a su alrededor con qué taparle y, no hallando nada, se quitó el justillo y envolvió en él al muchacho, diciendo:

—Como estoy acostumbrado a los arañazos del viento y al poco abrigo, poco me importará el frío.

Y se puso a dar paseos por el aposento para mantener en circulación la sangre, monologando como era su costumbre.

—Se ha apoderado de él la idea de que es el príncipe de Gales. Será cosa curiosa tener con nosotros a un príncipe de Gales ahora que el que era príncipe ya no lo es, sino rey. Porque su pobre espíritu enfermizo no raciocinará que ahora debe dejar de ser príncipe y llamarse rey... Si mi padre vive aún, después de siete años en que no he sabido nada de mi casa, en mi calabozo en tierra extraña, acogerá bien al muchacho y por mi amor le dará hospitalidad. Lo mismo hará mi buen hermano mayor, Arturo. Mi otro hermano, Hugo... Pero le romperé la crisma si se interpone, el muy zorro y desalmado. Sí. Nos dirigiremos allá sin perder un momento.

Entró un criado y dejó la apetitosa comida en la mesita de pino, arrimó a ella las sillas y salió, dejando que unos huéspedes tan baratos se sirvieran a sí mismos. Se cerró la puerta tras él y el ruido del portazo despertó al niño, que de un salto se sentó en la cama y echó una alegre mirada a su alrededor. Luego, a su rostro asomó una expresión de desengaño y sus labios musitaron un profundo suspiro:

—¡Ay, mísero de mí! ¡No era más que un sueño!

Reparó luego en el jubón de Miles Hendon, miró al dueño de la prenda, comprendió el sacrificio que había hecho por él y le dijo cariñosamente:

—Eres bueno para mí. Sí, muy bueno. Toma tu jubón y póntelo: yo no lo necesito ya.

Se levantó diligente, se dirigió a un lavabo que había instalado en un rincón y se quedó plantado como esperando algo. Hendon le dijo muy contento:

—Vamos a comer enseguida; verás qué comida tan rica y sabrosa; mira qué bien huele. Eso te sentará muy bien, y mucho más después de haber echado una siestecita.

El príncipe, sin contestarle, miró sorprendido y con impaciencia al caballero de la espada. Hendon, algo confuso, le preguntó:

—¿Qué ocurre?

—Quisiera lavarme, señor.

—¡Ah! Muy bien. Puedes hacer lo que te plazca sin pedir permiso para nada a Hendon. Todo cuanto tengo lo pongo a tu disposición para que lo disfrutes a tus anchas.

El niño siguió sin moverse. Y hasta dio con el pie unos golpecitos de impaciencia. Hendon, cada vez más sorprendido, dijo al fin:

—Pero, ¿a qué aguardas?

—Te ruego que eches el agua y no gastes tantas palabras.

Hendon, sin poder aguantar la risa, dijo para sí: «¡Por todos los santos, esto es admirable!».

Avanzó con viveza y cumplió la orden del pequeño insolente. Luego se retiró, cada vez más sorprendido, hasta que le volvió a la realidad la orden:

—¡Pronto! ¡La toalla!

Cogió la toalla bajo las mismas narices del niño y se la entregó sin comentarios. Después procedió a confortarse a sí mismo con un lavatorio, y entretanto su hijo adoptivo se sentó a la mesa y se preparó para comer. Vivamente despachó Hendon sus abluciones, cogió la otra silla y se disponía a sentarse también cuando el niño le dijo indignado:

—¡Vive Dios! ¿Vas a sentarte en presencia del rey?

Esta inesperada salida sacudió a Hendon de arriba abajo. Dijo en su interior: «La locura de este pobre niño está a la altura de los tiempos. Ha cambiado con la gran mudanza que ha sobrevenido en el reino y ahora se imagina ser el rey. Bueno, le seguiremos la corriente, ya que no hay otro camino; no sea cosa que me mande a la Torre».

Y satisfecho de esta broma, separó la silla de la mesa, se situó detrás del rey y se dispuso a asistirle de la manera más cortesana de que era capaz.

Mientras el rey comía, se ablandó un poco el rigor de su real dignidad; con su creciente satisfacción experimentó el deseo de hablar, y dijo:

—Creo haberte oído decir que te llamas Miles Hendon...

—Sí, señor —replicó Miles, pensando luego para sus adentros—: «Para seguir el humor de este pobre niño loco, debo llamarle "señor" y "majestad". No debo hacer las cosas a medias, ni detenerme en lo tocante al papel que represento, pues si no de nada serviría ni ayudaría bien a esta causa caritativa y bondadosa».

El rey se animó con un segundo vaso de vino y dijo:

—Quisiera saber quién eres. Cuéntame tu historia. Tu conducta es generosa e hidalga. ¿Has nacido noble?

—Sí, señor; pertenecemos a la cola de la nobleza, señor. Mi padre es baronet, uno de los pequeños lores, por servicios caballerescos. Se llama sir Ricardo Hendon, de Hendon Hall, junto a Monk's Holms, en Kent.

—No lo recuerdo bien. Continúa. Cuéntame tu historia.

—Es una historia corta y sencilla, señor, pero acaso a falta de otra mejor pueda distraer a Vuestra Majestad. Mi padre, sir Ricardo, es muy rico, y de natural en extremo generoso. Murió mi madre siendo yo niño; tengo dos hermanos: Arturo, el mayor, cuya alma es como la de mi madre, y Hugo, menor que yo, que es un espíritu mezquino, codicioso, traidor, vicioso, artero..., un verdadero reptil. Así fue desde su cuna; así era hace diez años, cuando le vi por última vez: un bribón de diecinueve años. Yo tenía entonces veinte y Arturo veintidós. No hay nadie más de mi familia, salvo lady Edita, mi prima, que contaba en aquella época dieciséis primaveras. Era hermosa, gentil y buena. Es hija de un conde, la última de su raza, y heredera de gran hacienda y de un título caducado. Mi padre era su tutor. Yo la amaba y ella me amaba a mí, pero contrajo esponsales con Arturo desde la cuna, y sir Ricardo no quiso consentir que se rompiera el contrato. Arturo quería a otra doncella y nos dijo que tuviéramos ánimo y no perdiéramos la esperanza de que, al fin, el tiempo y la suerte nos traerían algún día un feliz suceso a nuestra causa. Hugo codiciaba la hacienda de lady Edita, aunque fingía amor su corazón; pero tenía por norma decir una cosa y pensar otra. Mas todas sus artimañas se estrellaron ante la doncella. Hugo pudo engañar a mi padre, pero a nadie más. Mi padre le quería más que a los otros y confiaba en él y en él creía, porque era el hijo menor y los demás le odiaban, cualidad esta que siempre ha sido parte a granjear el amor de un padre. Hugo tenía un hablar suave y persuasivo y un admirable don para engañar, y estas prendas ayudan mucho a conseguir un afecto ciego. Yo estaba furioso..., más que furioso, lleno de ira, aunque era una ira harto inocente, puesto que a nadie dañaba sino a mí, ni trajo vergüenza a nadie ni pérdida alguna, ni llevaba en sí ningún germen de crimen ni de bajeza, ni de nada que no correspondiera

a mi noble condición. Sin embargo, mi hermano Hugo supo sacar partido de esta furia mía, al ver que nuestro hermano Arturo distaba mucho de ser un muchacho saludable, y a tal objeto esperaba que su muerte podría beneficiarle si yo desapareciera, por lo cual... Pero este sería un cuento muy largo y no vale la pena de referirlo a Vuestra Majestad. En pocas palabras, diré que mi hermano logró arteramente aumentar mis defectos hasta convertirlos en crímenes y terminó su rastrera obra hallando en mis aposentos una escala de seda —llevada a ellos por él mismo—, y convenciendo a mi padre con ella y con la declaración, de servidores sobornados y de otros bellacos, de que yo me proponía robar a Edita y tomarla por mujer burlando así su voluntad. Mi padre sentenció que tres años de destierro de mi casa y de Inglaterra podrían hacer de mí un soldado y un hombre, y enseñarme algo de prudencia. Hice largas pruebas en las guerras continentales, allí aprendí a sufrir duros golpes, privaciones y aventuras, pero en la última batalla me cogieron prisionero, y en los siete años transcurridos desde entonces permanecí encerrado en un calabozo en tierra extraña. A fuerza de ingenio y valor conseguí, por fin, escaparme y vine hacia aquí derecho, y ahora acabo de llegar y me encuentro sin dinero y sin ropa, y sin saber lo que en estos siete tristísimos años ha acontecido en Hendon Hall y a su gente. He aquí mi pobre y triste historia; ya no tengo ningún secreto para Vuestra Majestad.

—Te han agraviado vergonzosamente —exclamó el reyecito, con centelleantes ojos—, pero yo te vengaré. ¡Por la cruz te lo juro! El rey lo ha dicho.

«¡Vive Dios! ¡Qué imaginación tan viva! Juro que no es un espíritu vulgar, pues si lo fuera, loco o cuerdo, no podría tejer un cuadro tan vistoso y tan descabellado. ¡Pobre cabecita enferma! No te faltará un amigo y un amparo mientras yo figure entre los vivos. Te conservaré siempre a mi lado. Serás mi favorito y mi compañero. Y se curará, sí. Volverá a su sano juicio y tendrá un nombre y yo podré decir con orgullo: "Sí, es mío. Yo le recogí cuando era un pobre rapaz sin hogar, pero vi lo que tenía dentro y dije que algún día se oiría hablar de él. Ahí le tenéis. ¿Tenía yo razón?"».

El rey habló con serenidad y reflexión:

—Me has salvado de la injuria y la vergüenza. Acaso has salvado también mi vida, y con ello mi corona. Semejante servicio merece rica recompensa. Dime qué deseas y, si está dentro del alcance de mi poder real, lo verás satisfecho.

La fantasía de este argumento sacó a Hendon de sus meditaciones. Se disponía a dar las gracias al rey y no ocuparse más del asunto, diciendo que no había hecho sino cumplir con su deber y no deseaba recompensa, cuando, acudiendo una idea más sensata a su mente, le pidió permiso para pensar unos instantes y meditar en la graciosa oferta, idea que el rey aprobó gravemente, diciendo que era mejor no precipitarse en un asunto de tanta importancia.

Miles Hendon reflexionó unos momentos y se dijo:

«Sí, eso es. Por cualquier otro medio sería imposible conseguirlo. Y la verdad es que mi experiencia de estas horas pasadas me ha enseñado que sería harto penoso, y casi imposible, seguir por el mismo ánimo. Sí, lo propondré. Ha sido una feliz casualidad que no haya dejado perder la ocasión».

Luego se decidió, dobló una rodilla y dijo:

—Ningún mérito tiene mi pobre servicio; también lo hubiese hecho el más simple vasallo, y por consiguiente carece de valor. Pero ya que Vuestra Majestad se digna considerar que merece alguna recompensa, me atrevo a hacer una petición al efecto. Hace aproximadamente cuatro siglos, como Vuestra Majestad no ignora, que, estando enemistados Juan, rey de Inglaterra, y el rey de Francia, se decretó que dos campeones combatieran en el palenque, para poner término a la disputa con lo que se llama juicio de Dios. Reunidos los dos reyes y el rey de España, ejerciendo de testigo del conflicto, apareció el campeón francés; era este tan temible, que nuestros caballeros ingleses se negaron a medir sus armas con él. A pesar de la gravedad del caso, estuvo a punto de resolverse contra el monarca inglés, por falta de campeón. En la Torre se hallaba lord De Courcy, el más potente brazo de Inglaterra, despojado de sus honores y posesiones y consumiéndose en largo cautiverio. Apelóse a él, que accedió y compareció armado para el combate. Y ocurrió que en cuanto el francés divisó su recio cuerpo y oyó su famoso nombre, huyó despavorido y la causa del rey de Francia quedó pérdida. El rey Juan devolvió a De Courcy sus títulos y posesiones y le dijo: «Pídeme lo que desees y lo obtendrás, aunque sea la mitad de mi reino». A lo cual De Courcy, de hinojos como yo estoy ahora, contestó: «Solo quiero pedir una cosa, señor mío, y es que yo y mis descendientes tengamos y conservemos el privilegio de permanecer cubiertos en presencia del rey de Inglaterra mientras su trono perdure». Concedióse la merced, como Vuestra Majestad sabe, y como en estos cuatrocientos años no ha habido nunca un momento en que la familia haya carecido de herederos, hasta el día de hoy el jefe de la antigua casa lleva aún el sombrero o el yelmo ante la majestad del rey, sin obstáculo ninguno, y nadie más puede hacerlo. Invocando este precedente en ayuda de mi ruego, suplico al rey que me conceda esta gracia y privilegio —para más que suficiente recompensa mía— y ninguna otra cosa, a saber, que yo y mis herederos para siempre podamos permanecer sentados en presencia de Su Majestad el rey de Inglaterra.

—Levantaos, sir Miles Hendon, caballero —dijo gravemente el rey, dándole el espaldarazo con la espada de Hendon—. Levantaos y sentaos ante mí. Tu petición queda concedida. Mientras subsista Inglaterra y perdure la corona, perdurará tu privilegio.

Se retiró Su Majestad a meditar y Hendon se dejó caer en una silla junto a la mesa, diciéndose:

«¡Qué feliz idea he tenido! ¡Me ha proporcionado un gran consuelo, porque las piernas ya no me aguantaban! Si no se me hubiera ocurrido, acaso habría tenido que estar en pie semanas enteras, hasta que se curara el seso de mi pobre muchacho».

Y luego añadió:

«Mira por dónde me hallo convertido en caballero del reino de los sueños y quimeras. Resulta extraña y peregrina esta situación tratándose de un hombre tan positivo como yo. No quiero reírme, no. ¡Dios me libre!, porque esto, que para mí es tan falto de sustancia, es real para él. Y para mí en cierto modo tampoco es una falsedad, porque refleja verdaderamente el espíritu dulce y generoso de este chico».

Y terminó, después de una pausa:

«¡Ah! ¡Si yo consiguiera que me diese ese pomposo título delante de la gente! ¡Sería un contraste muy especial entre mi gloria y mi porte! Pero dejémonos de vanidades; que me llame como quiera, de todos modos le querré».

CAPÍTULO XIII

No tardó el sueño en apoderarse del ánimo de ambos. El rey dijo a Hendon, señalando sus vestidos:

—¡Quítame estos pingos!

El improvisado caballero desnudó al muchacho, sin protestar ni pronunciar una palabra, le acostó y le tapó bien, al tiempo que decía algo compungido:

—Otra vez se ha apoderado de mi cama. ¿Dónde me acostaré?

Al darse cuenta el reyecito de su perplejidad, le ordenó con aire soñoliento:

—Ve a acostarte en el suelo, atravesado detrás de la puerta para que la guardes.

Y no tardó en quedarse profundamente dormido. Mientras, Hendon decía admirado:

—Este muchacho debió haber nacido rey. Hubiera sido magnífico.

Y después se tendió en el suelo tal como se le había ordenado, diciendo satisfecho:

—Peor cama he tenido en estos siete años. Quejarse de esto sería una ingratitud para con Dios.

Se quedó dormido y, al despuntar el alba, se levantó, destapó con la mayor precaución a su dormido pupilo y con un bramante le tomó medidas. El rey despertó en el momento en que Miles acababa su obra, se quejo de frío y le preguntó qué estaba haciendo.

—No se preocupe, señor mío —contestó Hendon—. Tengo que salir, pero no tardaré en volver. Duérmete otra vez, que te hace falta. Te taparé también la cabeza. Así entrarás más pronto en calor.

Aún no había acabado de hablar Hendon, cuando el rey estaba de nuevo en el país de los sueños. Miles salió sin hacer ruido y volvió a entrar, en puntillas, antes de media hora, con un traje completo de niño, comprado en un bazar económico, con evidentes muestras de uso, pero limpio y apropiado a la estación del año. Se sentó y empezó a examinar su compra, diciéndose entre dientes:

—Si hubiese contado con más ahorros, hubiese comprado algo mejor, pero cuando los bolsillos están medio vacíos, debe uno contentarse con esto.

Vivía en nuestro pueblo una mujer...

... Parece que se ha movido... Tendré que cantar en voz más baja. No estaría bien turbar su sueño cuando le espera un viaje tan pesado, y el pobrecillo se encuentra fatigadísimo... Esta prenda no resulta mal del todo... Con una puntada aquí y otra allá, quedará estupenda. Esta otra es mejor, aunque he de hacerle un pequeño arreglo. Los zapatos están en muy buen estado y así tendrá los piececitos secos y calientes. Para él como si fuesen nuevos, pues sin duda está acostumbrado a ir descalzo, lo mismo en verano que en invierno... ¡Ojalá que el hilo fuera pan! ¡Con cuán poco dinero se compra lo necesario para un año! Y de propina le dan a uno una aguja tan hermosa como esta. Veremos si puedo enhebrarla.

Le costó gran trabajo. Como ocurre a todos los hombres, y ocurrirá probablemente hasta la consumación de los siglos. Hendon mantuvo la aguja quieta y trató de pasar la hebra por el ojo, es decir, al revés de lo que hacen las mujeres. Una y otra vez el hilo erró el blanco, pasando ora a un lado de la aguja, ora al otro, y muchas veces doblándose; pero el soldado era paciente, pues más de una vez en su vida de campaña había experimentado dificultades semejantes. Por fin enhebró la aguja, tomó la prenda que le estaba esperando, se la colocó sobre las rodillas y puso manos a la obra.

—Ya tengo pagada la posada, incluyendo el desayuno que han de traer y aún me queda lo bastante para comprar un par de asnos y sufragar nuestros pequeños gastos en los dos o tres días que dure el viaje, hasta que lleguemos a la abundancia que nos espera en Hendon Hall.

Que amaba a su ma...

... ¡Pardiez! Me he dado un pinchazo en la uña... Sigamos. Eso no es nuevo en mí, aunque a decir verdad no me hace ninguna gracia. ¡Qué bien viviremos allí! ¡Allí estaremos alegres, pequeño! Tu sandez desaparecerá y tu mal genio lo mismo.

Que amaba a su marido con pasión,
Más otro hombre...

... ¡Qué puntadas tan hermosas! —exclamó levantando la prenda y contemplándola con admiración—. Tienen una grandeza y una majestad, a cuyo lado esas puntaditas mezquinas del sastre son miserables y plebeyas.

Que amaba a su marido con pasión...

... ¡Ya he terminado! Es un trabajo excelente, y hecho con mucho primor. Ahora voy a despertarle, le vestiré, le serviré agua, le daré de comer, nos iremos al mercado junto a la posada del Tabardo de Southwark y... Dignaos levantaros, señor... ¡No contesta! ¿Qué es esto? No tendré más remedio que profanar su sagrado cuerpo tocándolo, puesto que tiene un sueño tan profundo. ¿Qué es esto?

Quitó las mantas. El niño había desaparecido. Asombrado, miró a su alrededor sin poder pronunciar una palabra. Observó que también faltaban las andrajosas ropas de su pupilo, y entonces empezó a echar venablos y a llamar furioso al posadero. En aquel momento entró un criado con el desayuno.

—¡Habla, aborto de Satanás, o es llegada tu última hora! —rugió el soldado, dando tan terrible salto hacia el mozo que este enmudeció de temor—. ¿Dónde está el muchacho?

Temblando de miedo, dio el criado los informes que se le pedían.

—Apenas habíais salido de aquí, señor, cuando se presentó un mozalbete corriendo y dijo que venía de vuestra parte para que el muchacho fuera a reunirse con vos en el extremo del puente, por el lado de Southwark. Le hice pasar y cuando despertó el niño y le di el recado, gruñó un poco porque le despertaban «tan temprano», según él, pero al punto se puso sus harapos y se fue con el mozalbete, diciendo que mejor habría sido que vos hubierais venido en persona en vez de enviar a un extraño, y de este modo...

—De este modo eres un imbécil indigno de sacramentos. ¡Maldita sea tu casa! Pero tal vez no se haya perdido nada. Quizá no se proponen hacerle daño. Voy por él. Pon la mesa. ¡Espérate! Las ropas de la cama estaban puestas como si taparan a alguien. ¿Ha sido casualidad?

—No puedo decirlo, señor. Vi que el mozalbete andaba removiéndolas; quiero decir, el que ha venido por el niño.

—¡Rayos y truenos! Lo han hecho para engañarme, es evidente que se proponían ganar tiempo. Escucha. ¿Venía solo el mozalbete?

—Completamente solo, señor.

—¿Estás seguro?

—Segurísimo.

—Piénsalo bien... Recuerda. Tómalo con calma.

Al cabo de un momento de reflexionar, dijo el criado:

—Desde luego que el muchacho vino solo, pero ahora recuerdo que al salir los dos y meterse entre la muchedumbre del puente, un hombre mal encarado salió de un sitio próximo y se unió a ellos...

—¿Qué más? ¡Vomita! —estalló la impaciencia de Hendon, interrumpiéndole.

—Ya no vi más. La gente los envolvió y los perdí de vista, pues me llamó el amo, que estaba furioso porque se le había olvidado un ave encargada por el escribano; aunque pongo a todos los santos por testigos de que el reñirme por el olvido ha sido como llevar a juicio a un niño antes de nacer y pedirle cuenta de sus pecados...

—¡Quítate de mi vista, idiota! ¡Tus sandeces me desesperan! ¡Espera! No corras. ¿No puedes aguardar un instante? ¿Se han ido hacia Southwark?

—Sí, señor... Porque, como he dicho antes respecto de esa maldita ave, el niño que no ha nacido no tiene más culpa que...

—¿Aún estás aquí? ¡Cállate de una vez! ¡Vete, si no quieres que te ahogue!

El criado se fue. Hendon salió tras él, pasó por su lado y bajó la escalera de dos en dos peldaños, refunfuñando:

—Eso es obra de ese maldito bellaco que pretendía ser su padre. ¡Te he perdido, pobrecillo! Es una idea muy amarga. ¡Tanto como había llegado ya a quererte! Pero, ¿qué digo? Perderte, ¿por qué? ¡Por vida del diablo! No te he perdido, porque revolveré todo el país hasta que te encuentre. ¡Pobre niño! Ahí dejo su desayu-

no... y el mío, pero ya no tengo hambre: ¡que se lo coman los ratones! ¡Vamos, deprisa!

Mientras corría, abriéndose paso entre la bulliciosa muchedumbre que atestaba el puente, se dijo varias veces, aferrándose a esta idea, como si le sirviese de consuelo:

—Dice que refunfuñó, pero no obstante se fue... Se fue, sí, porque creía que se lo pedía yo, Miles Hendon... ¡Pobrecillo! ¡A nadie más hubiese obedecido, le conozco muy bien!

CAPÍTULO XIV

Aquella mañana, poco antes del amanecer, se despertó sobresaltado Tom Canty y abrió los ojos en medio de la oscuridad. Quedó un buen rato en silencio, procurando ordenar sus ideas y recuerdos, prorrumpiendo al fin con voz conmovida:

—¡Gracias a Dios que estoy despierto! ¡Todo ha sido un sueño! ¡Ahora lo veo todo con claridad! ¡Al diablo la pesadilla! ¡Venga de nuevo la felicidad! ¿Qué hacéis, Nan, Bet? Sacudid la paja de vuestros camastros y venid a mi lado, para que os cuente al oído el sueño más estúpido que han tramado los espíritus de la noche, para dejar en suspenso el alma del hombre más valiente. ¡Hola, Nan, Bet! ¡Venid a mi lado!

Una figura imprecisa apareció a su lado y una voz le dijo:

—Señor, ¿te dignas darme tus órdenes?

—¿Qué decís? ¡Ah, Dios mío! Conozco esa voz. Habla. ¿Quién soy yo?

—¿Quién has de ser? A fe mía que anoche eras el príncipe de Gales; hoy eres mi venerado señor Eduardo, rey de Inglaterra.

Tom hundió la cabeza en la almohada y dijo con voz plañidera:

—¡Ay de mí! No era sueño. Vete a descansar, señor, y déjame con mis penas.

Se volvió a dormir Tom y, al cabo de un rato, tuvo un agradable sueño. Soñó que era verano y que estaba jugando en la hermosa pradera Goodman's Fields, cuando un enano de una cuarta de estatura, con largas barbas rojas y enorme joroba, se le apareció y le dijo: «Cava junto a ese tronco». Hízolo así y se encontró doce peniques nuevos y relucientes, una riqueza asombrosa. Pero no fue esto lo mejor, porque el enano le dijo: «Te recuerdo muy bien. Eres un buen muchacho y mereces ser feliz. Terminaron tus desazones. Ya ha llegado la hora de tu recompensa. Cava en este sitio cada siete días y siempre encontrarás el mismo tesoro: doce peniques nuevos y brillantes. No se lo descubras a nadie y guarda bien el secreto».

Cuando desapareció el enano, Tom voló a Offal Court con su premio, diciéndose: «Cada noche daré un penique a mi padre. Él creerá que me lo han dado de limosna, se pondrá contento y no me pegarán más. Todas las semanas daré un penique al buen sacerdote que me enseñó, y a mi madre, a Bet y a Nan daré los otros cuatro. Se acabaron el hambre y los harapos; se acabaron los temores, los apuros y, sobre todo, las palizas».

Llegó en sueños a su sórdido hogar, rendido de cansancio, pero con los ojos brillantes de agradecido entusiasmo. Echó unos peniques en el regazo de su madre y exclamó:

—Estos peniques son para ti. Para ti y para Nan y Bet. Los he ganado honradamente, no mendigando ni robando.

La madre, llena de felicidad, le estrechó contra su corazón y exclamó:

—Señor, es tarde. ¿Quiere Vuestra Majestad levantarse?

¡Ah! No era esta la respuesta que Tom esperaba. El sueño se había desvanecido. Estaba despierto.

Cuando abrió los ojos vio arrodillado junto a su lecho al primer lord de la cámara, ricamente vestido. La belleza del sueño se desvaneció y el pobre muchacho comprendió que era cautivo del rey. La estancia estaba llena de cortesanos con capas de púrpura —el color del luto— y de nobles servidores del monarca. Tom se sentó en la cama y, por entre las gruesas cortinas de seda, contempló el lujoso cortejo.

Dio principio la grave ceremonia del vestido, y un cortesano tras otro fueron arrodillándose para rendir homenaje y ofrecer al niño rey su pésame por la irreparable pérdida, mientras le vestían. Primero, el primer escudero del servicio tomó una camisa, que pasó al primer lord de las jaurías, quien la pasó al segundo caballero de cámara, quien la pasó al guarda mayor del bosque de Windsor, quien la pasó al tercer lacayo de la Estola, quien la pasó al canciller real del ducado de Láncaster, quien la pasó al jefe del guardarropa, quien la pasó a uno de los heraldos jefes, quien la pasó al condestable de la Torre, quien la pasó al mayordomo jefe de servicio, quien la pasó al gran mantelero hereditario, quien la pasó al lord gran almirante de Inglaterra, quien la pasó al arzobispo de Canterbury, quien la pasó al primer lord de la cámara, el cual la tomó en sus ma-

nos y se la puso a Tom. Al pobrecillo le recordó el suceso la cuerda de cubos de un incendio.

Todas las prendas, sin remisión, tuvieron que pasar por este lento y solemne camino, y Tom se aburrió de lo lindo con la ceremonia. Tanto se aburrió, que experimentó una sensación de bienestar cuando vio que sus largas medias de seda comenzaban a bajar a lo largo de la línea, comprendiendo que se acercaba el fin de la obra. Pero se alegró demasiado pronto. El primer lord de la cámara recibió las medias, y se disponía a cubrir con ellas las piernas de Tom, pero se sonrojó de súbito y se apresuró a devolverlas al arzobispo de Canterbury, con expresión de asombro, cuchicheándole:

—Mirad, milord —señalando algo referente a las medias.

El arzobispo palideció, primero; luego se puso colorado y dio las medias al lord gran almirante, cuchicheando:

—Mirad, milord.

El almirante entregó las medias al gran mantelero hereditario y apenas le quedó aliento en el cuerpo para proferir:

—Mirad, milord.

Las medias volvieron a recorrer toda la sala, pasando por el primer mayordomo del servicio, el condestable de la Torre, uno de los tres heraldos, el jefe del guardarropa, el canciller real del ducado de Láncaster, el tercer lacayo de la Estola, el guarda mayor del bosque de Windsor, el segundo caballero de cámara, el primer lord de las jaurías, repitiendo todos las mismas frases de estupor y temor: «Mirad, milord», hasta que, por último, llegaron a manos del primer escudero del servicio, quien miró y examinó despacio lo que había dado origen al incidente y refunfuñó:

—¡Diantre! ¡Pero si se ha escapado un punto! ¡Enviad a la Torre al custodio mayor de las medias del rey!

Dicho esto, se apoyó en el hombro del primer lord de las jaurías para recobrar las perdidas fuerzas, mientras traían otras medias nuevas, sin carrera ninguna.

Pero, como todo tiene fin en este mundo, también le llegó la hora a Tom Canty de saltar de la cama. El funcionario destinado al efecto dirigió la operación, el elevado funcionario destinado al efecto apercibió una toalla y, por último, Tom pasó sin detrimento por el período mundificante, dispuesto a percibir los servicios del peluquero real. Al salir de las manos de este maestro, ofrecía una graciosa figura, tan linda como la de una doncella, con su capa y sus trusas de raso púrpura y su gorra, con pluma del mismo color. Se dirigió con toda pompa al aposento del desayuno, pasando por medio del séquito de cortesanos, y a su vista retrocedían todos abriendo paso y doblando la rodilla.

Cuando hubo desayunado, fue conducido con regia pompa, y acompañado de los grandes funcionarios y de su guardia de cincuenta caballeros pensionistas que llevaban hachas de combate doradas, al salón del trono, donde comenzó a despachar los negocios de Estado. Su «tío», lord Hertford, se situó junto al trono para ayudar con sanos consejos al joven rey.

Comparecieron en corporación los ilustres magnates, nombrados albaceas por el difunto rey, para solicitar la aprobación de Tom a ciertos actos formularios, aunque no del todo, puesto que aún no existía tutor. El arzobispo de Canterbury dio cuenta del decreto del consejo de albaceas, referente a las exequias de Su difunta Majestad y terminó por leer las firmas de los albaceas, a saber: el arzobispo de Canterbury; el lord canciller de Inglaterra; Guillermo, lord St. John; Juan, lord Russel; Eduardo, conde de Hertford; Juan, vizconde de Lisle; Cuthbert, obispo de Durham...

Tom estaba algo distraído, pues una de las principales cláusulas del documento le había dejado atónito. Sin poder contenerse, se volvió y dijo en voz baja a lord Hertford:

—¿Qué día han fijado para el entierro?

—El dieciséis del mes que viene.

—¡Qué locura! No podrá conservarse.

¡Pobrecillo! Aún era novato en las costumbres de la realeza y aún tenía presente el recuerdo de que a los pobres muertos de Offal Court los quitaban de en medio con una expedición muy distinta. Sin embargo, lord Hertford tranquilizó su espíritu con algunas explicaciones.

Un secretario de Estado presentó una orden del consejo señalando el día siguiente, a las once de la mañana, para la recepción de los embajadores extranjeros y pidió el consentimiento del rey.

Tom dirigió una mirada interrogadora a Hertford y este le dijo en voz baja:

—Vuestra Majestad debe dar su consentimiento. Vienen a manifestar el dolor de sus reales amos por la gran desgracia acaecida sobre Vuestra Majestad y sobre el reino de Inglaterra.

Tom asintió.

Otro secretario de Estado empezó a leer un preámbulo relativo a los gastos de la casa del difunto rey, que habían ascendido a veintiocho mil libras durante los seis meses anteriores, cantidad tan fabulosa que dejó a Tom boquiabierto; pero fue mayor su asombro al enterarse de que veinte mil libras estaban aún pendientes de pago, y otra vez abrió la boca cuando supo que las arcas del rey estaban casi vacías y sus mil doscientos criados en grave compromiso por la falta de pago de sus salarios. Tom dijo, con vivo temor:

—No podemos evitar la ruina. Sería muy conveniente tomar una casa más pequeña y despedir a los criados, ya que no sirven más que para ocasionar retrasos y para molestar a uno con oficios que perturban el espíritu y avergüenzan el alma, pues le ponen a uno a la altura de un muñeco que no tiene cabeza ni manos o que no sabe servirse de ellas. Ahora recuerdo una casita muy mona que hay frente a la pescadería de Billingsgate...

Tom sintió que le oprimían el brazo e interrumpió su discurso y se sonrojó, pero ninguno de los presentes dio muestras de haberse fijado en las extrañas frases del monarca.

Acto seguido, uno de los secretarios dio cuenta de que, en atención a que el difunto rey había dispuesto en su testamento que se otorgara el título de duque al conde de Hertford y se elevara a su hermano, sir Thomas Seymour, a la dignidad de par y al hijo de Hertford a un condado, junto con análogas concesiones a otros grandes servidores de la Corona, el consejo había resuelto celebrar sesión el 16 de febrero, para la entrega y confirmación de tales honores, y que, entretanto, no habiendo designado el difunto rey, por escrito, estados convenientes para el sostenimiento de tales dignidades, el consejo, que conocía sus deseos particulares a este respecto, había creído conveniente otorgar a Seymour «quinientas libras de tierras» y al hijo de Hertford «ochocientas libras de tierras», más «trescientas libras de tierras del primer obispado que quedara vacante», si a ello accedía Su Majestad actual.

Tom, con muy buen sentido, quiso oponerse a ello, manifestando la conveniencia de que se pagasen primero las deudas contraídas por el difunto rey, en vez de proceder a todos aquellos despilfarros; pero el previsor Hertford le dio un golpecito muy oportuno en el brazo, evitando así que cometiese tal indiscreción, y sin ningún comentario asintió el niño, aunque disgustado en el fondo. Reflexionando sobre la facilidad con que solucionaban problemas tan difíciles, que más bien parecían milagros, cruzó por su mente una idea extraordinaria: ¿Por qué no hacer a su madre duquesa de Offal Court, con sus correspondientes estados? E inmediatamente borró esta idea feliz un pensamiento triste. Él no era más que rey de nombre, pues aquellos graves ancianos y encumbrados nobles eran los que en verdad mandaban y gobernaban. Como para ellos su madre no existía, sino en la imaginación de su mente perturbada, no tomarían en consideración tal proyecto y enseguida llamarían al médico.

Lleno de tedio, prosiguió el monótono trabajo. Le leyeron memoriales, proclamas, patentes y toda clase de papeles fatigosos, formulistas y cancillerescos relativos a la administración pública; hasta que Tom suspiró con dolor, diciéndose: «¿Qué delito habré cometido para que Dios me prive de los campos, del aire libre y de la luz del cielo, y me encierre aquí convirtiéndome en un rey afligido y desgraciado?».

Eran tan abrumadores todos aquellos asuntos, que el niño empezó a dar cabezadas y acabó por quedarse dormido. Y los negocios del reino quedaron suspendidos por falta de un augusto factor con el poder de ratificación. Sobrevino el silencio en torno del dormido niño y los sabios del reino cesaron en sus deliberaciones.

Antes del mediodía, Tom pasó unas horas deliciosas, previa la venia de sus guardianes Hertford y St. John, en compañía de la princesa Isabel y la princesa Juana Grey, aunque el espíritu de ambas estaba muy triste por el terrible golpe que había caído sobre la casa real. Al final de la visita, su «hermana mayor» —que fue después «María la Sanguinaria»— le dejó helado con una solemne entrevista que no tuvo más ventaja, a los ojos del niño, que la brevedad. Permaneció Tom unos momentos solo y luego fue conducido ante él un niño de unos doce años, cuyos vestidos, salvo la nívea gorguera y los encajes de los puños, era negra: el justillo, las medias y demás. No llevaba otro signo de luto que un lazo de cinta morada en el hombro. El niño avanzó tímido, con la cabeza agachada y destocado, e hincó una rodilla delante de Tom. Este le contempló un momento y después le dijo:

—Levántate, muchacho. ¿Quién eres y qué deseas?

El niño se levantó con graciosa soltura, pero reflejando en el semblante su temor dijo:

—Ya debes saber quién soy, señor. Soy tu «niño de los azotes».

—¿Mi «niño de los azotes»? ¿Qué es eso?

—Yo, señor, soy Humphrey... Humphrey Marlow.

Tom pensó para sí, sobre aquella persona de la que habrían debido darle instrucciones sus guardianes. La situación era delicada. ¿Qué haría? ¿Manifestar que conocía a aquel chico y después revelar a las primeras palabras que no le había visto nunca? No, esto no podía ser. En su auxilio vino una idea. Trances como aquel podían repetirse con frecuencia, cuando la urgencia de los negocios separase de su lado a Hertford y a St. John, que eran miembros del consejo de albaceas. Por consiguiente, era indispensable idear, por sí mismo, un plan para hacer frente a tales contingencias. Sí, sería una idea prudente. Aquel niño le serviría de experimento y vería hasta qué punto podía salir airoso. Así, se pasó la mano por la frente, como un hombre abrumado por una enfermedad, y dijo:

—Tengo de ti una idea vaga, y es que mi cabeza está tan trastornada por el dolor...

—¡Pobre señor mío! —exclamó el «niño de los azotes», con verdadero sentimiento. Y añadió para sí—: ¡Pobrecito! Era verdad lo que decían, que se ha vuelto loco. Pero, ¡infeliz de mí, que ya se me olvidaba! Me han dicho que está prohibido aparentar que se ha dado uno cuenta de ello.

—Estoy desazonado, porque estos días me falta la memoria —dijo Tom—. Pero no te importe... Ya me voy corrigiendo. A veces, el menor indicio basta para recordar las cosas y los nombres que se me habían olvidado. (Y no sólo eso, a fe mía, sino hasta los que no he oído nunca..., como verá este chico.) Dime lo que deseas.

—Es cosa fácil, señor, pero lo mencionaré si Vuestra Majestad me permite. Hace días, cuando Vuestra Majestad se equivocó tres veces en griego..., en la lección de la mañana..., ¿recuerda Vuestra Majestad?

—Sí, ahora recuerdo. (Y no miento mucho... Si yo me hubiera metido con el griego, no habría cometido tres faltas, sino cuarenta). Sí, sí, tienes razón.

—El profesor, airado por lo que llamaba vuestra incuria y dejadez, prometió que me azotaría de firme por ella y...

—¿Azotarte a ti? —exclamó Tom, asombrado hasta perder la presencia de ánimo—. ¿Por qué te han de azotar a ti por faltas que yo cometo?

—¡Ah! Vuestra Majestad olvida otra vez. Siempre me azotan cuando Vuestra Majestad no sabe las lecciones.

—¡Ah, sí, cierto! Tú me das lecciones particulares..., y si yo no aprendo, él cree que tú me has enseñado mal...

—¡Oh, mi señor! ¿Qué estáis diciendo? ¿Yo, el más humilde de vuestros criados, podría atreverme a enseñaros a vos?

—Entonces, ¿por qué te castigan? ¿Qué enigma es este? ¿Me he vuelto yo loco o el loco eres tú? Explícate mejor.

—Señor, la explicación es sencilla. Nadie puede poner las manos en la sagrada persona del príncipe de Gales; por consiguiente, cuando él falta, me azotan a mí, y eso es lo justo y lo convenido, porque es mi oficio y mi manera de vivir.

Tom se quedó mirando al muchacho y diciéndose: «Esto es cosa peregrina, una profesión extraña y curiosa. Me maravilla que no hayan contratado a un muchacho para que se peine y se vista por mí —¡ojalá lo hicieran!—. Si se les ocurriese, me dejaría azotar muy a gusto, y daría gracias a Dios por el cambio».

Y luego dijo en voz alta:

—¿Y te han pegado, pobre amigo, conforme a lo convenido?

—No, señor. Mi castigo fue señalado para el día de hoy, y por suerte mía será levantado, por no ser propio de los días de luto que han caído sobre Inglaterra. No lo sé, y por eso me he atrevido a venir para recordar a Vuestra Majestad su graciosa promesa de interceder en mi favor...

—¿Con el maestro, para librarte de los azotes?

—¡Ah! ¿Lo recuerda Vuestra Majestad?

—Ya ves que mi memoria se enmienda. Tranquilízate, que yo cuidaré de que tu espalda quede ilesa.

—¡Oh! ¡Gracias, mi buen señor! —exclamó el niño, hincando de nuevo la rodilla—. Tal vez ha sido excesiva mi osadía, y sin embargo...

Al ver que Humphrey vacilaba, Tom le animó diciéndole que estaba «en vena de concesiones».

—Quisiera deciros algo, pues es muy importante para mí. Puesto que ya no sois príncipe de Gales, sino rey, podréis ordenarlo todo como queráis, sin que nadie os discuta. Por consiguiente, no es razón que os molestéis más tiempo con pesados estudios, sino que cerréis los libros y dediquéis vuestro espíritu a cosas menos molestas. Pero entonces quedaré arruinado yo y mis pobres hermanas huérfanas.

—¿Arruinado? ¿Por qué causa?

—Los azotes eran mi pan, mi buen señor. Si los suspenden, moriré de hambre. Si vos cesáis de estudiar, habré perdido mi empleo, pues no necesitaréis «niño de los azotes». No me dejéis cesante.

Esta patética apelación conmovió a Tom profundamente. Y con regio arranque de generosidad dijo:

—No te aflijas más, muchacho. Tu oficio será permanente en ti, y especialidad tuya siempre.

Luego dio al niño un golpecito en el hombro con lo plano de la espada exclamando:

—Levántate, Humphrey, «gran niño de los azotes» hereditario de la casa real de Inglaterra. Desecha tus temores. Yo volveré a mis libros y estudiaré tan mal que en justicia tendrán que triplicarte el salario: ¡de tal manera aumentará el trabajo de tu oficio!

El agradecido Humphrey respondió con devoción:

—Gracias, ¡oh, nobilísimo señor! Tu generosidad de príncipe sobrepuja a mis más dorados sueños. Ahora seré feliz el resto de mi vida y continuará la casa de Marlow.

Como quiera que Tom era un muchacho muy ingenioso, comprendió que aquel niño le podía ser útil; indujo a Humphrey a que siguiera hablando, y el chico no se hizo rogar, pues se sentía encantado creyendo que ayudaba a la «cura» del rey; pues, tan pronto como había tratado de recordar a la perturbada mente los diferentes pormenores de su experiencia y aventuras en la regia sala de escuela y en los demás lugares del palacio, observaba que Su Majestad «recordaba» las circunstancias con toda claridad. Después de una hora de conversación, Tom se halló en posesión de valiosos informes sobre personajes y asuntos de la corte, y así resolvió beber instrucción a diario en aquella fuente. Con este propósito, ordenaría que pasase Humphrey a su regia presencia todos los días, siempre que la Majestad de Inglaterra no estuviera ocupado con otras personas. Apenas había despedido a Humphrey, cuando entró lord Hertford con noticias algo abrumadoras y molestas para Tom.

Le comunicó el acuerdo del consejo de los lores, quienes, temiendo que algún informe exagerado de la quebrantada salud del rey pudiera haberse traslucido y divulgado, consideraban prudente que Su Majestad comenzara a comer en público, pasados uno o dos días, pues su tez sana, su firme andar, su buen talante y modales muy bien estudiados, y la gracia de sus actitudes, tranquilizaría la opinión pública, en caso de que se hubieran difundido graves rumores, mejor que cualquier otra cosa que pudiera discurrirse.

Luego el conde, con cierta delicadeza, procedió a instruir a Tom en los usos propios de la ceremonia que se avecinaba, con el pretexto, bastante burdo, de «recordarle» cosas que él ya sabía; pero, con gran satisfacción suya, observó que Tom estaba muy al corriente en ese terreno, ya que se había valido de Humphrey, el cual le había dicho que dentro de pocos días tendría que empezar a comer en público, cosa que el muchacho sabía por las murmuraciones de la corte. Pero Tom retuvo estos datos en su memoria.

Al ver que el rey había mejorado tanto, se aventuró a hacer algunas probaturas, como quien no quiere la cosa, para averiguar hasta dónde había llegado la mejoría. Los resultados fueron felices en los puntos en que subsistían las huellas de Humphrey y, en conjunto, el conde se sintió muy complacido y animado. Al extremo de que dijo con acento lleno de esperanza:

—Tengo la seguridad de que si Vuestra Majestad se digna hacer un pequeño esfuerzo con la memoria, resolverá el enigma del gran sello; una pérdida que fue ayer de gran importancia, aunque ya no la tiene hoy, puesto que sus servicios terminaron con la vida de nuestro difunto rey. ¿Quiere Vuestra Majestad dignarse hacer la prueba?

El niño volvió a abatirse, pues el gran sello era un objeto del que no tenía el menor conocimiento. Después de un momento de titubear, levantó la vista con ingenuidad y preguntó:

—¿Cómo era, milord?

El conde se sobresaltó y disimuló cuanto pudo, diciéndose: «Otra vez vuelve a divagar. Ha sido un mal consejo el ponerle a prueba».

Y con suma habilidad encauzó la conversación hacia asuntos de diferente naturaleza, para hacerle olvidar el sello al desgraciado niño, cosa que no le costó gran trabajo conseguir.

CAPÍTULO XV

Estaba fijada para el día siguiente la recepción de los embajadores extranjeros y sus lujosos séquitos. Tom los recibió sentado en el trono, con todos los honores. Lo brillante de la escena avivó su curiosidad y deleitó su vista y su imaginación, pero como la audiencia se fue alargando y los discursos eran interminables, se apoderó de él el tedio, y lo que empezó como entretenimiento se convirtió en pesadez y aburrimiento. Tom repetía de cuando en cuando las palabras que Hertford le apuntaba, saliendo del trance con relativa soltura; pero su condición de novato en tales asuntos le abrumaba y desazonaba, y con frecuencia sólo alcanzaba un mediano éxito. Su porte era regio, pero su espíritu se rebelaba. Y cuando acabó la ceremonia, sintió un gran alivio en su corazón.

La mayor parte de aquel día se «malgastó», como él decía en su interior, en trabajos relacionados a su real oficio. Incluso las dos horas dedicadas a ciertos pasatiempos y recreos regios fueron para él una carga enojosa, pues no cesaron las restricciones y ceremoniosas observaciones. No obstante, pasó a distraerse una hora con el «niño de los azotes», lo cual le benefició mucho, pues en ella obtuvo tanta diversión como informes útiles.

Llegó el tercer día del reinado de Tom Canty, y transcurrió lo mismo que los demás, pero en cierto modo se despejó algo la nube misteriosa que le envolvía y se sintió menos azorado que al principio. Iba, poco a poco, acostumbrándose al medio ambiente que le rodeaba. Aún le molestaban las cadenas, pero no siempre, y se daba cuenta de que la presencia y el homenaje de los grandes le afligían y embarazaban cada vez menos.

Sólo una preocupación le inquietaba, ante la proximidad del cuarto día. Era aquel en que debía empezar a comer en público. Había asuntos más graves en el programa, pues tendría Tom que presidir un consejo en que, mediante un discurso, expondría sus miras y dictaría sus órdenes respecto a la política que debería seguirse con algunas naciones extranjeras; también sería elegido oficialmente Hertford para el importante cargo de lord protector, y otras cosas notables estaban señaladas; mas, para Tom todo era insignificante, comparado con la prueba de comer solo, ante una infinidad de ojos fijos en él y una multitud de bocas cuchicheando y comentando sus actos y sus torpezas, si tenía la desgracia de cometerlas.

Sin embargo, como nada podía detener la llegada del cuarto día, se presentó este y encontró alicaído y ensimismado al pobre Tom, que no podía sacudir su mal humor. Los deberes ordinarios de la mañana le aburrieron más de lo conveniente y otra vez experimentó la pesadumbre de su cautiverio.

Allá al mediodía estuvo en la gran sala de audiencia conversando con el conde de Hertford y esperando malhumorado la hora señalada para la visita de corte, con gran número de elevados funcionarios y palaciegos.

Pasado un buen rato, Tom, que se había acercado a una ventana y contemplaba con interés la vida y el movimiento de la concurrida calle, que pasaba junto a las puertas del palacio (y no con interés de pasatiempo, sino con vehementísimo deseo íntimo de tomar parte personalmente en su bullicio y libertad), divisó la vanguardia de una alborotada chusma de gente, de la más baja y miserable condición, que se acercaba hacia aquel camino.

—Me gustaría saber qué significa eso —exclamó con toda la curiosidad de un niño, ante tal acontecimiento.

—Recuerda que eres el rey —respondió solemnemente el conde, con una reverencia—. ¿Tengo tu venia para obrar?

—¡Oh, sí, de mil amores! —exclamó Tom, excitado, y añadió para sí, con viva satisfacción—: «En verdad que el ser rey no todo es aburrimiento, pues tiene sus compensaciones y sus ventajas».

Llamó el conde a un paje y le envió al capitán de la guardia con esta orden:

—Deténgase a la muchedumbre y pregúntese la causa de ese alboroto. ¡De orden del rey!

Inmediatamente, una larga procesión de guardias reales, cubiertos de relucientes armas, desfiló hasta las verjas y formó al través de la carretera frente a la muchedumbre. Volvió un mensajero para decir que la turba iba siguiendo a un hombre, una mujer y una niña que iban a ser ejecutados por delitos contra la paz y la dignidad del reino.

—¡Van a morir —y de muerte violenta— aquellos pobres desdichados!

Esta idea estremeció las fibras del corazón de Tom.

Un sentimiento de caridad se apoderó de él, con exclusión de todas las demás consideraciones. No pensó un momento en la ley quebrantada, ni en el dolor o el daño que aquellos tres criminales habían ocasionado a su víctima. No pudo pensar en otra cosa que en el patíbulo y en el terrible destino que pendía sobre las cabezas de los condenados. Su interés le hizo olvidar por un momento que él no era sino la falsa postura de un rey, no su esencia, y antes de reflexionar dio la orden:

—¡Traedlos a mi presencia!

Se encendió como la amapola y subió a sus labios una especie de excusa, pero al observar que su orden no había provocado sorpresa en el conde ni en el paje que aguardaba, contuvo las palabras de rectificación. El paje, de la manera más natural, hizo una profunda reverencia y, andando de espaldas, salió del aposento para dar la orden. Tom experimentó un sobresalto de orgullo y, al recordar las compensadoras ventajas que tenía el oficio de rey, se dijo: «Reconozco que era esto lo que yo me imaginaba cuando leía los cuentos del viejo sacerdote y me imaginaba era un príncipe, que dictaba leyes y daba órdenes a todo el mundo, diciendo: "Hágase esto, hágase lo otro", sin que nadie pusiera obstáculo a mi voluntad».

Las puertas se abrieron de par en par, anunciaron algunos títulos sonoros, seguidos de los personajes que lo poseían, y la estancia se llenó al punto de gente noble y distinguida; pero Tom apenas se fijó en ellos, tan excitado estaba y tan absorto en aquel otro asunto más interesante. Se sentó distraído en su sillón oficial y dirigió los ojos a la puerta, con manifestaciones de impaciente curiosidad; al fijarse en ello los presentes, no se atrevieron a molestarle, sino que empezaron a charlar entre sí de negocios y otras menudencias.

No tardaron en oírse los pasos uniformes de hombres de armas, y los culpados entraron a la presencia del rey, a cargo de un alguacil y escoltados por un piquete de la guardia regia. El funcionario civil hincó la rodilla delante del rey y se apartó a un lado. Los tres condenados se arrodillaron también y así permanecieron, mientras que la guardia se situaba detrás del sillón de Tom. Este examinó a los prisioneros. Algo del vestido o del aspecto del reo había suscitado en él un vago recuerdo.

—Me parece que he visto a ese hombre en otra ocasión, pero no puedo recordar cómo ni cuándo.

El aludido levantó vivamente la vista y volvió a bajar la cabeza, avergonzado de hallarse ante el soberano; pero aquella rápida mirada fue suficiente para Tom, que se dijo:

—¡Ya recuerdo! Sí, es el desconocido que sacó a Giles Witt del Támesis y le salvó la vida aquel día tan crudo y tan ventoso de Año Nuevo. Fue una acción valerosa. ¡Lástima que haya descendido hasta verse en tan triste situación! No se me han olvidado ni el día ni la hora, por razón de que poco después, al dar las once, la abuela Canty me aplicó un vapuleo de tal calibre y severidad, que lo mismo los anteriores que los posteriores, comparados con él, no fueron sino caricias y mimos.

Ordenó Tom que salieran fuera un momento la mujer y la niña, y luego se dirigió al alguacil diciéndole:

—¿Qué delito ha cometido ese hombre?

Hincó una rodilla en tierra el interpelado y respondió:

—Señor, ha quitado la vida, mediante veneno, a un súbdito de Vuestra Majestad.

La compasión de Tom por el preso y la admiración que le inspiraba el audaz salvador del niño medio ahogado experimentaron tremendo golpe.

—¿Está probado el delito? —preguntó.

—Con toda evidencia, señor.

Suspiró Tom y dijo:

—Llévatelo, porque ha merecido la muerte. Es una lástima, pues era un corazón valeroso... Quiero decir que lo parece.

El preso cruzó las manos en un arranque de energía y las retorció desesperadamente, apelando al mismo tiempo al «rey» con desgarradoras y aterradoras voces:

—¡Oh, mi señor y rey! Si puedes apiadarte de los desgraciados, ten piedad de mí. Soy inocente. Lo que me imputan no se ha probado, ni mucho menos. Pero ya nada me importa. Se ha dictado contra mí una sentencia y no puede ser alterada; mas, en mis últimos momentos, te suplico una gracia, porque mi destino es horroroso. ¡Una gracia, una gracia, oh, mi señor y rey! ¡Que tu regia compasión acceda a mi ruego! ¡Da orden de que me ahorquen!

Tom estaba asombrado. No era esto lo que él esperaba.

—Por mi vida que es extraña la gracia que pides. ¿No era esa la muerte que te preparaban?

—¡Oh, mi señor! No era esa. Se ha ordenado que me hiervan vivo.

Tom dio un salto en su asiento al oír estas horribles palabras. En cuanto pudo reponerse exclamó:

—¡Será cumplido tu deseo, desdichado! ¡Aunque hubieras envenenado a cien hombres no deberías sufrir tan espantosa muerte!

El prisionero se inclinó hasta dar en tierra con el rostro, y estalló en apasionadas exclamaciones de gratitud, que terminaron de esta suerte:

—¡Si alguna vez, lo que Dios no quiera, llegaras a conocer el infortunio, ojalá se recuerde y se recompense tu bondad para conmigo en el día de hoy!

Tom se volvió al conde de Hertford y le dijo:

—Milord, ¿es posible que haya podido dictarse una sentencia tan cruel contra ese hombre?

—Esa es la ley, señor, para los envenenadores. En Alemania, los falsificadores de moneda son hervidos en aceite hasta que mueren, pero no echándolos de repente, sino dejándolos caer poco a poco con una cuerda; primero los pies, luego las piernas, luego...

—¡Calla, milord, te lo ruego, no puedo soportarlo! —exclamó Tom, cubriéndose los ojos con las manos para apartar de sí el horrible cuadro—. Te ruego que des orden de que se cambie esa ley..., ¡que no haya más pobres criaturas sometidas a ese tormento!

El semblante del conde se iluminó de satisfacción, pues era hombre de impulsos compasivos y generosos, cosa no muy corriente en su clase en aquella época de ferocidad y saña.

—Tus nobles palabras —dijo— han sellado la condena de esa ley. La Historia lo recordará en honor de tu reinado.

Ya estaba el alguacil dispuesto a llevarse al preso, cuando Tom le hizo un signo de que esperase y le dijo:

—Quiero enterarme bien de este proceso. Dice ese hombre que su crimen no ha sido probado. Cuéntame todo lo que sepas.

—Con la venia de Vuestra Majestad. En el juicio se demostró que ese hombre entró en una casa de la aldea de Islington, donde había un enfermo; tres testigos dicen que entró a las diez de la mañana y otros dos que unos minutos más tarde. El enfermo estaba, a la sazón, solo y durmiendo. Ese hombre no tardó en salir y proseguir su camino. El enfermo murió al cabo de una hora, destrozado por espasmos y arcadas.

—¿Alguien ha visto el veneno?

—No señor.

—¿Y por qué dicen que murió envenenado?

—Muy sencillo. Los doctores certificaron que los síntomas de aquella muerte sólo los provoca el veneno.

En aquella época, tenía este certificado una importancia capital y definitiva. Tom lo comprendió al momento y añadió:

—Los médicos no suelen engañarse. Tal vez tendrían razón. El caso se pone feo para el condenado.

—Pero aún hay más, señor. Se presentaron muchos testigos, declarando que una bruja, a quien después nadie ha vuelto a ver, profetizó a varias personas que el enfermo moriría envenenado, por medio de un desconocido de pelo castaño y de ropas vulgares y usadas, y de fijo este preso respondía a tales señas. Dígnese Vuestra Majestad tener en cuenta tan valiosa circunstancia, en vista de que fue vaticinada.

Este era un argumento irrevocable en aquella supersticiosa época. Tom comprendió que no había más que hablar y que, si de algo valían las pruebas, la culpa de aquel pobre hombre estaba demostrada. Sin embargo, ofreció una tabla de salvación al preso diciéndole:

—Si puedes alegar algo en tu favor, habla.

—Nada de provecho, señor. Soy inocente, pero no puedo demostrarlo. Soy forastero, pues si tuviera amigos podría probar que no estuve aquel día en Islington. También podría demostrar que, a la hora que dicen, estaba a más de una legua de distancia, pues me hallaba en la Escalera Vieja de Wapping. Y más aún, señor: podría demostrar que cuando dicen que estaba quitando una vida, lo que hacía era salvarla. Un niño que se ahogaba...

—¡Calla! Alguacil, dime en qué fecha se cometió el crimen.

—A las diez de la mañana, o tal vez algo más tarde, del día primero de año...

—Entonces, queda libre el preso. ¡Lo manda el rey!

A esta orden tan poco regia, siguió otro sonrojo, y el niño cubrió su indiscreción lo mejor que pudo añadiendo:

—Es vergonzoso que se ahorque a un hombre con pruebas tan escasas y tan descabelladas.

Un murmullo de admiración corrió por el auditorio. No por la orden dictada por el rey, pues la conveniencia o la necesidad de perdonar a un preso convicto era algo que ninguno de los presentes se habría creído con derecho a discutir, no. La admiración era por la inteligencia y el ánimo que Tom había demostrado. Algunos de los comentarios en voz baja decían:

—Este rey no está loco, está en su sano juicio.

—¡Cuán cuerdamente ha hecho las preguntas!

—¡Y cuán digna de su carácter ha sido la decisión imperiosa de zanjar el asunto!

—¡Demos gracias a Dios! ¡Se ha curado su enfermedad! Este no es un ser débil, sino un rey. Se ha conducido lo mismo que su padre.

Fluctuaban en el ambiente los comentarios de aprobación, y los murmullos llegaron al oído de Tom Canty, produciéndole honda satisfacción y muy placenteras sensaciones.

No obstante, su infantil curiosidad pronto superó a sus halagüeñas ideas y sentimientos. Tenía afán por saber qué clase de delito podían haber cometido la mujer y la niña, y ordenó que trajesen a su presencia a las dos aterradas criaturas, que se deshacían en sollozos.

—¿Qué es lo que han hecho estas? —preguntó al alguacil.

—Se las acusa, señor, de un crimen atroz y probado, por lo cual los jueces han decretado, con arreglo a la ley, que sean ahorcadas. Se han vendido al diablo. Tal es su delito.

Tom se estremeció. Habíanle enseñado a detestar a la gente que cometía tan perversa acción. Sin embargo, como no estaba dispuesto a privarse del placer de saciar su curiosidad, preguntó:

—Explícamelo. ¿Cómo y cuándo?

—Una noche de diciembre, señor, y en una iglesia en ruinas. Tom se estremeció de nuevo.

—¿Quién estaba presente?

—Ellas dos y el otro.

—¿Lo han confesado?

—No, señor. Ellas lo niegan.

—Entonces, ¿cómo se sabe?

—Hay testigos que las vieron encaminarse allá, señor. Esto provocó sospechas y los efectos las han confirmado y justificado. En primer lugar, está demostrado que, por el perverso poder que así obtuvieron, invocaron y provocaron una tormenta, que devastó toda la comarca. Cuarenta testigos han declarado que hubo tormenta, y con facilidad se habrían podido encontrar mil, pues nadie las hubiera olvidado, ya que padecieron sus efectos.

—En verdad, es grave asunto.

Luego, tras revolver en su imaginación el tremendo delito, preguntó:

—¿Y no fue también ella víctima de la tormenta?

Varias cabezas encanecidas, allí presentes, se inclinaron para alabar la prudencia de la pregunta, mas el alguacil no vio nada de importancia en ella y respondió sin vacilar:

—Sí, por cierto, señor, y más que nadie. Su casa resultó destrozada, y ella y la niña quedaron en la miseria y sin hogar.

—Pues, por lo visto, les salió cara la fiesta de obtener la facultad de provocar tempestades. La engañaron, aunque pagase muy poco, y si pagó con su alma y la de su hija, eso arguye que está loca, y estando loca no sabe lo que hace, y por consiguiente no delinque.

Los ancianos volvieron a aprobar con la cabeza la prudencia de Tom, y uno de ellos dijo:

—Si es cierto que el rey está loco, prefiero su locura, pues vale más que la cordura de algunos.

—¿Qué edad tiene la niña? —preguntó Tom.

—Nueve años.

—¿Las leyes de Inglaterra autorizan a una niña a celebrar pactos y a venderse a sí misma, milord? —interrogó Tom, dirigiéndose a un experto juez.

—La ley no autoriza a una niña a celebrar ningún pacto importante ni a intervenir en él, señor, pues considera que su razón no está capacitada para trabajar con la razón madura y los planes perversos de las personas mayores. El diablo podrá comprar a una niña, si se lo propone, y la niña conviene en ello, pero no un inglés, porque en este último caso el trato sería nulo.

—Parece cosa poco cristiana y mal discurrida —exclamó Tom con sincero calor— que la ley de Inglaterra niegue a los ingleses privilegios que concede al diablo.

Este nuevo modo de considerar el asunto dio origen a muchas sonrisas, y quedó almacenado en la mayoría de las cabezas para ser repetido en la corte, como una prueba de la originalidad de Tom, así como de sus progresos hacia la cordura.

La mujer acusada había cesado de llorar y escuchaba a Tom extasiada y con el corazón lleno de esperanza. Lo observó el niño y sintió que sus simpatías se inclinaban hacia ella en su peligrosa e indefensa situación. Luego preguntó:

—¿Cómo consiguieron provocar la tormenta?

—Quitándose las calcetas, señor.

El niño quedó asombrado y lleno de febril curiosidad.

—¡Oh! ¡Eso es maravilloso! —exclamó con vehemencia—. ¿Y produce siempre tan terribles efectos?

—Siempre, señor. Por lo menos, si la mujer lo desea y pronuncia las palabras de ritual, bien con la lengua o bien con la imaginación.

Tom se volvió a la mujer y le dijo imperioso:

—¡Demuestra tu poder! ¡Quisiera ver una tempestad!

Todos los presentes palidecieron de pánico y les invadió un deseo general, aunque no manifiesto, de salir huyendo de allí. Pero nada de esto observó Tom, que no pensaba en otra cosa sino en el solicitado cataclismo. Al ver la cara de ignorante de la mujer, añadió excitado:

—No temas, nada te pasará. Es más..., te pondré en libertad. No te tocará nadie. ¡Demuestra tu poder!

—¡Oh, rey y señor! No lo tengo. Es una acusación falsa.

—Eso lo dices porque tienes miedo. Ten ánimo y nada te pasará. Provoca una tormenta, por pequeña que sea. No quiero nada gran-

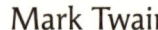

de ni dañino, sino lo contrario. Hazlo y salvarás tu vida; quedaréis libres tú y tu hija, con el perdón del rey, y nadie osará molestarte.

De rodillas y anegada en lágrimas, negó la mujer que tuviese poder para hacer milagros, pues de tenerlo defendería con alma y vida a su querida hija, si por su obediencia al mandato del rey pudiera alcanzar tan preciada gracia, aunque ella muriese.

Insistió Tom y la mujer persistió en su declaración. Finalmente, dijo el niño:

—Me parece que esa mujer ha dicho la verdad. Si mi madre estuviera en su lugar y tuviera poder del diablo, no habría vacilado un momento en desencadenar la tormenta y dejar devastado el país, a trueque de obtener la salvación de mi vida. Todas las madres están cortadas por el mismo patrón. Quedas libre, buena mujer..., y lo mismo tu hija..., porque yo te creo inocente. Ahora no tienes ya que temer, una vez perdonada... Quítate las calcetas, y si puedes provocar una tormenta, yo te haré rica.

La perdonada criatura expresó a voces su gratitud y se dispuso a obedecer, mientras Tom la contemplaba con curiosidad no exenta de temor. Al propio tiempo, los cortesanos manifestaron su desasosiego e inquietud. La mujer desnudó sus piernas y las de la niña, e hizo todo lo posible por recompensar la generosidad del rey con un terremoto, pero la probatura resultó nula. Tom suspiró y dijo:

—Vamos, buena mujer, no te molestes más, porque su poder te ha desamparado. Vete en paz, y si alguna vez nos encontramos, no me olvides y provócame una tormenta.

CAPÍTULO XVI

Se acercaba el momento de la comida y, aunque parezca raro, no produjo en Tom otra sensación que un leve desconsuelo, pero sin el menor temor. Lo acaecido aquella mañana había fortalecido su ánimo de modo extraordinario, dándole confianza en sí mismo; poco a poco se había ido acostumbrando al nuevo y extraño ambiente. Lo que una persona mayor hubiese necesitado un mes por lo menos, él lo resolvió en cuatro días. Un caso de adaptación tan rápido no se había visto jamás.

Aprovechando nuestro privilegio, corramos a la gran sala del banquete para echarle un vistazo, mientras aperciben a Tom para una ocasión tan trascendental. Es un salón espacioso, de columnas y pilastras doradas, pinturas murales y techos artesonados. En la puerta se yerguen gigantescos guardias, rígidos como estatuas, vestidos de ricos y pintorescos trajes y con sus correspondientes alabardas. En una elevada galería, que se extiende alrededor de la sala, hay una banda de músicos y una compacta concurrencia de ambos sexos, vestidos con gran lujo.

En el centro del salón, sobre una tarima, está instalada la mesa de Tom. Dejemos hablar al viejo cronista:

«Un caballero entra en el aposento con una vara, y tras él otro, que trae un mantel; después de haberse arrodillado ambos tres veces con profundo respeto, extienden el mantel sobre la mesa y se retiran, tras una nueva genuflexión. Vienen luego otros dos, uno también lleva vara y el otro un salero, un plato y pan. Cuando se han arrodillado como los dos anteriores y colocado dichos objetos sobre la mesa, se retiran asimismo con las ceremonias realizadas por los primeros. Por fin, vienen dos nobles ricamente vestidos, uno de ellos con un trinchante, y después de haberse postrado tres veces de la manera más reverente se acercan y frotan la mesa con pan y sal, con el mismo respeto y compostura cual si el rey estuviera presente».

Así terminan los solemnes preliminares. Luego, a lo lejos, resuenan en los corredores música de trompetas y el confuso grito de: «¡Paso al rey, paso a la majestad del rey!». Estos sonidos se repiten varias veces, acercándose más y más, y de pronto, casi en nuestras barbas, suena la nota marcial y la voz de: «¡Paso al rey!», y aparece el brillante cortejo, que forma filas a la puerta con mesurada marcha. Dejemos hablar otra vez al cronista:

«Abren paso barones, condes y caballeros, y la Jarretera, todos ricamente vestidos y con la cabeza descubierta. Sigue después el canciller, entre otros dos personajes, uno de los cuales lleva el cetro real y el otro la espada de Estado en su vaina roja, tachonada de flores de lis de oro y con la punta hacia arriba. Y enseguida el mismo rey, a quien al aparecer saludan doce trompetas y muchos tambores, con gran estruendo de bienvenidas, mientras todos en las galerías se ponen en pie: "¡Dios salve al rey!". Vienen luego los nobles agregados a su persona, y a su derecha e izquierda marcha su guardia de honor, cincuenta caballeros pensionistas, con doradas hachas de combate».

Todo era espléndido y agradable. Tom sentía que le latía con más fuerza el corazón y sus ojos brillaban de alegría. Avanzaba con natural gracia, tanto más cuanto que no pensaba en ello, pues su espíritu estaba deleitado y absorto en el alegre espectáculo y las músicas que le rodeaban, y, además, nadie puede estar feo con ropas ricas y bien hechas, una vez que se ha acostumbrado un poco a ellas, especialmente en el momento en que olvida que las lleva. Tom recordó sus instrucciones y respondió a los saludos con una leve inclinación de cabeza y un cortés: «Gracias, mi buen pueblo».

Se sentó a la mesa con la mayor soltura, sin quitarse la gorra, lo cual hizo sin el menor embarazo, porque el comer con la gorra puesta era la única costumbre regia en que los reyes y los Canty se hallaban a la misma altura, ya que ninguno de ellos aventajaba a los otros en materia de antigua familiaridad con la gorra. Rompió filas el cortejo, se agrupó pintorescamente y todos permanecieron con las cabezas descubiertas.

Al son de alegre música entraron los alabarderos de palacio, los hombres más altos y más bien plantados de Inglaterra, que eran cuidadosamente escogidos al efecto; mas dejaremos que el cronista nos lo refiera todo:

«Entraron los alabarderos de palacio, descubierta la cabeza, vestidos de escarlata con rosa de oro en la espalda, y estos fueron y vinieron trayendo cada vez una serie de manjares, servidos en vajilla de plata. Estos manjares eran recibidos por un caballero, en el mismo orden en que los traían, y colocados sobre la mesa, en tanto que el catador daba a probar a cada guardia un bocado del plato que había traído, por temor al veneno».

Comió Tom con buen apetito, aunque se daba cuenta de que centenares de ojos seguían los manjares hasta su boca y miraban cómo los tragaba con un interés que no habría sido más intenso si se hubiera tratado de un mortífero explosivo y hubieran esperado que volara el rey y esparciera sus pedazos por el recinto.

Cuidaba Tom de no apresurarse, y también cuidaba de no hacer nada por sí mismo, sino esperar a que el funcionario competente se arrodillara ante él y lo hiciese. Salió del paso sin cometer ningún error: ¡impecable y preciado triunfo!

Cuando al fin terminó la comida y salió Tom en medio de su brillante séquito, con los oídos atronados por el clamor de las trompetas, de los tambores y de miles de aclamaciones, pensó para sí que si había triunfado al comer en público, era aquella una prueba que sin inconveniente soportaría varias veces cada día, si con ello podía liberarse de algunas de las más terribles necesidades de su oficio regio.

CAPÍTULO XVII

Corrió Miles Hendon hacia el extremo del puente por la parte de Southwark, escudriñándolo todo en busca de las personas que perseguía y esperando encontrarlas de un momento a otro; pero se llevó un gran chasco. A fuerza de preguntar, pudo seguir sus huellas hasta el camino que conduce a Southwark, pero allí cesaba toda pista, y el soldado quedó perplejo sin saber qué partido tomar. Sin embargo, no desmayó y reanudó sus esfuerzos durante el resto del día. Al caer la noche se encontró rendido de piernas, medio muerto de hambre y muy lejos de ver su deseo realizado. Así, pues, cenó en la posada del Tabardo y se acostó, resuelto a madrugar a la mañana siguiente y registrar de arriba abajo la ciudad. Cuando yacía pensando y planeando, comenzó de pronto a razonar de esta suerte:

—El niño se escapará del lado de aquel bellaco, su supuesto padre, en cuanto pueda. ¿Volverá a Londres en busca de su antigua guarida? No. No lo hará, procurará huir de sus perseguidores. ¿Qué diantre hará ese muchacho? No habiendo tenido amigos ni protectores en el mundo hasta que encontró a Miles Hendon, lo natural es que trate de hallarme de nuevo, siempre que este esfuerzo no le obligue a acercarse a Londres y al peligro. Se encaminará a Hendon Hall. Ni más ni menos, pues sabe que yo me propongo dirigirme a mi casa y en ella puede encontrarme.

El caso era claro para Hendon. Por tanto, no debía perder más tiempo en Southwark, sino atravesar enseguida Kent en dirección a Monk's Holm, registrando bien el bosque y preguntando por el camino.

Ocupémonos ahora del desaparecido reyecito.

El rufián a quien el mozo de la posada del puente había visto «a punto de alcanzar» al mozalbete y al rey, no se unió a ellos, sino que les siguió a cierta distancia sin decir palabra. Llevaba el brazo izquierdo en cabestrillo y tenía el ojo del mismo lado cubierto con un parche verde. Cojeaba un poco y usaba para apoyarse un palo de roble. El mozalbete condujo al rey, en tortuoso rodeo, por el centro de Southwark y no tardó en llegar a la carretera real, más allá del pueblo. Eduardo, algo molesto, dijo que no andaba más, pues a Hendon le correspondía ir a él y no a él ir a Hendon. No soportaría semejante insolencia y de allí no pasaría. El mozalbete dijo:

—¿No quieres seguir adelante, cuando tu amigo yace herido en aquel bosque? Sea, pues.

El rey cambió de actitud al instante y exclamó:

—¿Herido? ¿Y quién ha osado herirle? Pero esa es otra cuestión. ¡Vamos, vamos! ¡Más deprisa! ¿Tienes plomo en los pies? ¿Dices que herido? ¡Aunque su agresor sea el hijo de un duque, te juro que le pesará!

Aún faltaba un trecho para llegar al bosque, pero lo cruzaron rápidamente. El mozalbete miró a su alrededor, vio una rama hincada en el suelo con un andrajo atado y siguió hacia el interior del bosque, buscando ramas similares y hallándolas de tramo en tramo. No cabía duda de que eran guías para el lugar a que se encaminaba. De pronto, llegó a un calvero donde se veían las ruinas por el fuego de una casa de labor y, cerca de allí, un granero que empezaba a desmoronarse. Por ninguna parte había señales de vida y un profundo silencio reinaba en el paraje. El mozalbete entró en el granero, seguido muy de cerca por el ansioso rey. Allí no había nadie. Eduardo dirigió al mozo una mirada de sorpresa y recelo y preguntó:

—¿Dónde está?

Una insolente carcajada fue la contestación. Al instante, el niño montó en cólera, agarró un tronco de madera y se disponía a atacar al mozo cuando llegó a sus oídos otra carcajada de burla, proferida por el mismo rufián renqueante que los había seguido a distancia. Volvióse el rey y preguntó colérico:

—¿Quién eres tú? ¿Qué haces aquí?

—No digas necedades y tranquilízate. No es tan perfecto mi disfraz que pretendas no conocer a tu padre.

—Tú no eres mi padre. No te conozco. Soy el rey. Si has escondido a mi criado, búscamelo enseguida o pagarás cara esta acción.

Juan Canty replicó, con voz recia y convincente:

—No cabe duda de que estás loco y me repugna castigarte; pero si me provocas, te castigaré. Tu charla no puede hacernos daño aquí, donde nadie oye tus sandeces; sin embargo, bueno será que te acostumbres a hablar con cautela, para que no nos comprometas cuando cambiemos de paraje. He matado a un hombre y no puedo volver a casa, ni tú tampoco, porque necesito tus servicios. He cambiado, por prudencia, de nombre. Ahora me llamo Hobbs, Juan Hobbs. Tú te llamas Jack... Procura recordarlo. Dime: ¿dónde está tu madre? ¿Y tus hermanas? No han acudido al lugar de la cita. ¿Sabes adónde han ido?

El rey respondió de mal talante:

—No me marees más con esos acertijos. Mi madre ha muerto. Mis hermanas están en palacio.

El mozo prorrumpió en una carcajada de mofa y Eduardo le habría atacado si Canty —o Hobbs, como ahora se llamaba— no lo hubiera impedido diciendo:

—Déjalo, Hugo, no le molestes. Su mente desvaría y tus cosas le irritan. Siéntate, Jack, y tranquilízate, que pronto comerás un bocado.

Hobbs y Hugo hablaron en voz baja y el rey se separó cuanto pudo de su desagradable compañía. Retiróse a la penumbra del rincón más lejano del granero, donde encontró que el suelo de tierra estaba cubierto con un montón de paja de un pie de altura. Allí se tendió, cubriéndose con la paja a guisa de manta, y no tardó en quedar absorto en sus pensamientos. Muchos pesares tenía, mas los menores quedaban casi olvidados por el más grande de ellos, la pérdida de su padre. El nombre de Enrique VIII hacía temblar a todo el mundo sólo al nombrarlo, como si fuese un ogro o monstruo de destrucción y de muerte. Pero el niño recordaba el nombre de su padre con respeto y amor. Recordaba su rostro para con él siempre amable, bondadoso y dulce. Recordó el niño, con ternura, las escenas de cariño entre su padre y él y las retuvo en su imaginación, recreándose, mientras derramaba abundantes lágrimas, pues la pena que sentía en su corazón era muy intensa. Según fue cayendo la tarde, el niño, fatigado y triste, se quedó profundamente dormido, con un sueño tranquilo y reparador.

Pasó así mucho tiempo —no podía decir cuánto— y pugnaron sus sentidos por volver a la realidad, y mientras con los ojos cerrados quería adivinar dónde estaba y qué le había sucedido, notó un monótono ruido, el continuo caer de la lluvia en el tejado. Invadió su cuerpo una sensación de comodidad, pero enseguida fue bruscamente interrumpida por un coro escandaloso de risas chillonas y de zafias carcajadas. Esto sobresaltó al niño desagradablemente y le hizo asomar la cabeza para ver de dónde procedía el alboroto. Sus ojos vieron un cuadro repugnante e imponente. En el suelo, al otro extremo del granero, ardía una hoguera alegre, y a su alrededor, fantásticamente iluminados por los rojizos resplandores, se desperezaban o se tendían en el suelo los más abigarrados grupos de bellacos harapientos y rufianes, de ambos sexos, que el niño se había podido imaginar o había conocido en sus lecturas. Eran hombres fuertes y saludables, morenos por la intemperie, de pelo largo y cubiertos de caprichosos andrajos. Había mozos de mediana estatura y mal encarados, análogamente vestidos; mendigos ciegos con los ojos tapados o vendados; lisiados, con piernas de palo o muletas; enfermos con purulentas llagas mal vendadas; un buhonero de villanesca traza, con sus baratijas; un amolador, un calderero y un barbero-cirujano con las herramientas de su oficio. Algunas de las hembras eran niñas apenas núbiles, otras se hallaban en la edad primaveral, otras eran brujas viejas y arrugadas; pero todas chillonas, morenas y deslenguadas, desaliñadas y sucias. Había tres niños canijos y un par de perros hambrientos con cuerdas al cuello, cuyo oficio era guiar a los ciegos.

Cerró la noche; la cuadrilla terminaba de comer y comenzaba la orgía. El jarro del aguardiente pasaba de boca en boca. Todos gritaron a un tiempo:

—¡Que canten el «Murciélago» y Dick!

Se levantó uno de los ciegos y se dispuso a cantar; se quitó el parche que le tapaba los excelentes ojos y el conmovedor cartel que rezaba la causa de su calamidad. El «Murciélago» se desembarazó de su pata de palo y se colocó al lado de su compañero, luciendo sus piernas sanas y fuertes. Luego prorrumpieron ambos en un canto retozón, y el estribillo lo repetía toda la cuadrilla en animado coro. Cuando terminaron la canción, el entusiasmo de los semiborrachos había llegado a tal punto, que todos lo repitieron y empezaron a cantar de nuevo desde el principio, armando tal estruendo de sonidos groseros, que hizo temblar las vigas.

Terminado el canto, se pusieron a hablar todos a la vez, y en el curso de la conversación se comprobó que «Juan Hobbs» no era, ni con mucho, un recluta nuevo, sino que en tiempos pasados había pertenecido a la cuadrilla. Refirióles su última hazaña, y cuando dijo que «por accidente» había matado a un hombre, todos le aplaudieron, y al añadir el bellaco que el hombre era cura, fue felicitado por todos y con todos tuvo que beber. Amigos antiguos le saludaban afectuosos y los nuevos se sentían orgullosos al estrecharle la mano. Preguntáronle por qué había permanecido retraído tanto tiempo y él respondió:

—En Londres se vive mejor que en el campo, y con más seguridad desde hace unos años, pero las leyes son muy duras y se aplican con todo rigor. Si no me hubiera ocurrido ese accidente, me habría quedado allí. Tenía intención de no volver a aventurarme en el campo, pero el «accidente» ha dado al traste con todo.

Preguntó cuántas personas figuraban en la cuadrilla y el jefe de ella respondió:

—Veinticinco, en números redondos. La mayoría se quedan aquí y una parte se encamina hacia el Este. Nosotros les seguiremos al amanecer.

—No veo a Wen entre mis honrados compañeros. ¿Dónde estará?

—¡Pobre muchacho! Ahora se alimenta de azufre, y harto caliente, por cierto, para un paladar tan delicado. Le mataron en una reyerta a mediados de verano.

—¡Cuánto lo siento! Wen era hombre de talento y muy valiente.

—Cierto que lo era. Bess, la negra, su compañera, sigue con nosotros, pero se ha ido hacia el Este. Buena muchacha, lista y de excelente conducta. Nadie la ha visto borracha más de cuatro días por semana.

—La recuerdo muy bien. Era digna de todo elogio. Su madre no tuvo tantos miramientos. Fue una bruja turbulenta y de mal genio, pero con mucha pupila.

—Su talento la perdió. Su don de quiromancia y otros géneros de adivinación le granjearon la celebridad de bruja y la ley la asó viva a fuego lento. Me conmovió ver con qué valor afrontó su suerte, blasfemando y maldiciendo a la multitud que la miraba con la boca abierta, mientras las llamas subían lamiendo hasta su cara y le chamuscaban los pelos y chisporroteaban alrededor de su cabeza cana... ¿Blasfemando he dicho? ¡Ya lo creo que blasfemando! Si mil años vivieras, no oirías blasfemias más en su punto. ¡Ay! Su arte murió con ella. Las de ahora son imitaciones rastreras y serviles, pero no blasfemias verdaderas.

El jefe suspiró y le imitó el auditorio. Hubo un momento de depresión entre los reunidos, porque aun los parias, tan endurecidos como aquellos, no mueren en absoluto para el sentimiento, sino que experimentan, de cuando en cuando, una fugaz sensación de aflicción y en circunstancias singularmente favorables, por ejemplo, en casos como aquel, en que el genio y el arte habían partido sin dejar heredero. A pesar de todo, un buen trago en ronda no tardó en restaurar los ánimos de los plañideros.

—¿Han sufrido persecuciones otros amigos? —preguntó Hobbs.

—Algunos, sí. Sobre todo, los recién llegados, tales como pegujaleros hambrientos y sin hogar, que vagaban por el mundo porque les quitaron las tierras, para convertirlas en dehesas para ovejas. Se dedicaron a mendigos y fueron azotados y arrastrados en la carreta, desnudos de cintura para arriba, hasta brotar la sangre. Luego volvieron a mendigar, los azotaron otra vez y les cortaron una oreja. Mendigaron por tercera vez —¿qué iban a hacer los pobres diablos?— y fueron marcados en las mejillas con hierro candente y luego vendidos como esclavos. Se escaparon, los pescaron y los ahorcaron. La historia está contada pronto. Otros han escapado, menos mal. Venid aquí, Yokel, Burns y Hodge..., enseñad vuestros adornos.

Avanzaron los aludidos, se quitaron algunos harapos y dejaron al descubierto las espaldas, cruzadas de antiguos costurones recuerdos de los látigos. Uno se levantó el pelo y enseñó el sitio en que antaño tuvo la oreja izquierda; otro enseñó una marca en el hombro, la letra «V», y una oreja mutilada. El tercero dijo:

—Yo soy Yokel, y fui en otro tiempo un labrador algo afortunado; tenía una esposa amante y mis hijos, y ahora soy algo muy distinto, por mi estado y profesión. Mi mujer y mis hijos murieron. Tal vez estén en el cielo, o tal vez..., en otro sitio... Pero, gracias a Dios, ya no viven en Inglaterra. Mi buena madre, que era de conducta irreprochable, trató de ganarse el pan asistiendo a enfermos, pero uno de ellos se murió sin que el médico supiera de qué y quemaron a mi madre por bruja, mientras mis niños, llorando, contemplaban el suplicio. ¡Las leyes inglesas! ¡Levantad el vaso y bebamos todos juntos a la salud de las misericordiosas leyes inglesas, que la libraron del infierno de Inglaterra! ¡Gracias, camaradas, gracias a todos! Yo mendigué de casa en casa con mi mujer, llevando conmigo a mis hambrientos hijos; pero como es un delito tener hambre en Inglaterra, nos desnudaron y nos llevaron por tres pueblos dándonos azotes. ¡Bebamos todos otra vez por las piadosas leyes inglesas, porque su látigo se bebió la sangre de mi María, y así le llegó muy pronto la deseada libertad! Ahora duerme en la bendita tierra, a salvo de todo daño, y los niños... Los niños, mientras la ley me iba azotando de pueblo en pueblo, se murieron de hambre. ¡Bebed, muchachos, bebed, aunque no sea más que una gota, por los pobres niños que no hicieron nunca daño a nadie! Yo volví a mendigar en busca de un mendrugo, me pusieron en la picota y perdí la oreja... Mirad, aquí está todo lo que resta. Volví a pedir, y para que no se me olvide, aquí tenéis lo que queda de la otra. Volví otra vez y me vendieron como esclavo. Aquí, en la mejilla, debajo de esta mancha, si me la lavara, podríais ver la «S» roja que dejó la marca de hierro candente. ¡Esclavo! ¿Comprendéis esta palabra? Un esclavo inglés es el que tenéis delante. Me he escapado del lado de mi amo y cuando me encuentren —¡caiga la maldición del cielo sobre la tierra que lo ha ordenado!—, cuando me encuentren, me ahorcarán.

Una voz vibrante sonó en el enrarecido aire:

—¡No te ahorcarán! ¡Y desde hoy mismo queda abolida esa ley!

Miraron hacia el lugar en que partía la voz y vieron acercarse, corriendo, al desharrapado muchacho, que no era otro que el rey niño. Cuando estuvo cerca se produjo una explosión de preguntas de todos los vagabundos.

—¿Quién es ese muchacho? ¿Qué quieres decir? ¿Cómo te llamas, muñeco?

El niño permaneció inmutable y contestó con regia dignidad:

—Soy Eduardo, rey de Inglaterra.

Una carcajada burlona estalló entre los vagabundos.

Eduardo se ofendió en su orgullo y dijo bruscamente:

—¿Ese es el agradecimiento a la regia merced que os he prometido, vagabundos desorejados?

Aún dijo más, con voz colérica y excitados ademanes, pero todo se perdió en el bullicio de las risas y de las expresiones burlonas. «Juan Hobbs» hizo varias tentativas para que se le oyera en medio del escándalo y al fin lo consiguió:

—Camaradas, es mi hijo: es un soñador, un insensato y pobre loco. No le hagáis caso. Se figura que es el rey.

—Soy el rey —dijo Eduardo, volviéndose hacia él—, y pronto lo sabrás, aunque te pese. Has cometido un asesinato y por él te ahorcarán.

—¿Tú me traicionaras? ¿Tú? Si te echo mano...

—¡Alto ahí! —dijo el fornido jefe de la cuadrilla, interponiéndose a tiempo de salvar al rey y recalcando este servicio con un puñetazo que derribó a Hobbs por tierra—. ¿No tienes respeto ni a los reyes ni a los jefes? Si vuelves a ofender mi presencia, te estrangularé con mis propias manos —y agregó, dirigiéndose a Su Majestad—: Haces mal en dirigir amenazas a tus camaradas, muchacho, y debes coserte la boca antes de hablar mal de ellos en parte alguna. Sé rey, enhorabuena, si eso te satisface, pero no seas loco peligroso. No vuelvas a decir lo que has dicho, porque es traición. Nosotros seremos malos en algunas cosas de poca monta, pero no somos tan villanos que hagamos traición a nuestro rey. En ese respecto somos corazones amantes y nobles. Esta es la pura verdad. Ahora gritemos todos juntos: «¡Viva Eduardo, rey de Inglaterra!».

—«¡Viva Eduardo, rey de Inglaterra!».

La respuesta de la abigarrada chusma fue proferida con tan estentóreas voces, que repercutió y vibró en el destartalado edificio. La faz de Eduardo brilló de placer un instante e inclinó la cabeza a tiempo que decía con grave sencillez:

—Gracias, mi buen pueblo.

Esta inesperada salida provocó en todos gran regocijo. Cuando renació algo la calma, dijo el jefe con firmeza, pero con acento bonachón:

—Déjate de tonterías, muchacho, que eso no es prudente ni está bien. Sigue con la tuya, si te gusta, pero escoge cualquier otro título.

Un calderero expresó a voces esta idea:

—Fu-fu I, rey de los Bobos.

Fue bien acogido el título y todos respondieron con un tremendo aullido:

—¡Viva Fu-fu I, rey de los Bobos!

Esta expresión fue seguida de aullidos y carcajadas.

—¡Subidle sobre el pavés y coronadle!

—¡Ponedle el manto real!

—¡Dadle el cetro!

—¡Entronizadle!

Estos irreverentes gritos estallaron a un tiempo y, casi antes de que la pobre víctima pudiera reponerse, se vio coronado con una jofaina de hojalata, envuelto en una manta hecha jirones, entronizado en un tonel y en la mano, a guisa de cetro, el soldador del calderero. Luego cayeron todos de rodillas a su alrededor y prorrumpieron a coro en irónicos gemidos y burlonas súplicas, mientras se enjugaban los ojos con las mangas o con los delantales sucios.

—Te rogamos que seas indulgente, ¡oh, dulce rey!

—No desprecies a estos gusanos que te imploran, ¡oh, noble majestad!

—¡Ten compasión de tus esclavos y dígnate obsequiarnos con un puntapié regio!

—Alúmbranos y confórtanos con tus benignos rayos, ¡oh, reluciente sol de la soberanía!

—¡Santifica la tierra con tus regios pies, para que podamos comer el polvo y ennoblecernos!

—Dígnate escucharnos, ¡oh, señor!, para que los hijos de nuestros hijos puedan hablar de tu regia condescendencia, y sentirse felices y orgullosos por los siglos de los siglos.

Pero el calderero, que era muy chusco, tuvo la mejor ocurrencia de la noche y se llevó los correspondientes honores. Arrodillado, fingió besar el pie del rey; este lo rechazó con indignación y entonces empezó a pedir a todos un trapo para pegárselo en la cara, en el sitio tocado por el pie, diciendo que debía preservarlo del contacto del aire vulgar y que haría su fortuna saliendo al camino real y exponiéndolo a la vista mediante cien chelines por exhibición. Se puso tan dicharachero e incansable, que fue la envidia y la admiración de toda la sarnosa ralea.

Los ojos del monarca se llenaron de lágrimas de vergüenza y de indignación. En tanto que vagaba por su mente este pensamiento:

«Si les hubiera inferido un tremendo agravio, no serían más crueles. Y todo el mal que les he hecho ha sido ofrecerles mi bondad... Y así me pagan».

CAPÍTULO XVIII

Al amanecer la aurora, se despertó la cuadrilla de vagabundos y se puso en camino. Hacía un frío que cortaba, los campos estaban cenagosos y el cielo de color gris. Había desaparecido la alegría de la víspera, muchos de ellos permanecían hoscos y pensativos, por cualquier cosa se irritaban y reñían, y es que todos tenían sed.

«Jack» quedó bajo la vigilancia de Hugo, por orden del jefe, quien a su vez avisó a Juan Canty que no se acercara mucho al muchacho y que le dejase en paz. También advirtió a Hugo que no le castigara.

Al poco tiempo de haber emprendido la marcha, mejoró algo el tiempo y las nubes desaparecieron en parte. Como ya no tenían frío, se les suavizó el humor a todos. Fuéronse alejando poco a poco, y hasta gastaban bromas entre sí e insultaron a los pasajeros que encontraron por la carretera. Esto denotaba que despertaban una vez más a la debida apreciación de la vida y sus alegrías. El temor que todo el mundo les tenía quedaba de manifiesto en que se apresuraban a cederles el paso y en que no se molestaban por sus insolencias ni se aventuraban a contestarles. Una de sus hazañas consistía en arrancar la ropa tendida en los setos, a veces, en las mismas barbas de sus dueños, quienes no protestaban, pues, al parecer, se mostraban agradecidos de que no se llevaran también los setos.

Con toda desfachatez, invadieron una casita de labor donde se instalaron a sus anchas, mientras el tembloroso labriego y su gente vaciaban la despensa para darles desayuno. Acariciaban la barbilla de la mujer y de las hijas mientras recibían la comida de sus manos, gastando bromas groseras acerca de ellas, acompañados de epítetos insultantes y de zafias carcajadas. Arrojaban huesos y cáscaras al aldeano y a sus hijos, a quienes tenían sin cesar haciendo regates, y aplaudían estrepitosamente los chistes. Acabaron por dar un golpe en la cabeza de una de las hijas, que se ofendió por las confianzas que se tomaron. Al despedirse, amenazaron con volver y quemar la casa sobre las mismas cabezas de la familia si llegaban a oídos de las autoridades las noticias de sus fechorías.

Aproximadamente al mediodía, después de una caminata larga y aburrida, se detuvo la cuadrilla detrás de un seto, en los arrabales de un pueblo grande. Acordaron descansar una hora y todos se dispersaron por diferentes puntos del pueblo, para dedicarse a sus respectivas profesiones. «Jack» fue enviado con Hugo, y ambos anduvieron de acá para allá un buen rato; Hugo no dejó la ocasión de buscar poder hacer «un negocio», pero le fue imposible, por lo que acabó diciendo:

—No hay nada que valga la pena para robar. Este es un lugar despreciable. Por tanto, mendigaremos.

—¿Mendigaremos? Hazlo tú, que te está bien, pero yo no mendigaré.

—¡Que no mendigarás! —exclamó Hugo, mirando al rey con sorpresa—. Oye, ¿desde cuándo te has reformado?

—No te entiendo.

—¿No has mendigado toda tu vida por las calles de Londres?

—¿Yo, idiota?

—Menos palabrería. Dice tu padre que has mendigado toda tu vida. ¿Es que ha mentido? Acaso tendrás el valor de decir que ha mentido... —dijo sarcásticamente Hugo.

—¿Ese a quien tú llamas mi padre? Sí, ha mentido.

—Mira, compadre; no abuses demasiado de esa manía de la locura. Empléala para tu diversión y no para tu daño. Si le cuento lo que has dicho, te desollará vivo.

—No te molestes. Se lo diré yo mismo.

—Eres un chico valiente, a fe mía, pero no admito tu juicio. Bastantes palizas y vapuleos se lleva uno en esta vida, sin que salgas de tu camino para buscarlos. Pero dejemos este asunto. Yo creo a tu padre. No dudo que es capaz de mentir, y comprendo que miente cuando llega la ocasión, porque los mejores de nosotros lo hacemos; pero aquí no hay ocasión que valga. Un hombre de talento no miente en balde. Pero, vamos de aquí, y puesto que te ha dado por renunciar a pedir, ¿en qué nos ocuparemos? ¿Robaremos cocinas?

—No digas esas necedades —le interrumpió el rey, impaciente—. Me cansa oírte.

Hugo replicó de mal humor:

—Óyeme, camarada; ni quieres mendigar, ni quieres robar... Sea. Pero yo te diré lo que has de hacer; me servirás de cimbel mientras yo mendigo. Niégate a ello, si eres capaz.

Iba el rey a replicar despectivamente, cuando le atajó Hugo:

—¡Calla! Allí viene un hombre con cara de bonachón. Yo me voy a desplomar como si tuviera un ataque. Cuando se acerque a mí el hombre, tú te pondrás a llorar y caerás de rodillas, muy afligido. Luego gritarás como si tuvieras metidos en la tripa todos los diablos del dolor y dirás: «¡Oh, señor, mi pobre hermano está enfermo y no tenemos amparo! ¡En nombre de Dios, mirad con piadosos ojos a un pobre enfermo, abandonado y desdichadísimo! Dad un miserable penique a un ser desamparado de Dios y a punto de morir». Y no te olvides que no has de cesar de gemir hasta que le saquemos el penique, pues de lo contrario te costará caro.

Enseguida empezó Hugo a quejarse, a gruñir, a poner los ojos en blanco y a tambalearse, y cuando el desconocido estuvo cerca se tendió en el suelo delante de él, lanzando un grito, y empezó a retorcerse por el suelo como si estuviera agonizando.

—¡Oh, Dios mío! —exclamó el benévolo desconocido—. ¡Pobrecillo, pobrecillo! ¡Cómo debe sufrir! Espera, que voy a auxiliarte.

—¡Oh, noble señor! Dios os bendiga por su generosidad, pero me causa muchos dolores que me toquen cuando me da el ataque. Mi hermano dirá a vuestra excelencia cuánta es mi angustia cuando me coge esto. Un penique, señor, un penique para comprar un poco de alimento, y déjeme con mis males, pues no tengo cura.

—¿Cómo un penique? Tres te daré, desdichada criatura —dijo el desconocido, llevándose la mano al bolsillo muy deprisa—. Toma, infeliz; tómalos y que te hagan provecho. Ahora ven acá, muchacho, y ayúdame a llevar a tu pobre hermano a aquella casa, donde...

—Este no es mi hermano —dijo el rey, atajándole.

—¿Qué dices? ¿Que no es tu hermano?

—Miserable —gimió Hugo, que no dejó de rechinar los dientes—. ¡Niega a su propio hermano... cuando está con un pie en el sepulcro!

—Oye, muchacho; muy duro tienes el corazón por cierto, si este es tu hermano. ¿No te da vergüenza? ¿No ves que apenas puede moverse? Si no es tu hermano, ¿quién es, pues?

—Un mendigo y un ladrón. Cuando le habéis dado la limosna os ha robado el bolsillo, y haríais un verdadero milagro de curación si le dierais un buen bastonazo en las costillas y confiarais lo demás a la Providencia.

Pero Hugo no esperó el milagro. Se levantó de un salto y echó a correr como el viento, seguido del caballero y sin dejar de dar voces en su fuga. El rey, dando las gracias al cielo por su propia libertad, huyó en dirección opuesta y no paró hasta que estuvo fuera de alcance. Tomó el primer camino que se le ofrecía y pronto dejó tras sí la aldea. Siguió corriendo lo más deprisa que pudo durante dos horas, sin dejar de mirar hacia atrás temeroso de que le persiguieran; mas, al fin, desapareció su miedo y le invadió una agradable sensación de seguridad. El pequeño se dio cuenta de que tenía hambre y de que estaba cansadísimo. Se detuvo en la puerta de una casa de labor; mas cuando se disponía a hablar, le atajaron y le despacharon bruscamente. Iba tan mal trajeado...

Prosiguió su camino, ofendido, indignado y resuelto a no volver a exponerse a semejante trato; pero el hambre doma el orgullo. Así, cuando oscureció del todo, hizo una tentativa en otra casa de labor, pero allí escapó peor que en la primera, porque le insultaron y le amenazaron con prenderle por vagabundo como no se largara más que deprisa.

Cerró la noche, por completo oscura, glacial y encapotada, y aún seguía andando el pobre monarca, con los pies doloridos. Se veía obligado a moverse sin reposo, pues cada vez que intentaba descansar un momento, el frío le penetraba hasta los huesos. Todas sus sensaciones, mientras recorría la inmensa oscuridad y la vacua extensión de la noche, eran desconocidas y extrañas para él. De trecho en trecho oía voces que se acercaban, pasaban y se desvanecían en la oscuridad y el silencio, y como no veía los cuerpos a quienes pertenecían, más que una especie de mancha informe y móvil, todo aquello tenía algo de espectral y pavoroso que le hacía estremecerse. Otras veces, divisaba el parpadeo de una luz, muy lejana, cual si estuviese en otro mundo. Si oía la esquila de una ove-

ja era vaga, distante y confusa. Los ahogados mugidos del rebaño llegaban hasta él envueltos en el aire nocturno, con cadencias que se degeneraban en lastimeros sones. De cuando en cuando, escuchaba el lastimero aullido de un perro a través de la extensión invisible de campos y bosques. Todos los sonidos eran remotos y hacían pensar al reyecito cuán lejos se hallaba de la actividad y de la vida, y que estaba solo y sin amigos, en medio de la soledad inconmensurable.

A tropezones, y como pudo, siguió avanzando entre la pavorosa fascinación de tan interesante aventura; a veces, le sobrecogía el roce suave de la hojarasca que parecía el murmullo y cuchicheo de seres humanos, y de repente vio cerca de él la luz de una linterna. Retrocedió a la oscuridad y aguardó. Vio que la linterna alumbraba la puerta de un granero. El rey esperó un poco... No se oía ningún ruido ni se veía nada. Pero tenía tanto frío allí parado, y el granero era tan tentador, que el niño resolvió arriesgarlo todo y entrar. Echó a andar deprisa y en puntillas, y en el momento de cruzar el umbral oyó voces a su espalda. Se agazapó detrás de un tonel dentro del granero y vio entrar a dos labradores, que llevaban la linterna en la mano y empezaron a trabajar sin dejar de hablar. Mientras iban de un lado a otro con la luz, el rey no los perdió de vista, y fijándose en lo que parecía ser un pesebre de más que regular tamaño, al otro extremo del granero, se propuso llegar hasta él, a tientas, cuando quedara solo. Observó también el lugar en que había un montón de mantas de caballo, con intención de requisarlas aquella noche, para el servicio de la Corona de Inglaterra.

Finalmente, los hombres terminaron sus trabajos y se fueron, cerrando tras sí la puerta y llevándose la linterna. El rey se encaminó tiritando al lugar de las mantas, con tanta prisa como le permitían las tinieblas. Las cogió, y sin tropezar llegó a tientas al pesebre. Con dos de ellas se hizo una cama y luego se tapó con las dos restantes. En ese momento se sentía un monarca feliz, aunque las mantas eran viejas y delgadas y no de mucho abrigo, y, además, exhalaban un penetrante olor caballuno que casi le asfixiaba.

Aunque el pobre rey estaba muerto de hambre y de frío, como al mismo tiempo se sentía cansado y con sueño, no tardó este último en triunfar, y el niño empezó a sentirse invadido por ese estado de modorra que precede al sueño; pero cuando parecía que iba a abandonarse por completo, sintió que una cosa le tocaba. Despertóse al momento y suspiró para animarse. Sintió un frío estremecimiento que le horrorizó, pues aquel contacto extraño en la oscuridad le dejó el corazón en suspenso.

Quedóse inmóvil, y escuchó aguantando la respiración, pero nada se movió ni se oyó el menor ruido. Continuó el rey escuchando y esperó unos instantes, que le parecieron eternos; pero todo siguió inmóvil y en silencio. De nuevo, el niño se entregó al sueño, pero de pronto volvió a sentir el misterioso contacto. Era una cosa siniestra aquel rozar de una presencia silenciosa e invisible, que sobrecogió al niño de fantásticos temores. ¿Qué haría? Esta era una pregunta a la que no sabía qué responder. ¿Dejaría aquel refugio tan confortable por miedo a lo desconocido? Y, ¿adónde ir? No podía salir del granero, y la idea de andar a ciegas de un lado a otro en la sombra, en aquel recinto de cuatro paredes y acosado sin cesar por el fantasma, que a cada paso le daría en las mejillas o en los hombros, era intolerable; pero, ¿acaso era mejor permanecer donde estaba y soportar toda la noche aquella muerte en vida? No. Entonces, ¿qué podía hacer? ¡Ah! Sólo tenía una solución, bien lo comprendía. Debía alargar el brazo y rebuscar lo que era aquello.

Pronto lo había decidido, pero era difícil revestirse de valor para intentarlo. Tres veces extendió tímidamente la mano en la oscuridad, y otras tantas la apartó con un estremecimiento, no por haber encontrado nada, sino porque sentía la sequedad de que iba a encontrarlo; pero a la cuarta vez alargó algo más el brazo y su mano resbaló sobre algo suave y caliente. Esto le dejó casi petrificado de espanto. Su espíritu se hallaba en tal estado, que el pobrecillo se figuró que aquello no era otra cosa que un cuerpo recién muerto y aún caliente. Pensó que prefería morir que tocarlo otra vez; pero se le ocurrió este equivocado pensamiento porque no conocía la fuerza inmortal de la curiosidad humana. No había pasado mucho tiempo cuando su mano empezó a buscar otra vez temblorosamente, contra su juicio y su voluntad, pero a pesar de todo con persistencia. Entonces encontró un mechón de pelo largo. Se estremeció, pero siguió tocando el pelo y encontró algo que parecía una cuerda caliente. Siguió la cuerda hacia arriba y se halló ¡con una inocente ternera! Porque la cuerda no era tal cuerda, sino la cola del animal.

Avergonzado de sí mismo se sintió el rey, por haber experimentado tal pánico y horror ante una cosa tan inofensiva como una ternera dormida; mas no debió haber pensado así, porque lo que le había asustado no era la ternera, sino un terrible no sé qué inexistente, representado por la misma, y cualquier otro niño, en aquellos tiempos supersticiosos, se habría dejado arrastrar por el mismo temor que él.

El niño rey se alegró mucho al ver que el animal era una ternera, y también de tenerla en su compañía, porque se había sentido tan solo y desamparado, que acogió con gusto como camarada hasta aquel humilde animal. Se había visto tan maltratado, tan afrentado por sus propios semejantes, que fue para él un verdadero consuelo hallarse al fin en la sociedad de un ser, que por lo menos tenía un corazón tierno y sencillo, aunque careciera de dones más elevados; con todo esto, resolvió Eduardo prescindir de etiquetas y hacerse amigo de la ternera.

Mientras acariciaba el caliente lomo del animal —pues este se hallaba muy cerca y al alcance de su mano—, se le ocurrió que podía utilizarlo de distintas maneras, y así volvió a arreglar su cama, colocándose cerca de la ternera; luego se acurrucó junto al lomo de esta, echó las mantas sobre sí mismo y su amiga, y al cabo de pocos minutos estaba tan calentito y cómodo como en las felices noches en su lecho de plumas en el palacio real de Westminster.

Su imaginación infantil se llenó de pensamientos agradables; la vida tomó un cariz más optimista. Estaba libre de las garras de la servidumbre y del crimen, y libre de la compañía de bellacos y brutales forajidos. Estaba calentito y cobijado; en una palabra, era feliz. Soplaba el viento de la noche en temerosas ráfagas que hacían estremecer y temblar el viejo granero, y luego disminuía su ímpetu a intervalos y seguía bramando y gimiendo por las esquinas... pero todo ello era música para el rey, una vez que estuvo arropado y cómodo. Soplara y enfureciérase cuanto quisiera, azotara y golpeara, gimiera y rugiese, al rey no le importaba; por el contrario, gozaba con ello. Se acurrucó más cerca de su amiga, con un sibaritismo de íntima alegría, y como un bendito perdió la conciencia del mundo y cayó en un sueño profundo y sin pesadillas, lleno de paz y sosiego. A lo lejos aullaban los perros, mugían melancólicamente las vacas y el huracán seguía rugiendo, mientras que fuertes aguaceros caían sobre el tejado; pero la Majestad de Inglaterra siguió durmiendo imperturbable, y otro tanto hizo la ternera, que era un animal sencillo y no se dejaba turbar fácilmente por las tempestades ni le intimidaba la convivencia al lado de un rey.

CAPÍTULO XIX

Al despertar el rey, al día siguiente por la mañana, vio que una rata mojada, pero desconfiada, que había pasado la noche en el granero, junto a su pecho, procurándose así una cama confortable, al notar que el niño abría los ojos se escapó corriendo. Eduardo dijo, sonriente:

—¡Pobrecilla! ¡Qué tonta eres! ¿De qué tienes miedo? ¿No ves que yo soy tan infeliz como tú? Sería imperdonable que yo persiguiera a los desvalidos, cuando yo soy el más desvalido de todos. Además, tu encuentro es de buen agüero, pues si un rey cae tan bajo que las mismas ratas toman por cama su cuerpo, eso significa, de seguro, que su suerte está próxima a cambiar, puesto que es evidente que ya no puede descender más.

Levantóse y salió del pesebre en el preciso momento en que se oían voces infantiles. Abrióse la puerta del granero y entraron dos niñitas, que al ver a Eduardo cesaron de hablar y de reír, se detuvieron y quedaron inmóviles, mirándole con viva curiosidad. No tardaron en cuchichear entre sí, para volver a acercarse y pararse otra vez y mirarle y hablarse al oído. Poco a poco se animaron y empezaron a hablar en voz alta. Una dijo:

—Es muy guapo.

—Y tiene el pelo muy lindo —añadió la otra.

—Pero va muy mal vestido.

—Yo diría que tiene hambre.

Acercáronse más, rodeándole tímidamente y examinándole de pies a cabeza y por todas partes, como si fuera un animal extraño y raro, pero sin fiarse mucho y con gran cuidado, como si temieran que fuera una clase de animal que mordiera llegado el momento. Finalmente, se plantaron ante él, cogidas de las manos para protegerse mutuamente, y le miraron mucho rato con ojos inocentes. Luego una de ellas, revistiéndose de valor, preguntó con franqueza:

—¿Quién eres, niño?

—Soy el rey —respondió este gravemente.

Las niñas experimentaron un nuevo sobresalto, abrieron desmesuradamente los ojos y se quedaron medio minuto sin poder hablar palabra. Al fin, la curiosidad rompió el silencio:

—¿El rey? ¿Qué rey?

—El rey de Inglaterra.

Las niñas se miraron una a otra, luego le miraron a él y volvieron a mirarse entre sí, maravilladas y perplejas. Después dijo, por fin, una:

—¿Has oído, Margarita? Dice que es el rey. ¿Y si fuese cierto?

—¡Pues claro que es cierto, Prissy! ¿Iba este niño a decir una mentira? Porque si no fuera verdad, Prissy, habría mentido. Claro que sí. Piénsalo bien. Porque todas las cosas que no son verdades son mentiras, y no hay más razones que estas.

Como este era un argumento que no tenía vuelta de hoja, ni dejaba el menor resquicio para refutarlo, las dudas de Prissy no tuvieron ya en qué apoyarse. Reflexionó un momento la niña y dijo después esta simple frase:

—Si de veras eres el rey, te creo.

—De veras soy el rey.

Ya no hubo más que hablar; la realeza de Su Majestad fue admitida sin más preguntas ni dudas, y las niñas empezaron al instante a preguntar cómo había ido a parar a aquel lugar y cómo iba tan mal vestido, y adónde se dirigía, y otra porción de cosas más. Fue un gran consuelo para el reyecito desahogar sus desazones con quienes no se burlaban ni dudaban, y así, refirió su historia con gran calor, olvidando momentáneamente hasta su hambre, y la historia fue escuchada con la más profunda y tierna compasión por las dos niñitas. Pero cuando les expuso sus últimas aventuras, y al darse cuenta las muchachas del tiempo que llevaba el rey sin comer, le atajaron y salieron corriendo del granero para buscarle desayuno.

Sentíase ya el rey alegre y feliz a la sazón, y se dijo:

—El día en que vuelva a recobrar mi dignidad, honraré siempre a las niñas y me acordaré de las que han confiado en mí y me han creído en mi desventura, al paso que los que tienen más edad, y por ello se creen más sabios, se han burlado de mí y me han tratado de embustero.

Tan bondadosa como las niñas era la madre, quien recibió con cariño al rey y se mostró compasiva porque su desamparo y su inteligencia, al parecer perturbada, conmovieron su corazón femenino. Era viuda y pobre, razón por la cual conocía las penas de cerca y tenía compasión de los desgraciados. Imaginóse que el pobre niño se había extraviado, alejándose de sus padres o familiares, y así trató de averiguar de dónde venía, para poder dar pasos encaminados a devolverle; mas ninguna de sus pesquisas sobre las aldeas y pueblos vecinos, ni de sus preguntas en el mismo sentido, dieron resultado, porque el semblante del niño y sus respuestas demostraban que las cosas a que aludía la buena mujer no le eran familiares. El rey hablaba con gravedad y sencillez de asuntos de la corte, y más de una vez ahogaron su voz los sollozos al mencionar al difunto rey su padre; pero siempre que la conversación cambiaba y versaba sobre temas sencillos y vulgares, el niño perdía interés y quedaba en silencio.

A pesar de lo raro del caso, la mujer no quiso renunciar a su intento. Mientras seguía cocinando, se dio a discurrir medios de sorprender al muchacho para que revelara su verdadero secreto. Le habló de las vacas y el niño no hizo el menor caso, le habló de las ovejas con el mismo resultado. Por consiguiente, su conjetura de que fuese un niño pastor, era equivocada. Le habló de molinos, de tejedores, de caldereros, de herreros y de toda clase de industrias y profesiones; le habló de Bedlam, de las cárceles y de los asilos, pero siempre con el mismo resultado de indiferencia, y pensando que no le había hablado aún del servicio doméstico, creyó que ahora estaba segura de hallarse sobre la verdadera pista. El niño debía ser un criado. La buena mujer llevó la conversación hacia este punto, pero el resultado fue desalentador. El tema del barrido pareció fatigar al niño; el encender el fuego no le conmovió, y el fregar y rascar no despertó su entusiasmo. Al fin, la mujer, perdida ya casi la esperanza y más bien por cumplir, habló de la cocina. Con gran sorpresa suya y con gran entusiasmo vio que se animó al instante el semblante del rey.

—¡Ah! —pensó la mujer—. ¡Por fin he dado con la clave!

Y se sentía orgullosa de su ingenio y buen tacto por haberlo conseguido. Por este motivo, pudo descansar de su fatigada charla, pues el rey, inspirado por el hambre que le roía y por los fragantes olores que salían de las sartenes y de las ollas, se lanzó a tan elocuente disertación sobre ciertos platos apetitosos, que al cabo de tres minutos pensó la mujer para sí:

—Por fin he acertado. Ha sido pinche de cocina.

Habló después el niño de su comida, con tanto juicio y animación que la mujer se dijo: «¡Dios mío! ¿Cómo puede conocer tantos platos y tan exquisitos? Porque esos no se comen más que en las mesas de los ricos potentados. ¡Ah! Ya veo. A pesar de lo andrajoso que va, debe haber servido en Palacio antes de perder el juicio. Sí, debe haber sido pinche en la cocina del mismísimo rey. Voy a ponerle a prueba».

Llena de curiosidad y queriendo convencerse de su ingenio, dijo al rey que cuidara un momento de la cocina, indicándole que podría hacer y añadir uno o dos platos, si se le antojaba. Luego salió de la estancia haciendo una seña a las niñas para que la siguieran. El rey dijo entre dientes:

—Otro rey de Inglaterra tuvo una comisión semejante a esta, allá en la antigüedad... No va contra mi dignidad el encargarme de un oficio que el gran Alfredo aceptó orgulloso. Pero voy a procurar desempeñarlo mejor que él, porque a él se le quemaron los pasteles.

La intención fue buena, pero el resultado fue el mismo, pues este rey, como el otro, no tardó en absorberse en sus propios asuntos, olvidándose lo propuesto y..., la misma desgracia: los manjares se quemaron.

La buena mujer volvió a tiempo de salvar el almuerzo de su completa destrucción, y no tardó en sacar de sus sueños al rey con una animada y viva regañina. Mas al ver lo avergonzado que estaba por haber desempeñado mal su cometido, se suavizó enseguida y fue toda bondad y gentileza para él.

Comió el niño espléndidamente y se restauró y alegró en gran manera. Fue una comida que se distinguió por un detalle curioso: el de que ambas partes prescindieron de etiquetas, pero sin que ninguna de ellas se diera cuenta de haberlo hecho. La buena mujer se había propuesto alimentar a aquel joven vagabundo con cualquier cosilla sobrante, y poniéndole en un rincón, como a cualquier otro, o como a un perro; pero sentía tal remordimiento por el rapapolvo que le había echado, que hizo cuanto estuvo de su parte para repararlo, permitiéndole que se sentara a la mesa de la familia y comiera con sus superiores en aparentes términos de igualdad con ellos. Y el rey, por su parte, sentía tales remordimientos por haberse portado como un mal cocinero, después de haberse mostrado tan bondadosamente con él aquella familia, que se propuso repararlo humillándose hasta el nivel de esta, en vez de exigir a la mujer y a las niñas que se quedaran en pie y le sirviesen, mientras él ocupaba la mesa solo, cual correspondía a su nacimiento y dignidad. A todos nos conviene, a veces, prescindir de la gravedad. La buena mujer se sintió feliz todo el día, con las aprobaciones que se daba a sí misma por su magnánima condescendencia con un vagabundo, y el rey se sintió no menos complacido por su benigna humildad hacia una sencilla y vulgar aldeana.

Después de almorzar, dijo esta al rey que fregara los platos. Tal orden dejó pasmado un momento al monarca y a punto estuvo de rebelarse; pero reflexionó y dijo:

—Si Alfredo el Grande vigiló los pasteles, es posible que también hubiese fregado los platos. ¿Por qué no he de intentarlo yo?

Fue un trabajo muy difícil para él, cosa que le sorprendió, pues no creyó que le costaría tanto esfuerzo la limpieza de las cucharas y tenedores de palo. Le pareció una tarea interminable y aburrida, pero al fin la acabó.

Tenía deseos de reanudar su viaje; sin embargo, no era cosa de despreciar la compañía de tan generosa mujer. Esta le procuró algunos quehaceres sin importancia, que el rey desempeñó por algún tiempo y con regular lucimiento. Luego le puso en compañía de las niñas a mondar manzanas invernizas, pero el rey se mostró tan torpe en este servicio, que la mujer le relevó de él y le dio a afilar una chaira de carnicero. Después le tuvo cardando lana tanto rato, que el niño creyó que había dejado tamañito al buen rey Alfredo en materia de ostentosos heroísmos, que estarían muy en su punto en los libros de cuentos y de historias, y se sintió medio inclinado a dimitir. Y, en efecto, dimitió cuando, después de la comida, la buena mujer le dio un cesto con unos gatitos para que los ahogara.

Por lo menos se disponía a dimitir —porque se dijo que si había de plantear la cuestión en algún momento, el más oportuno era aquel en que le mandaban ahogar los gatos— cuando sobrevino una interrupción, representada por Juan Canty, con una caja de buhonero a la espalda y acompañado de Hugo.

En el momento en que el rey descubrió a aquellos bribones cuando se acercaban por la verja delantera, y antes de que pudieran observarle, cogió el cesto de los gatitos y salió por la puerta trasera sin decir palabra, dejó a los animalitos en un pabellón anexo a la casa y salió corriendo por una estrecha callejuela.

CAPÍTULO XX

Pronto estuvo a salvo, oculto de la vista de la casa por el alto cercado; después, impelido por un pánico horroroso y poniendo en juego todas sus fuerzas, echó a correr en dirección a un bosque lejano. No volvió la vista atrás hasta haberse perdido en la espesura, y al hacerlo, divisó a lo lejos dos figuras. Esto le bastó. Pero el rey no se detuvo a examinarlos, sino que siguió corriendo veloz hasta hundirse en las sombras envolventes del bosque. Entonces se paró, convencido de que allí estaba seguro. Procuró escuchar con atención, pero la calma era absoluta, profunda y solemne..., y hasta imponente para el ánimo del niño.

Sus oídos en tensión percibían de cuando en cuando algunos sonidos, pero tan remotos, tan huecos y misteriosos, que no parecían ser de cosas vivientes, sino de espectros gemebundos y plañideros de los tiempos pasados. Así resultaban mucho más escalofriantes que el silencio que interrumpían...

En un principio, el propósito del rey era permanecer allí el resto del día; pero no tardó un escalofrío y un sudor en invadir su cuerpo, y para recobrar el calor se vio obligado a continuar el camino. Avanzó en dirección recta por el centro del bosque, esperando dar pronto con un camino, pero no lo consiguió. Siguió andando, y cuanto más avanzaba, más densa se tornaba, al parecer, la espesura. Empezó a condensarse la oscuridad y el rey comprendió que iba a cerrar la noche, y tuvo miedo ante la idea de pasarla en tan lúgubre lugar. Trató, pues, de andar más deprisa y no lo consiguió, pues, como no veía lo suficiente para escoger el sitio donde poner los pies, no cesaba de tropezar con las raíces ni de enredarse en zarzas y plantas rastreras.

¡Qué inmensa alegría le sobrevino cuando divisó, al fin, los destellos de una luz! Acercóse a ella con sigilo, deteniéndose con frecuencia para mirar en torno y escuchar. La luz procedía de un hueco de ventana sin cristales en una destartalada choza. El niño oyó una voz y sintió afán de correr y ocultarse, pero cambió al instante de opinión, cuando comprendió que la voz estaba rezando. Deslizóse el rey hasta la ventana, se empinó en puntillas y echó una mirada al interior de la choza. La habitación era pequeña y tenía por suelo la tierra natural, endurecida por el uso. En un rincón se veía un lecho de juncos y una o dos mantas hechas jirones; cerca de él, un cubo, una taza, una jofaina y algunos cacharros y sartenes. Había un banco estrecho y un escabel de tres patas; en la chimenea quedaba el rescoldo de un fuego de leña. Ante una hornacina, iluminada por una sola vela, se hallaba arrodillado un hombre de edad, y a su lado tenía, en una caja vieja de madera, un libro abierto y una calavera humana. El hombre, que era alto y corpulento, y de pelo y barba largos y blancos como la nieve, vestía un ropón de pieles de cordero que le llegaba desde el cuello a la rodilla.

—Un santo ermitaño —dijo el rey—. ¡Gracias a Dios que tengo suerte!

Levantóse el ermitaño y el rey llamó a la puerta. Una voz grave respondió:

—Entrad, pero dejad fuera el pecado, porque la tierra en que vais a pisar es santa.

El rey entró y se detuvo. El ermitaño le dirigió una mirada centelleante e inquieta y preguntó:

—¿Quién eres?

—Soy el rey —respondió el niño con plácida sencillez.

—Bien venido seáis, ¡oh, rey! —exclamó el ermitaño muy contento.

Y afanándose con febril actividad y sin dejar de decir «bien venido, bien venido», arregló el banco, hizo sentar al rey junto al hogar, avivó el fuego con algunos trozos de leña y, por último, empezó a dar paseos con nervioso andar.

—Bien venido. Muchos han buscado asilo aquí, mas no eran dignos de ello y han sido despedidos; pero un rey que desdeña su corona y los vanos esplendores de su oficio, y se viste de andrajos para dedicar su vida a la santidad y a la mortificación de la carne, ese sí que es digno, ese sí que merece la bienvenida. Aquí morarás todos tus días hasta que te llegue la muerte.

El rey quiso interrumpirle y explicarle su situación, pero el ermitaño no le prestó atención ni le oyó, en apariencia, sino que continuó con su charla, alzando la voz con creciente energía:

—Y aquí vivirás tranquilo. Nadie hallará tu refugio para molestarte con súplicas de que vuelvas a esa vida necia y vacía que Dios te ha inspirado a que la abandones. Aquí rezarás, aquí estudiarás el Libro, aquí meditarás sobre las locuras y desengaños de este mundo y sobre las sublimidades del mundo venidero. Te alimentarás de mendrugos y de hierbas y te azotarás a diario para purificar tu alma. Llevarás una camisa de estameña junto a la piel, beberás agua pura y estarás tranquilo. Sí, completamente tranquilo, porque los que te persigan o te busquen se irán chasqueados; no te encontrarán, ni te molestarán para nada.

El anciano, dando zancadas de un lado a otro, terminó de hablar en voz alta y empezó a musitar. El rey aprovechó esta oportunidad para exponer sus aventuras, con una elocuencia inspirada por la inquietud y el temor, mas el ermitaño siguió hablando entre dientes y sin prestar atención. De pronto, se acercó al rey y le dijo con impresionante acento:

—¡Chist! Te confesaré un secreto.

Inclinóse para decírselo, pero se contuvo y adoptó actitud de acecho. Luego se acercó en puntillas al hueco de la ventana, asomó la cabeza y miró a la oscuridad. Enseguida volvió otra vez en puntillas, arrimó su rostro al del rey y cuchicheó:

—Yo soy un arcángel.

Dio el rey un violento respingo y se dijo: «¡Válgame Dios! Quién estuviera otra vez con los bandidos, mejor que verme prisionero de un loco».

Sus temores aumentaban y se reflejaban en su semblante. Muy bajito, continuó el ermitaño:

—Veo que percibes mi atmósfera. El temor se pinta en tu rostro. Nadie puede permanecer en este ambiente sin verse afectado de ese modo, pues esto es el mismo ambiente del cielo. Yo voy a él y vuelvo en un abrir y cerrar de ojos. Aquí mismo me hicieron arcángel, hace cinco años, unos ángeles enviados del cielo para conferirme esa excelsa dignidad. Con su presencia llenaron este sitio de deslumbradora luz y se arrodillaron ante mí, ¡oh, rey! Sí, se arrodillaron ante mí, porque yo era más grande que ellos. Yo he andado por las salas del cielo y he hablado con patriarcas. Toca mi mano; no tengas miedo, tócala. Acabas de tocar una mano que ha sido estrechada por Abraham, Isaac y Jacob, porque he andado por las salas de oro y he visto frente a frente a la Divinidad.

Detúvose para dar mayor fuerza de expresión a sus palabras y, de pronto, cambió de tono y se volvió a poner en pie, diciendo muy enojado:

—Sí, soy un arcángel, un mero arcángel, ¡yo, que podría haber sido papa! Es la pura verdad; me lo dijeron en el cielo, en un sueño, hace veinte años. ¡Ah, sí! Yo tenía que ser papa; yo habría sido papa, porque el cielo lo había dicho; pero el rey disolvió mi casa religiosa, y yo, pobre viejo, oscuro y sin amigos, me vi sin hogar en el mundo y al margen de mis altos destinos.

Al llegar aquí, empezó otra vez a hablar entre dientes y se golpeó la frente con rabia, pronunciando de cuando en cuando venenosas maldiciones y repitiendo esta patética frase:

—Por esta razón no soy más que un arcángel, ¡yo, que debía ser papa!

Y así estuvo hablando por espacio de una hora, mientras el pobre rey se desesperaba sentado en su banco. De repente, se detuvo el frenesí del viejo, que volvió a ser todo amabilidad. Se le suavizó la voz, cayó de las nubes y empezó a charlar con tanta sencillez y tan humanamente, que no tardó en ganar por completo el corazón del rey. El viejo devoto rogó al niño que se acercara más al fuego para que estuviese más cómodo, le curó con mucha suavidad las contusiones y rozaduras, y se puso a preparar y a guisar una buena cena, todo esto sin dejar de charlar agradablemente y acariciando de cuando en cuando la mejilla o la cabeza del niño con tanta dulzura, que al poco rato todo el pánico y la repulsión inspirados por el arcángel se había trocado en reverencia y afecto al hombre.

Esta feliz escena duró mientras comieron. Luego, tras una plegaria ante la hornacina, el ermitaño acostó al niño en una salita contigua y le arropó con tanto cariño como si fuera una madre, y así, con una caricia postrera, le dejó, se sentó junto al fuego y empezó a atizar los leños, distraído y sin objeto. Luego se detuvo y se golpeó varias veces la frente con la mano, como si tratara de recordar algún pensamiento que se escapaba de su mente. No lo pudo conseguir, al parecer, y levantándose vivamente entró en el cuarto donde dormía el niño y le preguntó:

—¿Eres el rey?

—Sí —respondió el niño entre sueños.

—¿Qué rey?

—El de Inglaterra.

—Dime, ¿ha muerto Enrique?

—¡Ay! Así es. Yo soy su hijo.

El ermitaño frunció el entrecejo y crispó la huesuda mano con vengativa energía. Permaneció en pie unos momentos, resollando fuerte y tragando saliva repetidas veces, y dijo con voz sombría:

—¿No sabes que tu padre nos despojó de nuestra casa y hogar?

El niño no contestó. El viejo se inclinó examinando el tranquilo semblante del niño y escuchando su plácida respiración.

—Duerme, duerme profundamente —dijo.

Y el ceño desapareció de su frente, cediendo su puesto a una expresión de satisfacción perversa. El niño sonreía dormido. El ermitaño refunfuñó:

—Su corazón es feliz.

Se alejó de él. Como a hurtadillas, empezó a dar vueltas, buscando algo por todas partes, deteniéndose a menudo a escuchar, moviendo a veces la cabeza a su alrededor y luego echaba una mirada rápida a la cama; todo ello hablando sin cesar, entre dientes. Por fin, encontró lo que buscaba, al parecer; un enorme cuchillo mohoso y un asperón. Se puso después en cuclillas junto al fuego y empezó a afilar el cuchillo suavemente, sin dejar de musitar, refunfuñar y rezongar...

Silbaba el viento, envolviendo el solitario paraje, y los misteriosos ecos de la noche flotaban a distancia. Los brillantes ojos de los ratones aventureros contemplaban al viejo desde sus grietas y rendijas, pero el ermitaño proseguía su obra, estático, absorto y sin preocuparse de nada. De cuando en cuando, pasaba el pulgar por el filo del cuchillo y movía la cabeza con satisfacción.

—¡Qué hoja tan bien afilada! —decía.

Sin pensar en el tiempo, seguía trabajando tranquilamente, enfrascado en sus pensamientos, que se traducían a veces en lenguaje articulado.

—Su padre se cebó en nosotros, nos destrozó y ha bajado al fuego eterno. Sí, al fuego eterno. Se libró de nosotros, pero fue la voluntad de Dios. Sí, fue la voluntad de Dios; no debemos quejarnos. Pero no se ha librado del fuego eterno. No, no se ha librado de ese fuego abrasador, implacable, que no perdona; ese fuego eterno, perdurable...

Y seguía afilando y afilando sin cesar y refunfuñando, conteniendo a veces la risa rasposa y, a veces, profiriendo palabras como estas:

—Su padre tuvo la culpa de todo. Yo no soy más que arcángel; a no ser por él, sería papa.

El niño rey se removió un poco y el ermitaño se acercó sin hacer ruido al lecho y se arrodilló, inclinándose sobre el cuerpo del niño con el cuchillo levantado. Eduardo volvió a moverse y sus ojos se abrieron un instante, pero sin interrogación, sin ver nada. Enseguida, su respiración acompasada mostró que volvía a caer en profundo sueño.

El ermitaño le observó y escuchó un instante, sin moverse y sin respirar apenas. Por fin, bajó lentamente el brazo y se separó diciendo:

—Es ya más de medianoche. Para que no grite asustado y por si acaso pasa alguien...

Salió fuera, recogió aquí un trapajo, allá unas tenazas y allá otro harapo, y después volvió, y con grandes precauciones se las compuso como pudo para atar los tobillos del rey sin despertarlo. Quiso luego ligarle las muñecas e hizo varias tentativas para cruzarlas, pero el niño apartaba siempre una mano u otra en el momento en que acercaba las cuerdas; al fin, cuando el arcángel estaba próximo a la desesperación, el rey cruzó las manos por sí mismo y antes de un minuto estaban atadas. El ermitaño le pasó una venda bajo la barbilla y por encima de la cabeza, donde la ató fuertemente, pero con tanta suavidad, tan despacio y haciendo los nudos con tal maestría y fuerza, que el niño siguió durmiendo tranquilamente durante toda la operación, sin dar señales de vida.

CAPÍTULO XXI

Agachado y a hurtadillas como un gato, se separó de la cama y fue por el banco. Lo acercó al lecho y se sentó en él, quedándole medio cuerpo iluminado por la débil y vacilante lucecilla y el otro medio en la penumbra, y de esta forma, con los ojos fijos en el inocente niño, que dormía ajeno al peligro que le acechaba, siguió velándole con aparente calma, despreocupado del correr del tiempo y sin dejar de afilar con mucha suavidad el cuchillo, y refunfuñando sin cesar, al tiempo que hacía guiños y visajes.

Por su aspecto y su actitud, no parecía sino una araña monstruosa que se ensañara sobre un desdichado insecto indefenso y preso en sus redes.

Al cabo de un buen rato, el viejo, que seguía aún mirando, aunque sin ver, pues su mente había caído en una abstracción soñolienta, observó con sorpresa que el niño tenía los ojos abiertos y que se clavaban con helado terror en el cuchillo. Una sonrisa satánica asomó al semblante del ermitaño, que dijo, sin cambiar de postura ni de ocupación:

—Hijo de Enrique VIII, ¿has rezado?

El niño se desesperaba por desatarse de sus ligaduras y al mismo tiempo pronunció por entre las cerradas mandíbulas un sonido gutural que el ermitaño interpretó en señal de respuesta afirmativa a su pregunta.

—Pues si es así, reza otra vez; reza la oración de los que van a morir...

Tembló el niño de terror y palideció intensamente. Pugnó otra vez por libertarse, retorciéndose a un lado y a otro y tirando con ímpetu desesperado, aunque en vano, por romper las ligaduras, y entretanto el viejo ogro no dejaba de sonreírle moviendo la cabeza y afilando el cuchillo con mucha parsimonia. De cuando en cuando refunfuñaba:

—Te digo que los momentos son preciosos; muy pocos y preciosos. Reza la oración de los que van a morir.

El niño sollozaba con desesperación y rendido, jadeante, cesó en sus forcejeos; luego asomaron a sus ojos las lágrimas, que resbalaron una por una por su semblante. Pero este cuadro de tristeza no logró suavizar al feroz anciano.

Apuntaba el alba. Al advertirlo, el ermitaño habló bruscamente, con un matiz de temor nervioso en la voz:

—No quiero alargar más tiempo esta situación. La noche ha pasado. Todo ha sido cuestión de un momento, sólo de un momento... ¡Ojalá hubiera durado un año! Semilla del despojador de la Iglesia, cierra esos ojos para siempre. Si temes a la muerte...

Las palabras que siguieron se confundieron en un rumor confuso.

El viejo se arrodilló con el cuchillo en la mano y se inclinó sobre el desgraciado niño, que no dejaba de llorar.

Hubo un momento de expectación y silencio. Oyóse ruido de voces cerca de la choza y el cuchillo cayó de manos del ermitaño, el cual tapó con una piel de cordero a Eduardo y se levantó tembloroso. Aumentaron los ruidos y pronto se oyeron las voces bruscas y coléricas. A estas siguieron golpes y gritos de socorro, y por fin, ruido de pasos ligeros que se alejaban. Inmediatamente, se oyeron una serie de porrazos atronadores en la puerta de la choza, seguidos de estas palabras:

—¡Hola! ¡Abrid! ¡Despertad, en nombre de todos los diablos!

¡Oh! Este sonido fue más grato que cuantas músicas habían recreado los oídos del rey, porque era la voz de Miles Hendon.

El ermitaño, rechinando los dientes y lleno de rabia, salió fuera del cuarto, cerrando la puerta tras sí, y al instante oyó el rey una conversación semejante a esta:

—Mi homenaje y mi saludo, reverendo señor. ¿Dónde está el muchacho..., mi muchacho?

—¿Qué muchacho, amigo?

—¿Qué muchacho? Dejaos de fingimientos, señor ermitaño, y no tratéis de engañarme, que no estoy de humor para sufrirlo. Cerca de este paraje he encontrado a los bellacos que me lo robaron y les he hecho confesar. Me han dicho que se había escapado otra vez y que le habían seguido hasta la puerta de esta choza. He visto sus propias huellas. No perdáis más tiempo, porque os aseguro que si no me lo entregáis... ¿Dónde le tenéis escondido?

—¡Oh, querido señor! ¿Acaso os referís al pordiosero vagabundo que llegó anoche? Ya que una persona como vos se interesa tanto por ese rapaz, sabed que ha ido a hacer un mandado y no tardará en volver.

—¡Pronto! ¿Cuánto tardará? Decídmelo. No perdáis tiempo. ¿No puedo alcanzarle? ¿Cuánto tardará en volver?

—No es preciso que os molestéis. Volverá enseguida.

—Sea, pues. Trataré de esperar. Pero..., poco tiempo. ¿Decís que ha ido a un mandado? ¿Le habéis enviado vos? Eso es falso, porque él no hubiese ido. Os habría tirado de esas viejas barbas si hubierais osado tal insolencia. Has mentido, amigo, estoy seguro de que has mentido. No iría ni por ti ni por ningún hombre.

—Por un hombre, no; con seguridad que no. Pero yo no soy un hombre.

—¿Qué? Entonces, en nombre de Dios, ¿qué eres tú?

—Es un secreto... Habéis de guardarlo bien. Yo soy un arcángel.

Soltó Miles Hendon un voto tremendo, seguido de estas palabras:

—Ahora comprendo su complacencia. Harto sabía yo que no movería pie ni mano en servicio de ningún mortal; pero hasta un rey debe obedecer cuando un arcángel se lo manda. ¡Silencio! ¿Qué ruido es ese?

Mientras tanto, el reyecito, en el otro aposento, no paraba de temblar alternativamente de terror y de esperanza, y ponía en sus gemidos de angustia toda la fuerza que le era posible, siempre con la esperanza de que llegaran a oídos de Hendon, y viendo con tristeza y amargura que no le oía, o por lo menos que no le causaba impresión. Así esta última observación de su servidor llegó a sus oídos, como llegaría a un moribundo un aliento vivificante desde una fresca campiña. Hizo un nuevo esfuerzo poniendo en él toda su energía, precisamente cuando el ermitaño dijo:

—¿Ruido? No se oye más que el viento.

—Sí, quizá sería el viento. No cabe duda que era el viento. Yo lo he estado oyendo débilmente mientras... ¿Otra vez? No es el viento. ¡Qué cosa tan rara! Vamos a ver qué es.

La alegría del rey era indescriptible. Sus fatigados pulmones hicieron un inaudito esfuerzo con la mayor esperanza, pero las sujetas mandíbulas y la piel de cordero que le ahogaba consiguieron frustrarlo. El corazón del pobre niño dio un vuelco al oír decir al ermitaño:

—¡Ah! Eso es allá fuera..., creo que de ese bosquecillo. Venid, que yo os guiaré.

El rey oyó que ambos salían hablando y que sus pasos se perdieron pronto, y se quedó sólo en un mortal silencio de mal agüero.

Parecióle un siglo el tiempo que transcurrió hasta que de nuevo oyó cerca los pasos y las voces, y esta vez oyó además otro sonido, al parecer el de los cascos de un caballo. Luego, dijo Hendon:

—Ya no puedo esperar más. Se habrá perdido en lo intrincado del espeso bosque. ¿Qué dirección ha tomado? ¡Habla pronto!

—¡Oh! Esperad; yo mismo os acompañaré.

—¡Vaya! La verdad es que no eres tan malo como pareces. Creo que no hay otro arcángel de tan buen corazón como el tuyo. ¿Quieres montar? Puedes subir en el asno que traigo para el muchacho o ceñir con tus santas piernas los lomos de esta condenada mula que me he procurado. Y por cierto que me habrían engañado con ella, aunque me hubiera costado menos de un penique.

—No, yo prefiero ir andando. Subíos en vuestra mula y conducid el asno.

—Entonces, haz el favor de cuidar del animalillo mientras yo arriesgo la vida en mi propósito de montarme en la mula falsa.

Siguió un estruendo de coces, paleos y saltos, acompañados de la atronadora mezcla de maldiciones y ternos, y, finalmente, de un amargo apóstrofe a la mula que debió dejarla sin ánimo, porque en aquel mismo momento parecieron cesar las hostilidades.

Con profundo dolor oyó el maniatado rey que las voces y los pasos se perdían a lo lejos. Por un instante le abandonó toda esperanza y una desesperación sombría invadió su corazón.

—Ha engañado a mi único amigo para librarse de él. Volverá el ermitaño y...

Como por arte de encantamiento dio un respingo y enseguida se puso a forcejear frenéticamente para librarse de las ligaduras, hasta lograr sacudir la piel de cordero que le asfixiaba.

Vio con sobresalto abrirse la puerta y el sonido le heló la sangre, pues ya le parecía sentir el cuchillo en su garganta. El horror le hizo cerrar los ojos y, cuando de nuevo los abrió, muerto de miedo, vio ante él a Juan Canty y a Hugo.

Habría exclamado «¡Gracias a Dios!» si hubiera tenido libres las mandíbulas.

A los pocos momentos, sus miembros estaban en libertad y sus aprehensores, cogiéndole cada uno por un brazo, se lo llevaron a toda prisa a través del bosque.

CAPÍTULO XXII

Otra vez se vio el pobre rey «Fu-fu I» entre los vagabundos y malhechores, siendo el blanco de sus burlas y mofas a cual más groseras y humillantes, y en ocasiones víctima del odio de Canty y de Hugo, quienes aprovechaban el momento en que el jefe estaba distraído. Sólo Hugo y Canty le trataban mal y no le querían, pues la mayoría le habían cobrado afecto y admiraban su valor y entereza. Hugo, a cuya custodia quedó el rey, hizo todo cuanto pudo para mortificarle, y cuando se reunían de noche para celebrar sus orgías, divirtió a la reunión haciéndole perrerías sin fin, siempre como por casualidad. Dos veces pisó los pies del rey, haciéndose el distraído, mas el rey, según convenía a su realeza, despectivamente fingió no darse cuenta de ello; pero a la tercera vez que Hugo se permitió la misma chanza, Eduardo le derribó al suelo de un garrotazo, con inmenso júbilo de la tribu. Hugo, lleno de ira y de vergüenza, dio un salto, cogió otro garrote y se lanzó furioso contra su pequeño adversario. A aquellos holgazanes les faltó tiempo para agruparse alrededor de los improvisados gladiadores y comenzaron las apuestas y los vítores. Pero el pobre Hugo estaba de mala suerte. Su modo de luchar, torpe y grosero, no podía competir con la esgrima y la agilidad de un brazo que había sido educado por los primeros maestros de Europa en las paradas, ataques y toda clase de estocadas y cintarazos. El reyecito, alerta, pero con graciosa soltura, desviaba y paraba la espesa lluvia de golpes, con tal facilidad y precisión, que tenía admirados a los espectadores, y, de cuando en cuando, en cuanto sus expertos ojos descubrían la ocasión, caía un golpe como un relámpago en la cabeza de Hugo; con lo cual la tormenta de aplausos y risas que sobrevenía era cosa de maravilla. Al cuarto de hora de lucha, Hugo, apaleado, contuso y blanco de implacables pullas y chanzas, abandonó el campo, y el ileso héroe de la pelea fue cogido y subido en hombros de la alegre canalla, que le llevaron al puesto de honor, al lado del jefe, donde con gran ceremonia fue coronado rey de los gallos de pelea, declarándose al mismo tiempo solemnemente cancelado y abolido su anterior título, menos importante, y dictándose un decreto de destierro de la cuadrilla contra todo aquel que volviese a llamarle de tal manera.

Era inútil que pretendieran que el rey prestara sus servicios a los truhanes, pues Eduardo se había negado rotundamente a obrar y, además, siempre trataba de escaparse. El primer día de su regreso le obligaron a entrar en una cocina que no estaba vigilada; pero no sólo salió de ella con las manos vacías, sino que trató de despertar a los habitantes de la casa. Enviáronle con un calderero para que le ayudara en su trabajo, y no sólo no quiso hacerlo, sino que amenazó al hombre con el soldador, y, finalmente, tanto Hugo como el calderero tuvieron harto trabajo vigilándole para evitar que se les escapara. El niño lanzaba los truenos de su realeza contra todos aquellos que coartaban su libertad o trataban de obligarle a servir. Al cuidado de Hugo, fue enviado a mendigar junto con una andrajosa mujer y un niño enfermo, pero el resultado fue poco satisfactorio, pues el rey se negó a pedir y a favorecer en ninguna forma la causa de los mendigos.

Así transcurrieron varios días y, analizando las miserias de aquella vida errante, el cansancio, sordidez, mezquindad y vulgaridad de ella llegaron a ser paulatinamente tan intolerables para el prisionero, que este decidió en su interior que el haberse librado del cuchillo del ermitaño no era, al fin y al cabo, sino, a lo sumo, un aplazamiento de su muerte.

Mas, al llegar la noche, en sueños, lo olvidaba todo y volvía a verse en su trono y gobernando. Esto, por supuesto, intensificaba los padecimientos del despertar, y así la mortificación de cada nueva mañana, de las pocas que transcurrieron desde su vuelta a la esclavitud y la pelea con Hugo, fue cada vez más amarga y más dura de soportar.

Ya después del extraño combate, Hugo se levantó con el corazón lleno de propósitos vengativos contra el rey. En particular, tenía dos planes: uno consistía en infligir una humillación extraordinaria al altivo espíritu y a la «imaginaria» realeza de aquel muchacho, y si no podía conseguirlo su otro plan era imputar al rey un crimen, fuese cual fuese, y entregarle sin dilación a las garras de la justicia. Prosiguiendo su primer plan, pensó poner un «clima» o parche en la pierna del rey, cosa que le mortificaría de modo extraordinario, y en cuanto el «clima», especie de cáustico, surtiera efecto, se propondría que le ayudase Canty a obligar al rey a exponer la pierna en un camino y pedir limosna. «Clima» era el término que usaban los ladrones para designar una llaga artificial. Esto lo conseguían con una pasta o cataplasma de cal viva, jabón y óxido de hierro viejo, y se extendía sobre un pedazo de cuero, que se ataba muy apretado a la pierna. Esto desprendía pronto la piel y ponía la carne viva y muy irritada. Luego frotaban sangre sobre el sitio llagado, la cual, al secarse, tomaba un color oscuro y repulsivo, y por último lo vendaban con trapos manchados, con mucha habilidad, para que asomara la repugnante úlcera y despertara la compasión de los transeúntes.

Ayudó a Hugo en su empresa el calderero, a quien el rey había amenazado con el soldador. Lleváronse al muchacho a una excursión en busca de trabajo, y en cuanto no pudieron verlos desde el campamento, le derribaron al suelo y el calderero le sostuvo mientras Hugo le aplicaba a la pierna el asqueroso compuesto llamado «clima».

El pobre rey se enfureció y los insultó, prometiéndoles ahorcarlos en cuanto volviera a tener el cetro en sus manos; pero ellos le sujetaron con fuerza, divirtiéndose y burlándose de él, al verle indefenso e iracundo.

En tales condiciones, esperaron a que obrase la cataplasma, y al poco tiempo hubiese dado el resultado apetecido, de no haber sobrevenido una interrupción, y ocurrió que el esclavo que había pronunciado el discurso atacando las leyes inglesas se presentó de pronto y puso término a la farsa, arrancando las vendas y la cataplasma.

Intentó el liberado rey coger el garrote de su bienhechor y calentar las costillas, en el acto, a los dos bribones, pero el hombre le disuadió, alegando que eso acarrearía disgustos y que era mejor aplazar el asunto hasta la noche, porque entonces, reunida la cuadrilla, la gente extraña no se arriesgaría a interponerse ni a interrumpirlos. Volvióse la partida al campamento y el libertador del rey contó el caso al jefe, quien escuchó, reflexionó y decidió al fin que no volviesen a mandar al rey a mendigar, puesto que, en efecto, era digno de mejor empresa y más elevado cargo, por lo cual en el acto le sacó de las filas de los mendigos y le ascendió a ladrón.

Estaba Hugo loco de contento. Ya había tratado de obligar a Eduardo a que robara, sin conseguirlo, pero ahora era cosa resuelta, porque, como es natural, no se atrevería el rey, ni por soñación, a desobedecer una orden terminante emanada del jefe. Así proyectó una salida para aquella misma noche, con el propósito de hacer caer al niño en manos de la policía, y de lograrlo, con tan ingeniosa estratagema, que pareciese cosa accidental y no intencionada, porque el rey de los gallos de pelea era ya popular y la partida no habría de perdonar a un individuo antipático, que les hiciese tan grave traición como era la de entregar al niño al enemigo común; en este caso, la justicia.

A la hora fijada, salió Hugo con su víctima en dirección a un pueblo vecino y avanzaron lentamente por las calles, uno de ellos esperando el momento propicio de conseguir su perverso propósito y el otro aguardando con no menos impaciencia la coyuntura de escapar y de liberarse para siempre de su infame cautiverio.

La mutua desconfianza hizo que desperdiciaran algunas ocasiones muy aceptables, porque en su interior estaban resueltos a proceder sobre seguro aquella vez y a no permitir a sus febriles deseos que se metieran en más aventuras de resultado dudoso.

No tardó en presentarse la ocasión de Hugo, pues al fin se acercó una mujer que llevaba en un cesto un lío grande. Los ojos de Hugo relucieron de perverso placer al decirse: «¡Por mi vida! Si puedo imputarle eso al rey de los gallos de pelea, estará perdido».

Esperó y acechó, disimulando tener paciencia, pero por dentro consumido de la excitación, hasta que hubo pasado la mujer y la ocasión estuvo madura. Entonces, dijo al rey en voz queda:

—Espera aquí.

Y con sigilo se lanzó tras su víctima.

Ensanchósele al rey el corazón de alegría, pues ya podía escaparse si la empresa de Hugo le llevara algo lejos; pero no había de tener semejante suerte. Hugo se deslizó detrás de la mujer, le arrebató el lío y volvió corriendo envolviéndolo deprisa en un pedazo de manta vieja que llevaba en un brazo. La mujer prorrumpió en gritos al darse cuenta de la pérdida por la disminución de peso, pues no vio que la robasen. Hugo, sin perder tiempo, puso el lío en las manos del rey diciéndole:

—Ahora, corre detrás de mí gritando «¡al ladrón, al ladrón!» y procura despistarlos.

Volvió Hugo la esquina corriendo y se precipitó por un callejón, y enseguida volvió a aparecer a la vista, como un ser indiferente a todo aquello, y se situó detrás de un poste para observar los resultados de la operación.

El ofendido rey arrojó el lío al suelo soltando la manta en el momento en que llegaba la mujer, seguida de una tumultuosa muchedumbre. La mujer cogió de la muñeca a Eduardo y, enseñando su lío, empezó a dirigir una serie de insultos al niño, que luchaba, sin conseguirlo, por desasirse de sus manos. Hugo había visto lo bastante para comprobar el resultado de su trampa. Su enemigo estaba preso y la ley se las entendería con él. Con este pensamiento se escabulló jubiloso y sonriente y se encaminó hacia el campamento, fraguando por el camino una versión verosímil de lo ocurrido para contársela al jefe.

Continuó el rey forcejeando por soltarse de la mujer, gritando mortificadísimo:

—¡Suéltame, necia criatura! No he sido yo el que te ha despojado de tus mezquinos bienes.

La muchedumbre le rodeó, amenazándole y dirigiéndole insultos. Un mocetón herrero, con mandil de cuero y arremangado hasta los codos, quiso lanzarse sobre él, diciendo que iba a darle un vapuleo para que se acordara; mas en aquel instante centelleó una espada en el aire y cayó de plano pesadamente sobre el brazo del hombre, en tanto que su estrambótico dueño decía, con la mayor sencillez:

—Calma, calma, buena gente; procedamos con suavidad y no con mala sangre ni palabras anticristianas. En este asunto debe intervenir la justicia y no puede resolverse por elementos particulares. Suelta al muchacho, buena mujer.

El herrero midió con la vista al fornido soldado y se alejó refunfuñando y rascándose el brazo. La mujer soltó a regañadientes la mano del niño y la muchedumbre miró al desconocido con poca simpatía, pero prudentemente cerró la boca. El reyecito saltó al lado de su salvador con las mejillas encendidas y los ojos relucientes, y exclamó:

—Mucho has tardado en llegar, pero ahora vienes oportunamente, sir Miles. Me gustaría destrozar a esos bellacos.

CAPÍTULO XXIII

Sir Miles Hendon fingió una sonrisa e, inclinándose, cuchicheó al oído del rey:

—¡Despacio, despacio, príncipe! Prudencia en el hablar, aunque mejor será que no digas nada. Ten confianza en mí y ya se arreglará todo.

Y dijo para sí: «Es verdad que yo soy sir Miles. Ya me había olvidado de que era un caballero. ¡Qué caso más raro; continúa aferrado a su estravagante locura...! Mi título es descabellado y, no obstante, me lo he merecido, pues a mi entender es más honroso que le consideren a uno digno de ser el espectro de un caballero en el mundo de las quimeras y las sombras, que ser considerado lo suficiente rastrero para ser conde en esos reinos auténticos de este mundo».

—Poco a poco, buen amigo. Retira la mano, porque él irá pacíficamente. Yo te respondo de ello. Ve tú delante, que ya te seguiremos.

El alguacil echó a andar delante con la mujer y su lío; Miles y el rey le siguieron, y tras ellos iba la multitud. El rey se mostraba propenso a rebelarse, pero Hendon le recomendó por lo bajo:

—Señor, reflexiona y ten presente que tus leyes son la saludable emanación de tu propia realeza. Si el que las dicta se resiste, ¿cómo podría obligar a los demás a respetarlas? En apariencia, se ha infringido una de esas leyes. Cuando el rey esté repuesto en su trono, ¿podrá humillarle recordar que, cuando era un particular, al parecer, se comportó como un buen ciudadano y se sometió a la autoridad de las leyes?

—Tienes razón; no hablo más. Ya verás cómo cualquier sufrimiento que pueda imponer el rey de Inglaterra a un súbdito, con arreglo a la ley, lo padecerá él mismo mientras ocupa el puesto de un vasallo, sin la menor protesta.

Al ser llamada la mujer a declarar ante el juez de paz, juró que el preso que se hallaba en la barra era el mismo que había cometido el robo. Como no se presentó ningún testigo a desmentir el caso, el rey quedó convicto. Se examinó el lío, y como su contenido resultó ser un cerdito aderezado, el juez se quedó perplejo, mientras Hendon palidecía y sentía cruzar por su cuerpo una corriente eléctrica de temor; mas el rey permaneció impertérrito por su ignorancia. Meditó el juez durante una pausa siniestra y luego se volvió a la mujer preguntándole:

—¿Cuánto crees que vale eso?

—Tres chelines y seis peniques, señor —contestó la mujer, haciendo una cortesía—. No podría rebajar un penique si he de declarar honradamente su valor.

El juez miró algo inquieto a la muchedumbre y luego hizo una señal al alguacil ordenando:

—Despejad la sala y cerrad las puertas.

Se cumplió la orden, en efecto, y no quedó dentro nadie más que el juez y el alguacil, el acusado, la acusadora y Miles Hendon. Este último estaba tieso y pálido y de su frente brotaban gotas de sudor que le rodaban por la cara. El juez se volvió de nuevo a la mujer y dijo con voz compasiva:

—Este es un pobre muchacho ignorante, que quizá ha sido hostigado por el hambre, porque son duros los tiempos para los desdichados. Fíjate bien que no tiene cara de pillo..., pero cuando acosa el hambre... ¿Sabes, buena mujer, que si se roba una cosa de valor superior a trece peniques y medio, dice la ley que el ladrón debe ser ahorcado?

El rey se estremeció de espanto y abrió desmesuradamente los ojos lleno de consternación, pero supo dominarse y guardar silencio. No así la mujer, que se levantó de un salto, horrorizada, y gritó:

—¡Oh, Dios mío! ¿Qué he hecho? ¡Santo cielo! ¡Por nada del mundo querría que ahorcaran al pobre niño! ¡Ah! ¡Sacadme de este apuro, señor! ¿Qué debo hacer? ¿Qué puedo hacer?

Mantuvo el juez su judicial compostura y contestó con sencillez:

—Podemos revisar el valor, porque aún no está escrito en los autos.

—Entonces, en nombre de Dios, decid que el cerdo vale ocho peniques y bendiga Dios el día que ha descargado mi conciencia de tan gran remordimiento.

Era tal la alegría de Miles Hendon, que olvidó todo decoro y acercándose al rey le ofendió en su dignidad abrazándole y estrechándole contra su pecho. La mujer se despidió muy agradecida y se fue con su cerdo, y cuando el alguacil le abrió la puerta siguió tras ella a la antecámara. El juez se puso a escribir en sus autos. Hendon, siempre alerta, pensó que no estaría mal averiguar para qué había seguido el alguacil a la mujer; decidió salir de puntillas a la sombría antecámara y escuchó una conversación poco más o menos como esta:

—El cerdito es muy gordo y parece ser riquísimo. Te lo voy a comprar. Aquí tienes los ocho peniques.

—¿Ocho peniques? ¡Estáis fresco! Me cuesta tres chelines y ocho peniques en buena moneda del último reinado, que el viejo Enrique que acaba de morir no había tocado en su vida. ¡Guardaos enhoramala vuestros ocho peniques!

—¿Esas tenemos? Has prestado juramento y has jurado en falso al decir que no valía más que ocho peniques. Ven conmigo ante su señoría a responder de tu delito..., y el muchacho será ahorcado sin remisión.

—¡Por el amor de Dios, callad, que a todo me allano! Dadme los ocho peniques y no digáis una palabra más.

Salió la mujer corriendo y Hendon volvió a la sala del tribunal, donde no tardó en seguirle el alguacil, después de ocultar su compra en lugar conveniente. El juez escribió algunas cosas más y luego leyó al rey un acta muy prudente y bondadosa, en la cual le sentenciaba a un corto encierro en la cárcel común, que sería seguido de una azotaina pública. Sorprendido, el rey abrió la boca y probablemente se disponía a ordenar que decapitaran en el acto al buen juez, cuando observó una seña de aviso de Hendon y se avino a cerrar los labios sin decir una palabra. Hendon le cogió de la mano, hizo una reverencia al juez y ambos se encaminaron hacia la cárcel, custodiados por el alguacil. En el momento de salir a la calle, el airado monarca se detuvo, se soltó de la mano de Hendon y exclamó:

—¡Idiota! ¿Te imaginas que voy a entrar vivo en una cárcel pública?

Hendon se inclinó y le dijo en tono áspero:

—Ten confianza en mí. Cállate y no vayas a empeorar nuestra situación con palabras peligrosas. Sucederá lo que Dios quiera; pero revístete de paciencia, que ya tendremos tiempo de sobra para regocijarnos hasta rabiar cuando se solucione todo.

CAPÍTULO XXIV

Tocaba a su fin aquel día de invierno, corto y frío. Las calles aparecían desiertas; sólo algunos transeúntes que vivían lejos andaban presurosos, con la preocupación de cumplir cuanto antes su cometido y encaminarse rápidos a sus casas, al calor de su hogar, a resguardarse de los vientos fuertes y helados, y a huir de la oscuridad de la atmósfera.

No se preocupaban poco ni mucho de la gente que circulaba, ni se fijaron en absoluto en nuestros personajes. Eduardo VI decía que sí le extrañaba que el magnífico espectáculo de un rey que llevaban preso hubiese sido contemplado alguna vez con tan asombrosa indiferencia. No tardó el alguacil en llegar a un mercado vacío, el cual empezaba ya a cruzar, pero cuando llegó al centro, Hendon le puso la mano en el hombro y le dijo en voz baja:

—Aguarda un instante, mozo; ahora que nadie nos oye, quiero decirte unas palabras.

—Mi deber me prohíbe escuchar. No me entretengas, que se echa la noche encima.

—Aunque así sea, aguarda, porque el asunto te interesa directamente. Vuélvete un momento de espaldas y finge que no ves. Deja que se escape ese pobre muchacho.

—¿Qué estás diciendo? Te prendo en...

—No, no te precipites. Fíjate en lo que haces y no cometas una sandez —agregó Hendon, bajando la voz hasta un susurro y hablando al oído del hombre—. El cerdo que has comprado por ocho peniques te puede costar la cabeza.

Se sorprendió en tal forma, que el pobre alguacil, momentáneamente, se quedó sin habla, mas pronto se recobró y empezó a proferir amenazas. Hendon, sin alterarse, esperó con paciencia hasta que se cansó de hablar y luego dijo:

—Me has sido simpático, amigo, y no quisiera causarte ningún daño. Ten presente que lo he oído todo y te lo puedo probar.

A renglón seguido le repitió, palabra por palabra, la conversación que el alguacil sostuvo con la mujer en la antecámara del tribunal y terminó diciendo:

—No me negarás que lo explico bien y lo mismo podría contárselo al juez, si lo requiriera la ocasión.

El alguacil permaneció un instante mudo de temor y de desaliento; luego se repuso y dijo con fingida desenvoltura:

—Mucha importancia le das tú a una broma. No he hecho más que engañar a la mujer para divertirme.

—¡Ah, ya! Por eso guardas el cerdo.

—Ni más ni menos, señor —repuso vivamente el alguacil—. Ya te he dicho que todo fue una broma.

—Creo que dices la verdad —contestó Hendon, con acento en que se mezclaban la burla y la convicción—, pero espérame aquí, mientras voy a preguntar a su señoría porque, sin duda, como hombre experto en leyes, en bromas y en...

Trató de alejarse sin dejar de hablar, pero el alguacil vaciló, lanzó algunos juramentos y, por fin, exclamó:

—Un momento, espera, señor. Te ruego que esperes un poco. ¡El juez! Tiene con los chuscos tan poca compasión como un cadáver. Ven y discutiremos. ¡Cuerpo de tal! Por lo visto estoy en un atolladero, y todo por una burla inocente e impensada. Señor, tengo familia y mi mujer y mis hijos... Atiende a razones, señor. ¿Qué pretendes que haga?

—Nada más fácil: que seas ciego, mudo y paralítico, mientras yo cuento hasta cien mil... Contaré despacio —dijo Miles Hendon, con la expresión de un hombre que no pide sino una insignificancia.

—¡Dios mío! Pero eso es mi perdición —dijo el alguacil, desesperado—. ¡Ah! Sed razonable, señor. Examinad el asunto por todos sus lados y ved que es una pura chanza, una broma sencilla, y si alguien dijere que no es broma, sería entonces una falta tan pequeña, tan pequeña, que la pena mayor que merecería sería una represión y un aviso del juez.

Hendon replicó con tal solemnidad que dejó helado hasta el aire que respiraba el alguacil.

—Será una broma sencilla, pero tiene un nombre ante la ley. ¿Sabes cómo se llama?

—No, señor. Acaso haya sido una imprudencia. No soñé siquiera que tuviera nombre. ¡Ah, santo cielo! Creí que era una cosa original.

—Te engañas. En la ley, ese delito se llama *non compos mentis lex talicnis sic transit gloria mundi.*

—¡Oh, Dios mío! ¡Apiádate de mí!

—Y su castigo es la muerte.

—¡Dios tenga piedad de mis culpas!

—Abusando sin escrúpulos de la situación de una persona en peligro y que se hallaba a tu merced, te has apoderado de objetos de valor superior a trece peniques y medio, sin pagar más que una miseria por ellos, y eso, a los ojos de la ley, es especulación, prisión infundada de traición, malhechoría en el cargo, *ad hominem expurgatis in statu quo,* y la pena es la muerte por manos del verdugo, sin rescate, conmutación ni beneficio de clerecía.

—Sostenedme, señor, sostenedme, que se me aflojan las piernas. ¡Tened piedad de mí! Evitadme esa sentencia y me volveré de espaldas y no veré nada de cuanto ocurra.

—Bien; ahora te has puesto en razón. Y, ¿devolverás el cerdo?

—Sí, juro que lo devolveré y que no volveré a tocar otro, aunque me lo envíe el cielo por mano de un arcángel. Ya podéis iros, pues para vosotros estoy ciego y no veo nada. Diré que me habéis atacado y que por la fuerza me habéis arrancado de las manos al preso. Es una puerta desvencijada... Yo mismo la echaré abajo después de medianoche.

—Eso está muy bien pensado y así debes hacerlo; tienes un alma noble y nada puede pasarte. El juez se ha sentido movido a compasión por el pobre niño y no llorará ni castigará a ningún carcelero por su huida.

CAPÍTULO XXV

En cuanto Hendon y el rey se vieron libres del alguacil, recibió instrucciones el niño para que se dirigiese rápido a un lugar determinado en las afueras, donde debía de esperar a Hendon, pues él tenía que ir a la posada a pagar la cuenta y enseguida se reuniría con él. Antes de media hora ya iban los dos amigos tan felices, montados en las cabalgaduras de Hendon, en dirección al Este. El rey iba muy cómodo y muy abrigadito, sin los pobres vestidos que tanto le avergonzaban, pues llevaba puesto el traje de lance que Miles le había comprado en el puente de Londres.

Procuraba el soldado que el niño no se cansase demasiado, pues consideraba que las jornadas duras, las comidas irregulares y el poco dormir serían perjudiciales para su perturbada mente, al paso que el descanso, la regularidad y el ejercicio moderado era natural que influyesen en su curación. Deseaba volver a ver curada por completo aquella desquiciada inteligencia y desterradas las infelices visiones de la atormentada cabecita; por consiguiente, se encaminó a jornadas cortas hacia el hogar del que hacía tanto tiempo que faltaba, en vez de dejarse arrastrar por los impulsos de su impaciencia y correr hacia allá de día y de noche.

Después de caminar diez millas llegaron a un pueblo importante, donde se detuvieron a pasar la noche en una buena posada. Reanudáronse entonces las relaciones primeras, manteniéndose Hendon detrás de la silla del rey mientras este comía, y asistiéndole y desnudándole cuando se disponía a acostarse, haciéndolo luego él en el suelo y durmiendo atravesado detrás de la puerta, envuelto en una manta.

Dos días más siguieron caminando muy despacio, sin cesar de hablar de las aventuras que habían tenido desde su separación y gozando de lo lindo con las respectivas narraciones. Hendon refirió todas sus correrías en busca del rey y le dijo cómo el arcángel le había conducido por todo el bosque, hasta llevarle otra vez a la choza, al convencerse de que no se podía desembarazar de él. Entonces, el viejo entró en la alcoba y volvió tambaleándose y en extremo alicaído, pues dijo que esperaba encontrarse con que el niño hubiera vuelto y se hubiera acostado a descansar, mas la cama estaba vacía. Hendon aguardó todo el día en la choza y, perdida ya la esperanza del regreso del rey, partió otra vez en su busca.

—¡Ah! El pobre viejo *Santum sanctorum* estaba en extremo apenado por la desaparición de Vuestra Majestad. Se le conocía en la cara.

—¡Sin duda alguna! —contestó el rey.

Y dicho esto, refirió sus aventuras, que hicieron arrepentirse a Hendon de no haber estrangulado al arcángel.

El último día del viaje se manifestó el soldado con extraordinario buen humor. Sin dar descanso a la lengua, habló de su anciano padre y de su hermano Arturo, y refirió muchas cosas que revelaban el generoso carácter de ambos. Tuvo frases halagadoras para su Edita y, en suma, estaba tan animado, que hasta llegó a decir cosas amables y fraternales de Hugo. Habló de modo expansivo de la futura llegada a Hendon Hall. ¡Qué sorpresa para todos y qué explosión de agradecimiento y deleite se observará!

La comarca era espléndida, salpicada de casas de campo y de huertos; la carretera se extendía entre praderas deliciosas, cuyas lejanías, rodeadas de suaves altozanos y depresiones, sugerían las constantes ondulaciones del mar. Por la tarde, el hijo pródigo al regresar a su hogar se echaba a un lado del rutinario camino, para ver si subiendo a una loma le sería posible acortar la distancia y divisar su morada. Al fin lo consiguió y exclamó excitado:

—¡Míralo, príncipe! ¡Ese es mi pueblo y allí está mi casa! Desde ahí se divisan las torres. Y aquel bosque es el parque de mi casa. ¡Ah! ¡Ya verás qué lujo y qué grandeza! ¡Una casa con setenta habitaciones, piénsalo, y con veintisiete criados! Estupendo albergue para nosotros, ¿verdad? ¡Ea! Corramos, que ya no puedo resistir más.

Corrieron cuanto les fue posible, mas, así y todo, aún no habían entrado en el pueblo cuando ya habían dado las tres. Aunque los viajeros cruzaron corriendo el camino, Hendon no dejó de hablar con gran entusiasmo.

—¡Ahí tienes la iglesia! Cubierta con la misma hiedra, ni más ni menos. Allí está la posada, el viejo «León Rojo», y más allá el mercado. Aquí está el Mayo y aquí la bomba. Nada ha cambiado, sólo la gente; lo demás todo está igual, porque en diez años la gente cambia. Me parece conocer a algunos, pero ellos a mí no me conocen.

Hablando, hablando, pronto se hallaron al extremo del pueblo, donde se metieron por un camino estrecho y tortuoso que se abría entre elevados setos, y anduvieron por él al trote cerca de media hora, para después entrar en un amplio jardín por una verja magnífica, en cuyos grandes pilares de piedra se veían esculpidos emblemas nobiliarios. Aquella era una casa señorial.

—Bienvenido a Hendon Hall, rey mío —exclamó Miles—. Este es un gran día. Mi padre, mi hermano y lady Edita se alegrarán tanto, que no tendrán ojos ni lengua más que para mí en los primeros transportes de la entrevista; te lo advierto para que no te parezca que te acogen fríamente. Nada de eso; pronto comprobarás lo contrario, pues cuando yo diga que tú eres mi pupilo y les cuente lo que me cuesta el cariño que te tengo, ya verás cómo te estrechan contra su pecho y te entregan su casa y sus corazones para siempre.

Dicho esto, se apeó Hendon delante de la gran puerta, ayudó a bajar al rey, le tomó de la mano y corrió al interior. A los pocos pasos se encontraron en un espacioso aposento; entró el soldado e hizo pasar al rey con más prisa de la que convenía, y corrió hacia un hombre que estaba sentado en un escritorio, frente a un hogar bien encendido.

—¡Hugo, querido, abrázame y di que te alegras de volver a verme! Llama a nuestro padre, porque no me sentiré en mi casa hasta que estreche su mano, vea su rostro y oiga su voz una vez más.

Pero Hugo retrocedió, con expresión de asombro, y fijó la vista en el intruso; una mirada que revelaba al principio algo de dignidad ofendida, pero que cambió al instante, como respondiendo a un pensamiento o propósito interno, en una exclamación de curiosidad, mezcla de compasión real o fingida. De repente, dijo con suave acento:

—Tu razón parece perturbada, ¡oh, pobre desconocido! Sin duda, has sufrido privaciones y muchos sufrimientos como reflejan tu cara y tu vestido. ¿Por quién me tomas?

—¿Que por quién te tomo? ¿Por quién te voy a tomar, sino por quien eres? Tú eres Hugo Hendon —dijo, enojado, Miles.

El otro continuó con el mismo acento suave:

—Y tú, ¿quién pretendes ser?

—Yo no lo pretendo, ¿o es que no conoces a tu hermano Miles Hendon?

El semblante de Hugo se iluminó con expresión de agradable sorpresa.

—¡Cómo! ¿No te burlas? —exclamó—. ¿Pueden los muertos resucitar? Alabado sea Dios, si es así. ¿Nuestro pobre muchacho perdido vuelve a nuestros brazos después de algunos años crueles de separación? ¡Ah! Es demasiado hermoso este sueño para ser verdad. Te ruego que tengas compasión y no te burles de mí. ¡Pronto! Ven a la luz. Déjame que te mire y te examine.

Cogió del brazo a su hermano Miles, le condujo hasta la ventana y allí le escudriñó a su antojo, de arriba abajo y de derecha a izquierda, dando vueltas a su alrededor para examinarle bien por todos los lados, y mientras esto duraba, el hijo pródigo, radiante de felicidad y alegría, reía muy satisfecho diciendo:

—Continúa, hermano, tus observaciones. Todos mis miembros y facciones pueden someterse sin temor al más riguroso examen. Escudríñame a tu antojo, mi buen Hugo. Soy, en efecto, tu viejo Miles, el mismo viejo Miles, el hermano perdido. ¿No es eso? ¡Ah! ¡Este es un gran día; ya decía yo que era un gran día! ¡Dame la mano, acerca la cara! ¡Dios mío, si voy a morir de alegría!

Estaba a punto de echarse en brazos de su hermano, cuando Hugo le detuvo con la mano y, con la cabeza sobre el pecho y dolorida expresión, decía muy emocionado:

—¡Oh, Señor misericordioso, dame fuerzas para sobrellevar este terrible desengaño!

Miles se quedó un momento sin poder hablar; mas, al fin, recobró el uso de la palabra y exclamó:

—¿Qué desengaño ni qué niño muerto? ¿No soy tu hermano?

Movió Hugo tristemente la cabeza y dijo:

—¡Ojalá sea verdad y otros ojos encuentren la semejanza que yo no he podido ver! ¡Ah! Mucho recelo que la carta no mintió.

—¿Qué carta?

—Una que llegó de allende los mares, hace seis o siete años. Decía que mi hermano murió en un combate.

—¡Mentira! Llama a nuestro padre, que él me reconocerá.

—No se puede llamar a los muertos.

—¿Muerto? —exclamó Miles con voz ahogada, temblándole los labios—. ¿Mi padre, muerto? ¡Oh! ¡Qué noticia más terrible! Toda mi alegría se ha desvanecido. Déjame ver a mi hermano Arturo, que él me reconocerá y sabrá consolarme.

—Arturo ha muerto también.

—¡Dios tenga piedad de mí! ¡Muertos! ¡Los dos, muertos! Muertos los dignos y vivo el indigno, que soy yo. ¡Ah! Te lo imploro. No digas que lady Edita ha muerto también...

—¿Lady Edita? No, lady Edita vive.

—¡Alabado sea Dios! Mi alegría vuelve en parte. Corre, hermano; haz que venga a mí. Si ella dice que yo no soy yo... Pero no lo dirá. No, no; ella me conocerá. He sido un necio al dudarlo. Dile que venga y a los criados antiguos, que ellos también me reconocerán.

—Han muerto todos menos cinco: Pedro, Halsey, Juan, Bernardo y Margarita.

Al decir esto, salió Hugo del aposento y Miles se quedó un rato pensativo; luego empezó a dar zancadas, diciendo entre dientes:

—Los cinco archibellacos han sobrevivido a los veintidós leales y honrados... ¡Cosa rara esta!

Siguió dando zancadas de un lado a otro, sin dejar de hablar para sí, pues se había olvidado por completo del rey; mas, de pronto, Su Majestad dijo gravemente y con acento de verdadera compasión, aunque sus palabras podían interpretarse en sentido irónico:

—No te aflija mucho tu desventura, buen amigo. Otros hay en el mundo cuya identidad se niega y cuyos derechos se toman a chacota. No eres tú sólo.

—¡Ah, señor mío! —exclamó Hendon, sonrojándose levemente—. No me condenes. Espera, que ya verás. No soy un impostor: ella lo dirá. Lo oirás de los más dulces labios de Inglaterra. ¿Yo, un impostor? Yo conozco esta casona, los retratos de mis antepasados y todo lo que nos rodea, como conoce un niño su cuarto y sus juguetes. Aquí nací y me eduqué, señor mío. Digo la verdad; a ti no te engañaría. Y aunque nadie más me crea, te ruego que no dudes de mí: no podría soportarlo.

—No dudo de ti —dijo el rey, con infantil sencillez y convencimiento.

—Te lo agradezco de corazón —exclamó Hendon, con un calor que revelaba su emoción.

Y el rey añadió con la misma sencillez admirable:

—¿Dudas tú de mí?

Invadió a Hendon una confusión culpable, de cuyo peso le alivió el abrirse la puerta para dar paso a Hugo, ahorrándose así la necesidad de contestar.

Una hermosa señora, lujosamente vestida, acompañaba a Hugo, y detrás de ella venían varios criados, de librea. La dama se acercó despacio, con la cabeza baja y los ojos fijos en el suelo. Su semblante revelaba una inefable tristeza. Miles Hendon se precipitó hacia adelante exclamando:

—¡Oh, Edita mía, alma mía...!

Pero Hugo le hizo retroceder autoritario diciendo a la dama:

—Miradle. ¿Le conocéis?

Al oír la voz de Miles, la dama se sobresaltó, sus mejillas se encendieron de rubor y tembló todo su cuerpo. Permaneció inmóvil durante una pausa emocionante y angustiosa, y, al fin, levantó lentamente la cabeza y clavó los ojos en los de Hendon, con mirada pétrea y asustada. Desapareció la sangre de su rostro y se quedó pálida como la muerte; al fin, dijo la dama, con voz apagada y triste:

—No le conozco —dio media vuelta, ahogando un suspiro y un sollozo, y salió temblando del aposento.

Miles Hendon, anonadado, se dejó caer en una silla y se cubrió la cara con las manos. Después de una pausa, preguntó su hermano a los criados:

—Aquí le tenéis. ¿Le conocéis? ¡Hablad!

Todos movieron la cabeza en sentido negativo; entonces dijo el amo:

—Los criados no os conocen, señor. Debe haber un error. Ya habéis visto que mi mujer tampoco os conoce.

—¿Tu mujer?

Antes de que Hugo pudiese evitarlo, se vio acorralado contra la pared, con una mano de hierro en la garganta.

—¡Eres un zorro del demonio! ¡Ahora comprendo lo que ha pasado! ¡Tú mismo escribiste la fingida carta, cuyo resultado ha sido mi novia y mis bienes robados! ¡Ea! ¡Vete de aquí, porque no quiero deshonrarme con la muerte de un perro tan despreciable!

Hugo, rojo de ira, se tambaleó hasta la silla próxima y ordenó a los criados que detuvieran y ataran al desconocido agresor. Titubearon y uno de ellos dijo:

—Está armado, sir Hugo, y nosotros no.

—¿Armado? ¿Y qué importa, sois cinco contra uno? ¡A él! ¡Os lo mando!

Pero Miles les previno que anduvieran con tiento en lo que hacían y añadió:

—Todos me conocéis desde hace tiempo; yo no he cambiado. Acercaos, si os place.

Esta observación acobardó más a los criados.

—Id por vuestras armas, cobardes, y guardad las puertas mientras yo envío a uno por la guardia —exclamó Hugo y, volviéndose en el umbral, dijo a Miles—: Será conveniente para que no intentéis escaparos.

—¿Escaparme? No te apures por eso, si es lo que te apura, porque Miles Hendon es el amo de Hendon Hall y todas sus dependencias. Y seguirá siéndolo, no lo dudes.

CAPÍTULO XXVI

Después de reflexionar unos momentos, dijo el rey, alzando los ojos:

—¡Qué cosa tan extraña! No acabo de comprender...

—Eso no es nada extraño, señor; es una acción digna de mi hermano, que ha sido un bellaco toda su vida.

—No hablaba precisamente de él, sir Miles.

—¿No? ¿Pues a qué os referís?

—A que no echen de menos al rey.

—¿Qué dices? ¿A qué rey? No lo entiendo.

—¿No te parece en extremo extraño que el país no esté ya lleno de correos y de pregones dando las señas de mi persona y buscándome? ¿No es asunto de conmoción ni de disgusto que el jefe del Estado haya desaparecido, que yo me haya evaporado como el aire?

—En efecto, es cosa cierta, se me había olvidado —repuso Hendon, que suspiró y dijo para sus adentros—: «¡Pobre mollera perdida...! ¡Aún sigue con su doloroso sueño!».

—He madurado un proyecto del cual saldremos victoriosos. Escribiré una carta en tres idiomas, latín, griego e inglés, y tú, mañana por la mañana, saldrás corriendo con ella hacia Londres. No se la des a nadie más que a mi tío, lord Hertford, y cuando él la vea la reconocerá como mía; entonces, enviará por mí.

—¿No te parece mejor, príncipe, que esperemos aquí hasta que me identifiquen y asegure mi derecho a mis bienes? Así podrás mucho mejor...

—¡Calla! —le interrumpió el rey imperiosamente—. ¿Qué significan tus pobres dominios, tus intereses particulares, al lado de cosas que conciernen al bienestar de la nación y a la integridad de un trono? —y añadió en tono más suave, como arrepentido de su severidad—: Obedece y no temas, que yo arreglaré tu asunto y te restableceré en todo. Sí, en más que en todo. Yo lo recordaré.

Al decir esto, tomó la pluma y se puso a trabajar. Hendon le contempló complacido y dijo:

—Si estuviéramos a oscuras, juraría que ha sido un rey el que ha hablado. Hay que confesar que cuando le da la vena toma el aspecto y las expresiones de un verdadero rey. ¿De dónde habrá sacado esos jeroglíficos? Miradle escribir tan tranquilo unos garabatos cualesquiera, imaginándose que son latín y griego... Y como mi ingenio no dé con un arbitrio feliz para apartarle de su propósito, me veré obligado mañana a fingir que salgo a cumplir el encargo que me ha confiado.

Enseguida volvió sir Miles a hundirse en sus meditaciones. Tan absorto y caviloso estaba, que cuando el rey le entregó el papel que había escrito, lo recibió y guardó sin parar mientes en ello.

—¡Qué comportamiento tan extraño el suyo! —dijo entre dientes—. Yo creo que me ha conocido..., y creo que no me ha conocido. Estas opiniones son contradictorias, lo comprendo. No me es posible conciliarlas ni desechar ninguna de las dos, ni siquiera persuadir a una de que triunfe de la otra. El caso es muy sencillo: ha de haber conocido mi cara, mi figura y mi voz, porque, ¿cómo podría ser de otro modo? Sin embargo, lo ha negado. Y eso es una prueba absoluta, porque ella no es capaz de mentir. Pero..., ¡vamos por partes! Creo que empiezo a comprender. Acaso él ha influido en ella, le ha ordenado que mienta, le ha obligado a mentir. Esa es la solución: el enigma está descifrado. Parecía muerta de terror... Sí, estaba horrorizada bajo su coacción. Tengo que verla ahora mismo. Ahora que él ha salido, ella me dirá la verdad, recordará los tiempos pasados en que éramos compañeros de juegos, y esto le ablandará el corazón y no me repudiará más, sino que confesará la verdad. Por sus venas no corre sangre falsa. No, ella siempre ha sido honrada y leal. Me amaba en los días de su juventud. Esa es mi garantía, porque no se puede hacer traición a la persona a quien se amaba.

Se dirigió rápido a la puerta, que se abrió en aquel momento para dar paso a lady Edita. Esta se presentó muy pálida, pero con paso seguro y gracioso continente. Su rostro expresaba la misma tristeza y resignación.

Miles dio un paso hacia adelante, sereno y confiado, para salirle al encuentro, pero Edita le contuvo con un ademán casi imperceptible y el soldado se paró. Sentóse la dama y le rogó que se sentase él también. De esta manera consiguió que se abstuviera del antiguo compañerismo y le transformó en un desconocido y en un huésped. La sorpresa, lo inesperado del momento, obligó a Miles a preguntarse si era, en efecto, la persona que pretendía ser. Lady Edita dijo:

—Caballero, quiero preveniros. Acaso no es posible sacar de su error a los locos; pero, sin duda, se les puede persuadir a que eviten peligros. Creo que ese sueño vuestro tiene para vos la apariencia de una verdad honrada; no es, por tanto, criminal... Pero no sigáis aquí, manteniéndolo, porque es peligroso —y añadió con impresionante voz y mirando de lleno al rostro de Miles—: Es peligroso, por razón de que os parecéis mucho a nuestro difunto hermano, si hubiera vivido.

—¡Por Dios, señora! ¡Si soy el mismo!

—Eso os figuráis, caballero. No pongo en duda vuestra honradez; he venido a preveniros. Mi marido es señor de esta región; su poder no reconoce límites; la gente prospera o se hunde en la miseria, según sea su voluntad. Si no os parecierais al hombre que decís ser, mi marido tal vez os concedería que gozaseis tranquilamente de vuestro raro sueño, pues le conozco bien y sé lo que hará. Dirá a todos que sois un impostor loco y todos le creerán sin vacilar —volvió a mirar con fijeza a Miles y agregó—: Si fuerais Miles Hendon y él lo supiera, y lo supiera toda la comarca —fijaos bien en esto y meditadlo bien—, estaríais en el mismo peligro y vuestro castigo no sería menor. Él os negaría y os denunciaría, y nadie tendría el valor de desmentirlo.

—Lo creo firmemente —contestó Miles con amargura—. La persona que puede ordenar a una amiga del alma que traicione y niegue, siendo obedecida a ciegas, puede asegurar que en los lugares en que se juegan el pan y la vida, y no se tienen en cuenta vínculos de lealtad y honor, será obedecida sin la menor protesta.

Por un momento, se inundó el rostro de la dama de un débil rubor y bajó la vista hacia el suelo; pero su voz no reveló emoción alguna al proseguir:

—Esto es sólo una advertencia y os ruego que os vayáis de aquí. De lo contrario, ese hombre se vengará. Es un tirano que no conoce la compasión. Yo, que soy su esclava encadenada, le conozco a fondo. Al pobre Miles y Arturo y mi querido tutor, sir Ricardo, los liberó la muerte. Más os valdría estar con ellos que permanecer aquí, en las garras de ese malvado. Vuestras pretensiones son una amenaza para su título y sus bienes. Le habéis agredido en su propia casa y estáis perdido, si os quedáis. No lo dudéis más. Si os falta dinero, aceptad este bolso que os ofrezco y sobornad a los criados para que os dejen paso franco. ¡Oh, atended mi advertencia y escapaos, que estáis a tiempo!

Rechazó Miles el dinero con un gesto y se levantó diciendo:

—Quiero haceros una petición. Miradme a los ojos, para que yo me convenza de que están serenos. ¡Así! Ahora respondedme: ¿Soy yo Miles Hendon?

—No, no os conozco.

—¡Juradlo!

Respondió en voz baja, pero clara:

—Lo juro.

—¡Oh! ¡Esto es inconcebible!

—¿Qué aguardáis? ¡Huid! No malgastéis un tiempo precioso.

Entraron en la sala los alguaciles y se entabló una lucha violenta, pero, al fin, Hendon fue dominado y preso, y, junto con el rey, le maniataron y le condujeron a la cárcel.

CAPÍTULO XXVII

Todas las celdas de la cárcel estaban ocupadas y nuestros héroes fueron encadenados en una sala grande, designada a los presos de delitos leves.

Habría aproximadamente unas veinte personas de diverso sexo y edad, con esposas y grilletes, en un conjunto obsceno y bullicioso. El pobre rey se quejaba, lleno de amargura, de lo denigrante de su situación, en tanto que Hendon se hundía en sus reflexiones, desorientado por completo. Se presentó en su hogar como el hijo pródigo, radiante de felicidad y esperanzado en que su retorno llenaría de gozo a sus familiares y amigos, y en vez de eso encuentra frialdad, traición y, al final, la cárcel. Distaban tanto sus ilusiones de la realidad, que el contraste le abrumaba sin poder precisar si era trágico o grotesco. Se consideraba como un hombre que danzase con viveza al aire libre, deseando ver un arcoíris, y de pronto se sintiera herido por el rayo.

Poco a poco fue ordenando sus confusos y atolondrados pensamientos, y entonces su imaginación se concentró en Edita. Reflexionó sobre su conducta y la examinó con calma, sin poder comprender nada. ¿Le había reconocido o no? Este enigma insoluble le preocupó largo rato; mas, finalmente, llegó a la convicción de que le había reconocido y le había negado por razones interesadas. Ahora quería Hendon llenar su nombre de maldiciones, pero aquel nombre fue tanto tiempo sagrado para él que no podía inducir a su lengua a profanarlo.

Envueltos en mantas de la cárcel, sucias y hechas jirones, Hendon y el rey pasaron una noche horrorosa. Un carcelero sobornado suministró bebidas a algunos presos y la consecuencia natural de ello fue que estos se pusieron a cantar canciones obscenas, riñeron, gritaron y armaron un alboroto de todos los diablos. Luego, allá a la medianoche, un hombre agredió a una mujer y casi la mató, golpeándole la cabeza con las esposas, antes que el alcaide pudiera acudir a protegerla. El alcaide restableció la paz propinando al preso una buena paliza, con lo cual cesó el escándalo y pudieron dormir todos, sin preocuparse de los gemidos y lamentos de los heridos.

Ningún acontecimiento digno de mención vino a turbar la monotonía de los días que siguieron. Hombres, cuyo semblante recordaba Hendon más o menos distintamente, llegaban de día a mirar al «impostor» y a repudiarle e insultarle, y por la noche los escándalos y las riñas se sucedían con exacta regularidad. No obstante, al fin sobrevino un incidente nuevo. El alcaide condujo a un anciano y le dijo:

—El bellaco está en esa sala. Echa una mirada alrededor a ver si puedes conocerle.

Hendon levantó la vista y sintió una inmensa alegría, pues, por primera vez desde que estaba en la cárcel, veía algo agradable. Díjose: «Ese es Blake Andrews, que sirvió toda su vida de criado en casa de mi padre. Es un alma noble, un corazón leal; es decir, lo era, porque ahora no hay ninguno leal; todos son traidores y embusteros. Ese hombre me conocerá..., y me negará, como han hecho los otros».

El viejo miró a todos los de la sala, escrutando uno a uno los semblantes, y finalmente dijo:

—Aquí no hay más que bribones desorejados, la hez del arroyo. ¿Dónde está?

El alcaide se echó a reír.

—Ahí —dijo—. Mira ese animalucho a ver qué te parece.

Acercóse el viejo y contempló de arriba abajo a Hendon; luego movió gravemente la cabeza y dijo:

—Este no es Hendon, ni lo ha sido en su vida.

—Has acertado. Tus ojos, aunque viejos, no te engañan. Si yo fuera sir Hugo, cogería a ese tunante y...

El alcaide terminó empinándose como si le levantase una cuerda imaginaria y haciendo al mismo tiempo un ruido gutural que indicaba la estrangulación. El viejo exclamó con rencoroso acento:

—Podrá dar gracias a Dios si sale bien de esta. Si cayera en mis manos, le mandaría a la hoguera.

El alcaide reía con la risa de la hiena:

—Ahí te quedas con él, viejo amigo. Ya verás cómo te diviertes.

Se retiró el alcaide de la sala y los dejó solos. Entonces, el anciano cayó de rodillas y murmuró:

—¡Alabado sea Dios, que por fin habéis vuelto! ¡He estado siete años creyendo que habíais muerto, y ahora vuelvo a encontraros! Os he conocido al momento, y mucho trabajo me ha costado conservar la serenidad y fingir no ver aquí más que bribones de siete suelas y basura de la calle. Soy viejo y pobre, sir Miles, pero decid una palabra y me lanzaré a la calle a proclamar la verdad, aunque me ahorquen por ello.

—De ningún modo —contestó Hendon—, te lo prohíbo. Te perderías tú y poco servirías a mi causa. Pero te doy las gracias, porque me has devuelto la fe en el género humano.

La amistad del viejo resultó ser de gran provecho para Hendon y el rey, porque se presentaba varias veces al día para «insultar» al primero y siempre entraba de contrabando algunos manjares delicados, para mejorar la comida de la cárcel. También le ponía al corriente de todo cuanto pasaba.

Hendon guardaba los manjares para dárselos al rey, pues sin ellos Su Majestad no habría sobrevivido; al pobre no le era posible comer el grosero alimento suministrado por el alcaide. Andrews tenía que limitarse a visitas breves, para despistar las sospechas, pero en cada una de ellas se las compuso para informarle de todo, hablando siempre en voz baja, y no dejaba de insultarle, gritándole para que los demás lo oyeran.

Así, poco a poco, se enteró Hendon de la historia de su familia. Hacía unos seis años que Arturo había muerto. Esta pérdida, unida a la falta de noticias de Hendon, empeoró la salud del padre, el cual, al verse próximo a la muerte, quiso ver a Hugo y a Edita casados antes de su tránsito; pero Edita pidió con todas sus fuerzas una demora, hasta el regreso de Miles. Luego se recibió la carta con la noticia de la muerte del soldado. El golpe postró en cama a sir Ricardo, quien creyó que se acercaba su fin, y volvió a insistir, alentado por Hugo, en el matrimonio. Edita suplicó y obtuvo un mes de espera y luego otro, y finalmente un tercero; pero al fin se celebró el matrimonio, junto al lecho de muerte de sir Ricardo. No fue feliz. Decíase en la comarca que a los pocos días de las nupcias, la esposa halló entre los papeles de su marido varios bosquejos toscos e incompletos de la carta fatal, y le acusó de haberla engañado y haber causado al mismo tiempo la muerte de sir Ricardo, con motivo de la falsificación de la carta. Todos comentaban la crueldad del marido para con Edita y los criados, pues desde la muerte de su padre, sir Hugo se despojó de su disfraz de blandura y se convirtió en un amo implacable para todos aquellos cuya vida, en cualquier modo, dependía de él y de sus dominios.

Entre las revelaciones que hizo Andrews, el rey escuchó con vivo interés una que le afectaba mucho.

—Dicen por ahí que el rey está loco; pero por Dios no digas que te lo he confiado, porque aseguran que el que hable de ello será castigado con la muerte.

Miró Su Majestad al anciano y dijo:

—El rey no está loco, buen hombre, y te será más provechoso pensar y hablar de tus propios asuntos que dar oídos a esa charla sediciosa.

—¿Qué quiere decir ese chico? —preguntó Andrews, sorprendido, ante aquel vivo ataque de un lugar inesperado.

A una señal de Hendon siguió el viejo con sus noticias.

—El difunto rey será enterrado en Windsor dentro de uno o dos días, el dieciséis de este mes, y el nuevo rey será coronado el veinte en Westminster.

—Me parece que primero será preciso que le encuentren —dijo Su Majestad entre dientes, y añadió confiado—: Pero ya cuidarán de ello..., y también yo.

—Diantre de... —pero el viejo no terminó su frase, pues le contuvo una seña de Hendon y reanudó de esta suerte el hilo de sus informes—: Sir Hugo va a la coronación, y con grandes esperanzas, pues piensa volver hecho todo un par, ya que goza de gran privilegio cerca del lord protector.

—¿Qué lord protector? —preguntó Su Majestad.

—Su Gracia el duque de Somerset.

—¿Qué duque de Somerset?

—No hay más que uno, a fe mía... Seymour, conde de Hertford.

El rey preguntó con enojo:

—¿Desde cuándo es duque y lord protector?

—Desde el último de enero.

—¿Y quién le ha nombrado tal?

—Él mismo y el gran Consejo..., con el beneplácito del rey.

—¿Del rey? —exclamó Su Majestad sobresaltándose vivamente—. ¿Qué rey?

—¿Qué rey, pregunta? (Dios santo, ¿qué le pasará a este muchacho?) Puesto que no tenemos más que uno, no es difícil responder: Su sacratísima Majestad el rey Eduardo VI, que Dios guarde. Sí, y que es un muchachillo muy guapo y muy gracioso. Tanto si está loco como si no —aunque dicen que mejora por momentos—, a todo el mundo se le oyen alabanzas de él, y todos le bendicen, y todos rezan para que reine muchos años en Inglaterra, porque ha empezado humanamente, salvando la vida del viejo duque de Nortfolk, y ahora se propone abolir las leyes más crueles que ahogan y oprimen al pueblo.

Su Majestad enmudeció al oír esta noticia, y quedó en tan profunda y triste meditación, que no oyó nada más de la charla del viejo. Decía para sí si el muchachito guapo sería el mendigo a quien dejó en palacio vestido con sus propias ropas. No le parecía esto posible, porque muy pronto sus maneras y sus palabras le harían traición si pretendía ser el príncipe de Gales, y enseguida le arrojarían del palacio para buscar al verdadero príncipe. ¿Sería posible que la corte hubiera puesto en su lugar a un retoño de la nobleza? No, porque su tío no lo habría consentido; su tío era omnipotente y tenía poder para ahogar semejante movimiento. Las meditaciones del niño no le sirvieron de nada, pues mientras más empeño ponía en adivinar el misterio menos lo entendía, más le dolía la cabeza y más intranquilo era su sueño. Su impaciencia por llegar a Londres crecía por momentos y su prisión llegó a serle insoportable.

Toda la habilidad de Hendon resultó impotente para consolar al rey; mejor lo consiguieron dos mujeres que estaban encadenadas cerca de él, y en cuyas tiernas palabras y solicitud halló Eduardo sosiego y adquirió un poco de paciencia. Sentíase muy agradecido y llegó a quererlas mucho y a deleitarse con el suave y dulce influjo de su presencia. Preguntóles por qué estaban en la cárcel, y cuando le dijeron que eran baptistas, el rey sonrió y dijo:

—No creí que fuera ese un delito para meter a nadie en la cárcel. Ahora me apena saber que voy a perderos, porque no os tendrán mucho tiempo por una cosa tan insignificante.

Las mujeres no respondieron, pero algo en su semblante puso inquieto al rey, que preguntó con vehemencia:

—¿Por qué no decís nada? Sed buenas conmigo y decidme: no habrá otro castigo, ¿verdad? Decidme si no hay temor de eso.

Las mujeres procuraron cambiar de conversación, pero los temores del rey se habían despertado, obligándole a proseguir:

—¿Os azotarán? No, no es posible que sean tan crueles. No os azotarán, ¿verdad?

Las mujeres estaban apenadísimas y confundidas, pero como el niño insistía y no era posible esquivar la respuesta, dijo una de ellas, entre sollozos:

—¡Oh, querido niño! ¡Cuán grande es tu inocencia! Nosotras tenemos confianza en Dios y él nos ayudará a soportar...

—¿Lo ves? Estoy seguro de que te azotarán esos miserables verdugos. ¡Por el amor de Dios, no llores más, que me atormentas! Ten valor. Yo recobraré mi dignidad a tiempo de salvarte de ese dolor. Confía en mí.

Por la mañana, cuando despertó el rey, habían desaparecido las mujeres.

—¡Por fin se han salvado! —dijo el niño muy contento, pero enseguida añadió con tristeza—: ¡Pobre de mí, ellas eran las que me consolaban!

Las presas dejaron a Eduardo en sus vestidos un trozo de cinta, como recuerdo. El niño prometió conservarla siempre y buscar a sus buenas amigas para protegerlas.

En aquel momento, volvió el alcaide con algunos de sus subordinados y ordenó que los presos fueran conducidos al patio de la cárcel. El rey se alegró mucho, pues era una cosa magnífica volver a ver el azul del cielo y respirar, una vez más, el aire puro. Se disgustó y refunfuñó por la lentitud de los funcionarios, pero, al fin, llegó la vez y se vio libre de su cadena con la orden de seguir con Hendon a los demás presos.

El patio era un cuadro descubierto, pavimentado de piedra. Los presos entraron en él por una maciza arcada de mampostería y los ordenaron en fila, en pie y de espalda a la pared. Tendieron una cuerda delante de ellos, y además no los perdían de vista los carceleros. La mañana era fría y desapacible, y la nieve que había caído durante la noche blanqueaba el gran recinto vacío y aumentaba la tristeza general de su aspecto. De cuando en cuando, una ráfaga invernal soplaba en el patio y mandaba acá y acullá pequeños remolinos de nieve.

Dos mujeres estaban atadas a unos postes en el centro del patio. Una mirada bastó al rey para reconocer a sus buenas amigas. Eduardo se estremeció y dijo para sí: «¡Ay! No han sido libertadas, como yo creía. ¡Pensar que unas mujeres como esas serán azotadas en Inglaterra! Esa es la mayor vergüenza; que no sea en país de paganos, sino en la cristiana Inglaterra. Las azotarán, y yo, que he sido objeto de sus bondades, tendré que ver cómo se les infiere tamaño agravio. Es extraño que yo, que soy la misma fuente del poder en este extenso reino, me vea imposibilitado de protegerlas. Pero bien pueden ahora recrearse esos sayones, porque día vendrá en que yo les pida estrecha cuenta de esta obra. Cada golpe que den a esas infelices les valdrá a ellos por ciento».

Se abrió una gran verja y entró una multitud de ciudadanos, que se agrupó alrededor de las dos mujeres, ocultándolas a la vista del rey. Entró un clérigo y cruzó por entre la muchedumbre hasta perderse de vista. Eduardo oyó después como un interrogatorio, pero no pudo comprender qué decían. Luego se produjo un gran bullicio de preparativos y de pasar y repasar los funcionarios por la parte de la muchedumbre que se hallaba del lado de allá de las mujeres, y mientras tanto un prolongado siseo se esparció entre la gente. De repente, a una orden, las masas se separaron a ambos lados y el rey vio un espectáculo que le heló la sangre en las venas. Habían apilado haces de leña en torno de las dos mujeres, y unos hombres arrodillados los estaban encendiendo.

Las pobres habían agachado la cabeza y con las manos se cubrían la cara. Las llamas amarillentas comenzaron a extenderse por entre la crepitante leña, y unas guirnaldas de humo azul subieron a disiparse en la atmósfera. En el momento en que el clérigo alzaba las manos y empezaba una oración, dos niñas llegaron corriendo por la gran verja y, lanzando gritos escalofriantes, se abalanzaron

hacia las mujeres. Enseguida las arrancaron de allí los carceleros y a una de ellas la sujetaron por la fuerza, pero la otra logró desasirse, diciendo que quería morir con su madre, y antes de que pudieran detenerla se echó en los brazos de una de las mujeres. Volvieron a arrancarla otra vez, con los vestidos quemados. Dos o tres hombres la sostuvieron, y la parte que ardía de sus vestidos fue rasgada y arrojada a un lado, mientras la niña pugnaba por liberarse, sin cesar de exclamar que quedaría sola en el mundo y de rogar que le permitieran morir con su madre. Ambas niñas gritaban sin consuelo y luchaban por libertarse, pero todas las voces fueron ahogadas por unos desgarradores gritos de mortal agonía. El rey miró a las desgraciadas niñas y a los postes, y luego apartó la vista y ocultó el rostro lívido contra la pared, para no volver a mirar más.

«Jamás desaparecerá de mi memoria, en el resto de mi vida, lo que he visto en este breve momento —se dijo—. Lo estaré viendo todos los días y soñaré con ello todas las noches hasta que muera. ¡Ojalá hubiera sido ciego!».

Hendon, que no cesaba de observar al rey, se dijo satisfecho:

«Su locura tiende a mejorar y su carácter es más suave. Si hubiera seguido su manía, habría llenado de injurias a esos lacayos, diciendo que era el rey y ordenándoles que dejaran libres a las mujeres. Pronto, su ilusión se desvanecerá y lo olvidará todo, y su pobre magín sanará. ¡Quiera Dios acelerar ese momento!».

Aquel mismo día entraron varios presos para pasar la noche, los cuales iban de paso, con su correspondiente custodia, a diversos lugares del reino, para cumplir el castigo por sus crímenes. El rey habló con ellos, pues desde el principio se había propuesto instruirse y aprender para su regio oficio, interrogando a los presos, cada vez que se le presentaba la ocasión de ello. El relato de sus desdichas desgarró el corazón del niño. Había allí una pobre mujer, medio demente, que en castigo de haber robado una o dos varas de paño a un tejedor iba a ser ahorcada. Un hombre, acusado de robar un caballo, dijo a Eduardo que no habían hallado las pruebas y, cuando creía estar libre del verdugo, volvieron a prenderle otra vez por haber matado un ciervo en el parque del rey. Se le probó el hecho y le condenaron a galeras. Había también un aprendiz de comercio, cuyo caso afectó singularmente a Eduardo. Díjole el mozo que una noche encontró un halcón, que se escapó de las manos de su dueño y se lo llevó a su casa, imaginándose con derecho a él; pero el tribunal le declaró convicto de haberlo robado y le sentenció a muerte.

Estas escenas inhumanas sacaban de quicio al rey, quien quería que Hendon se escapara de la cárcel y huyera con él a Westminster, para poder subir a su trono y blandir su cetro, lleno de compasión por aquellos desdichados y salvarles la vida.

—¡Pobre niño! —suspiró Hendon—. Esas tristes historias han hecho que se recrudezca su locura. ¡Ay! A no ser por ese desdichado suceso ya estaría curado.

Entre los presos había un viejo abogado, un hombre de rostro severo e intrépido. Tres años atrás había escrito un libelo contra el lord canciller, acusándole de prevaricación, y por él le habían castigado con la pérdida de ambas orejas en la picota y degradación del foro, y, además, con una multa de tres mil libras. Más tarde repitió su delito, y por ello estaba ahora condenado a perder lo que le quedaba de las orejas, pagar una multa de cinco mil libras, a ser marcado en ambas mejillas y a permanecer siempre en presidio.

—Estas cicatrices me honran —le dijo, separándose el pelo cano y enseñándole los mutilados restos de lo que habían sido sus orejas.

El rey echaba chispas por los ojos, lleno de rabia.

—Nadie me cree —dijo—; tú tampoco me creerías, pero no me importa. Dentro de un mes estarás libre. Las leyes que te han deshonrado y han deshonrado el nombre de Inglaterra desaparecerán del libro de los Estatutos. El mundo está mal constituido. Los reyes tienen que ir a la escuela de sus propias leyes para aprender un poco de caridad.

CAPÍTULO XXVIII

Miles estaba ya harto de la cárcel cuando, por fin, llegó el día de celebrarse su juicio, cosa que le alegró mucho, pues cualquier sentencia aceptaría gustoso antes que continuar encerrado; pero se equivocó en esta apreciación y se indignó cuando le calificaron de «vagabundo profesional», y le sentenciaron a estar dos horas en el cepo por haber agredido al dueño de Hendon Hall. Alegó ser hermano de su perseguidor y ser el heredero legítimo de los honores y estados de Hendon, pero no le hicieron caso nada más que para mofarse.

Cuando se dirigía al castigo, amenazaba de continuo lleno de ira. Los alguaciles que le conducían le daban empellones y, de cuando en cuando, algún bofetón por su falta de respeto e irreverencia.

No le fue posible al rey atravesar por entre la chusma que se agrupaba detrás de ellos, y así se vio obligado a seguir a retaguardia, lejos de su amigo y servidor. Poco faltó para que el rey se viera también condenado al cepo por ir en tan mala compañía, pero se salvó con un sermón y una advertencia en atención a su mocedad. Cuando, por fin, se detuvo la chusma, el rey corrió febrilmente de uno a otro lado en busca de un sitio por donde cruzar, y al fin lo consiguió, después de muchas dificultades y rodeos. Allí estaba su pobre servidor, en el degradante cepo, expuesto a las burlas y a las mofas de una sucia muchedumbre; ¡él, el servidor del rey de Inglaterra! Eduardo había oído pronunciar la sentencia, pero no había comprendido lo que significaba. Su cólera empezó a inflamarse a medida que fue compenetrándose de aquella nueva indignidad que le infligían, y llegó a su paroxismo cuando vio que un huevo cruzaba el aire y se estrellaba en la mejilla de Hendon, mientras que la multitud rugía de júbilo ante el episodio. El rey cruzó el círculo abierto en torno del preso y se plantó frente al alguacil que le custodiaba, gritando:

—¡Esto es denigrante y vergonzoso! ¡Es mi criado! ¡Dejadle libre! ¡Yo soy el...!

—¡Calla! —exclamó Hendon, lleno de terror—. ¡Calla, que te perderás! No le hagas caso, alguacil. Está loco el pobrecillo.

—No te inquietes porque yo le haga caso, buen hombre, que no tengo el menor deseo de hacerlo. Pero a lo que sí me siento inclinado es a darle una lección —y volviéndose a un subordinado, le dijo—: Muéstrale a ese necio una o dos veces el látigo, para que se enmiende.

—No estarán de más seis latigazos —apuntó sir Hugo, que había llegado un momento antes a caballo para enterarse de lo que ocurría.

Cogieron al rey, el cual no opuso resistencia alguna, pues se quedó entontecido ante la idea del monstruoso ultraje que se quería infligir a su sagrada persona. Ya estaba la historia manchada por el hecho de un rey inglés azotado con látigo, y era horrible pensar que él había de constituir la segunda edición de aquella vergonzosa página. Estaba preso y no tenía quien le defendiera; no le quedaba otro recurso que aceptar el castigo o pedir clemencia. ¡Cruel dilema! Prefería los azotes, pues un rey puede sufrirlos, pero no debe suplicar.

Mientras tanto, Miles Hendon trataba de arreglarlo.

—¡No maltratéis al pobre niño —dijo—, perros desalmados! ¿No veis qué joven y débil es? Dejadle, que yo cargaré con sus azotes.

—¡Hombre! ¡Magnífico! Te lo agradezco —dijo sir Hugo, con el rostro reluciente de irónica satisfacción—. Dejad tranquilo al rapaz y en su lugar dadle a ese hombre una docena de azotes; una docena, y bien sentados.

Iba el rey a protestar con toda energía, pero sir Hugo le paró los pies con esta piadosa observación:

—Puedes decir lo que quieras, pero ten presente que por cada palabra que pronuncies se llevará seis golpes más.

Quitaron a Hendon el cepo y le desnudaron de cintura para arriba, y mientras le aplicaban el látigo, el reyecito volvió la cara y dejó correr por sus mejillas unas lágrimas muy poco regias.

«¡Tu corazón es noble y valeroso! —se dijo—. Ese acto de lealtad no se borrará nunca de mi memoria. No lo olvidaré, ni ellos tampoco», pensó colérico.

Reflexionando en la magnánima conducta de Hendon, fue adquiriendo dimensiones cada vez más grandes en su mente, a la par que su agradecimiento. De pronto, discurrió: «El que salva a un príncipe de una herida y de una muerte probable —y eso es lo que acaba de hacer por mí—, realiza un alto servicio; pero eso no significa nada, pues es menos que nada comparado con la acción de salvar a su príncipe de la ignominia».

Ni una queja salió de los labios de Hendon mientras le azotaban, y soportó los recios golpes con entereza marcial. Esto, unido al acto de haber liberado al príncipe, sometiéndose voluntariamente a los azotes en su lugar, le valió el respeto de la chusma abyecta y degradada que presenciaba el acto; sus burlas y chanzas terminaron, y no se oía otro ruido que el de los golpes. El silencio que invadió el lugar cuando Hendon volvió a ocupar el cepo formaba rudo contraste con los insultos y voces que se habían oído poco antes. Eduardo se acercó despacio al lado de Hendon y le dijo al oído:

—El rey no puede hacerte noble, ¡oh, alma grande y generosa!, porque un Ser que está por encima de reyes lo ha hecho ya; pero le queda a un rey poder confirmar tu nobleza ante los hombres.

Cogió el látigo del suelo, tocó levemente con él las ensangrentadas espaldas de Hendon y susurró a su oído:

—Eduardo, rey de Inglaterra, te hace conde.

Estas frases conmovieron a Hendon y las lágrimas se agolparon a sus ojos; pero al propio tiempo, la comicidad de la situación y de las circunstancias minó de tal manera su gravedad, que hubo de hacer grandes esfuerzos para que no se trasluciera al exterior su alegría interna. Verse de pronto, desnudo y manando sangre, elevado desde el cepo de los delincuentes hasta la altitud y esplendor de un condado le parecía la cosa más disparatada en el terreno de lo grotesco.

«Vanos oropeles son los míos —se dijo—. El caballero espectral del reino de los sueños y quimeras se ha convertido en un conde espectral... ¡Vertiginoso vuelo para unas alas entumecidas! Si esto continúa, no tardaré en verme engalanado como un Mayo, con profusión de colores y honores de relumbrón. De todos modos, sabré apreciarlos, a pesar de lo vanos que son, por amor al que me los concede. Son mejores estas pobres y falsas dignidades mías, que vienen sin pedirlas de unas manos puras y de un espíritu recto, que las dignidades verdaderas, compradas por el servilismo a un poder interesado y corrompido».

Montó en su caballo el temido sir Hugo, dio media vuelta y cuando se alejaba, la muralla humana se separó en silencio para abrirle paso y con el mismo silencio volvió a unirse, y así permaneció. No se atrevió ya a insinuar nada en favor o alabanza del preso. Mas no hacía falta; la ausencia de insultos era en sí misma suficiente homenaje.

A uno de los curiosos, algo rezagado, que desconocedor de las circunstancias dirigió al «impostor» una pulla y ya estaba dispuesto a tirarle a la cara un gato muerto, le echaron al suelo de un empellón, sin pronunciar palabra, y todo volvió a quedar en el silencio más completo.

CAPÍTULO XXIX

Terminado el suplicio de Hendon en el cepo, le pusieron en libertad y le ordenaron salir fuera de la comarca, con promesa de no presentarse más por allí. Le entregaron su espada, su mula y el asno. Hendon y el rey salieron, pasando por entre la muchedumbre, que, dando muestras de respeto, les abrió paso en silencio.

Hendon estaba ensimismado en sus pensamientos y se preguntaba a sí mismo: «¿Qué haré y adónde iré?». Era forzoso buscar la protección de un poderoso o renunciar a sus derechos y seguir pasando por un impostor. Y, ¿en dónde encontraría esa poderosa influencia? De súbito, le acudió un pensamiento que podía ser una posibilidad..., una posibilidad exigua, desde luego, pero que no debía despreciarse. Recordó las palabras del viejo Andrews, con respecto a la benevolencia del joven monarca y la generosidad con que salía en defensa de los desgraciados. ¿Por qué no intentar verle y pedirle justicia? ¡Ah, sí! Pero, ¿cómo iban a admitir a un tipo estrafalario ante la augusta presencia del monarca? Pero no importa. Después se vería lo que resultaba de ello. Estaba Hendon acostumbrado a la vida de campaña y a inventar expedientes y tretas. Sin duda, podría encontrar un camino. Se dirigiría a la capital. Tal vez le ayudaría sir Humphrey Marlow, el antiguo amigo de su padre, el bueno de sir Humphrey, teniente jefe de la cocina del difunto rey, o de las caballerizas o algo por el estilo, porque Miles no podía recordar lo que era.

Ahora que ya tenía algo a qué dedicar sus energías, un fin concreto que conseguir, se disipó la niebla de la humillación y depresión que envolvía su espíritu, y el soldado alzó la cabeza y miró a su alrededor. Sorprendióle ver cuánto habían andado, pues la aldea quedaba muy atrás. El rey seguía cabalgando en el asno a su lado, con la cabeza inclinada, absorto en planes y meditaciones. Un triste recelo enturbió la reciente animación de Hendon. ¿Querría el niño volver a una ciudad en donde su breve vida no había conocido más que malos tratos e imperiosas necesidades? Pero su deber era preguntarle y así lo hizo Hendon:

—Había olvidado preguntar adónde vamos. Estoy a tus órdenes, señor.

—A Londres.

Con esta contestación quedó Hendon satisfechísimo, pero muy asombrado.

El viaje fue tranquilo y sosegado; sólo al final se toparon con una aventura. Serían las diez de la noche del 19 de febrero cuando llegaron al puente de Londres, lleno de una multitud que vitoreaba sin cesar y cuyos semblantes, alegres por la cerveza, aparecían iluminados a la luz de las antorchas... Y en aquel instante, la cabeza descompuesta de uno que fue duque, o noble de otro título, cayó entre ellos, dando un golpe a Hendon en el codo y rebotando entre la confusión de pies. ¡Tan fugitivas, tan inestables son en este mundo las obras humanas! ¡Sólo tres semanas llevaba muerto el rey, y tres días enterrado, y ya caían los adornos de gente principal, que con tanto celo habían mandado poner en su noble puente! Un ciudadano tropezó con la cabeza y dio con la suya en la espalda de alguien que tenía delante, el cual se volvió y derribó de un puñetazo a la primera persona que le vino a mano, pero sufrió la acometida del amigo de aquella persona. La ocasión era propicia para una lucha al aire libre, ya que las festividades del día siguiente —día de la coronación— empezaban ya. Todo el mundo rebosaba de patriotismo y de bebidas fuertes. A los cinco minutos, la batalla campal ocupaba un gran espacio de terreno, y a los diez o doce, cubría un acre o cosa tal, y se había convertido en ardoroso tumulto. Al llegar aquí, Hendon y el rey se vieron separados y perdidos entre el bullicio de la rugiente masa de humanidad. Y así los dejaremos.

CAPÍTULO XXX

El pobre y auténtico rey viajaba por su reino, mal vestido y peor alimentado; unas veces con grilletes y esposas, otras siendo la mofa de pordioseros y vagabundos, o bien entre ladrones y asesinos recluido en la cárcel, donde todos le motejaban de impostor o de loco. Mientras, el rey postizo, Tom Canty, se hallaba envuelto en aventuras de distinta naturaleza.

La última vez que le vimos empezaba a tener para él la realeza un aspecto deslumbrador. Este aspecto fue adquiriendo mayor esplendor a medida que pasaba el tiempo, hasta convertirse en una atracción, y desaparecieron sus recelos y temores. Abandonó su timidez y adquirió su porte cierta gracia y soltura. Los informes obtenidos por el «niño de los azotes» eran de preciosa utilidad para el fingido rey.

Mandaba llamar a la princesa Isabel o a la princesa Juana Grey, cuando quería jugar o hablar, y las despedía cuando se cansaba de ellas, con la naturalidad del que está familiarizado con tales actos, sin turbarle lo más mínimo el que aquellas encumbradas damas le besasen la mano al despedirse.

Llegó a gustarle en extremo que le acostaran por las noches con toda pompa y le vistieran por la mañana con solemnes ceremonias. Era para él un orgulloso placer el ir a comer acompañado de un brillante séquito de funcionarios de Estado y de hombres de armas, hasta el punto que dobló la guardia de caballeros, elevándola a un centenar. Gozaba oyendo las trompetas que resonaban en los largos corredores y las distantes voces que anunciaban: «¡Paso al rey!».

Hasta le envanecía sentarse en su trono con el Consejo, donde le placía ser superior a la bocina del lord protector. Le encantaba recibir a grandes embajadores con sus brillantes séquitos y oír los afectuosos mensajes que le traían de ilustres monarcas, que le llamaban «hermano». ¡Oh, feliz Tom Canty, exhabitante de Offal Court!

Su mayor dicha era ponerse aquellos ricos vestidos y se encargó algunos más; creyó que los cuatrocientos criados no eran suficientes para su grandeza y triplicó su número; la adulación de los reverentes cortesanos vino a ser dulce música para sus oídos. No dejó de ser bondadoso y gentil, y firme y resuelto defensor de todos los ofendidos, y declaró una guerra implacable a las leyes injustas; no obstante, cuando se enojaba, sabía volverse a un conde, y aunque fuese a un duque, y lanzarle una mirada que le hacía temblar. Una vez que su regia «hermana», la adusta y santa princesa María, se permitió discutir con él la prudencia de su conducta al perdonar a tantas personas condenadas a la cárcel, a la horca o a la hoguera, y le recordó que las prisiones de su augusto padre habían albergado a veces hasta sesenta mil convictos, y que durante su amable reinado había entregado a setenta y dos mil personas a la muerte por mano del verdugo, el niño se sintió invadido de generosa indignación y le ordenó que fuera a su gabinete para pedir a Dios que le quitara la piedra que tenía en el pecho y le diera un corazón humano.

Pero, ¿es que Tom Canty no se preocupaba nunca del pobre príncipe legítimo, que tan bondadosamente le había tratado y que con tanto ardor se había lanzado a vengarle del insolente centinela de las puertas de palacio? Ya lo creo. En los primeros días de príncipe estuvo lleno de penosos recuerdos por el desaparecido príncipe y de sincero afán por su retorno, para verle restaurado en sus derechos y esplendores natales; mas, a medida que transcurrió el tiempo sin que se presentara el heredero, el espíritu de Tom se vio más embargado por sus nuevas y prósperas aventuras, y poco a poco el auténtico monarca se borró casi por completo de sus pensamientos. Por último, pensaba en él cual si fuese un espectro molesto, pues se sentía culpable y avergonzado.

Lo mismo le ocurrió respecto a su madre y sus hermanas. Al principio, se consumía por ellas, se apenaba y anhelaba verlas, pero después, la idea de que un día se presentaran con sus andrajos y su suciedad, y le hicieran traición con sus besos, y le desposeyeran de su encumbrado lugar, y volvieran a arrastrarle a la penuria y a la degradación de su primitivo estado, le hacía estremecerse. Últimamente, cesaron de atormentarle sus pensamientos y el niño se sintió contento y hasta alegre; no obstante, cada vez que estos semblantes

tristes y acusadores se alzaban delante de él, le hacían sentirse el más despreciable de los seres.

Era la medianoche del 19 de febrero; Tom Canty estaba dormido en su rico lecho, guardado por leales vasallos y rodeado de la pompa de la realeza. Era un niño feliz, pues el día siguiente era el señalado para su solemne coronación como rey de Inglaterra; pero, a la misma hora, Eduardo, el verdadero rey, hambriento, sucio y tiznado, cansado de viajar y vestido de harapos y jirones —que a tal estado le había reducido el tumulto arrollador—, se veía apretujado entre la turba y observaba con vivo interés a las ocupadas cuadrillas de obreros que entraban y salían de la abadía de Westminster, afanados como hormigas, atareados en los últimos preparativos para la coronación regia.

CAPÍTULO XXXI

A la mañana siguiente, cuando despertó Tom Canty, vibraba el ambiente con un murmullo ensordecedor que se extendía a los cuatro vientos. Para el niño era aquello una música celestial, pues significaba que el pueblo inglés en masa se había lanzado a la calle para festejar con toda lealtad el fausto acontecimiento.

Tom Canty volvió a verse convertido en la figura central del magnífico festival flotante en el Támesis, pues era costumbre muy antigua que el cortejo de la coronación empezara en la Torre como punto de partida.

Al llegar a los muros de la venerable fortaleza se desgarró esta por mil sitios, y por cada desgarrón asomó una lengua de llamas rojas y una humareda. Una explosión atronadora dejó en suspenso las aclamaciones de la multitud y retumbó en toda la ciudad de Londres. Se repitieron varias veces con asombrosa celeridad los fogonazos y las explosiones, hasta el punto de desaparecer la vetusta Torre entre las espesas cortinas de su propio humo, a excepción del pináculo de la elevada mole, llamada la Torre Blanca. Esta, con sus banderas, se erguía sobre la condensada masa de vapor, como sobresale de las nubes el picacho de una montaña.

Tom Canty, ricamente vestido, montó en un fogoso corcel de guerra, cuyas preciosas gualdrapas llegaban casi al suelo. Su «tío», lord protector Somerset, en la misma forma, se situó detrás. La guardia del rey formó en hileras a ambos lados, presentando sus bruñidas armaduras. Después del protector seguía una procesión, al parecer interminable, de lujosos nobles, acompañados de sus vasallos, y tras de estos, el lord alcalde y el cuerpo de regidores, con sus togas de terciopelo carmesí y con las cadenas de oro al pecho, y por último, los dignatarios y miembros de los gremios de Londres, lujosamente ataviados y con las vistosas banderas de sus respectivas corporaciones. En el cortejo, como especial guardia de honor, figuraba también la antigua y honorable compañía de artilleros, cuerpo que contaba ya en aquella fecha trescientos años de antigüedad, y era el único organismo militar de Inglaterra que poseía el privilegio (aún conservado en nuestros días) de ser independiente de los mandatos del Parlamento. Era un espectáculo brillantísimo, y fue acogido con vítores en toda la carrera, a medida que cruzaba por entre la compacta muchedumbre de ciudadanos. Dice el cronista:

«El rey, al entrar en la ciudad, fue recibido por el pueblo con bendiciones, gritos de bienvenida, palabras cariñosas y con todas las demostraciones que revelan el ardiente amor de los súbditos a su soberano, y el rey, conservando alegre su rostro para que lo vieran los distantes y con palabras muy amables para los que se hallaban cerca de Su Majestad, se mostró no menos satisfecho al recibir los vítores del pueblo que este al ofrecérselos. A todo el que le felicitaba le daba las gracias; a los que decían "Dios salve a Su Majestad" les contestaba "Dios salve a todos", y añadía que "les daba las gracias con todo su corazón". El pueblo se sentía verdaderamente transportado por las cariñosas respuestas y ademanes de su rey».

Cuando entró el cortejo en la calle Fenchurch, un «niño muy guapo y lindamente ataviado» esperaba en una tribuna para dar a Su Majestad la bienvenida a la ciudad. La última estrofa de la salutación fue acogida por el pueblo con aplausos, y todos a la vez repetían lo que había dicho el niño. Tom Canty miró a lo lejos sobre el agitado mar de afanosos semblantes y su corazón se ensanchó de orgullo. Pensó que lo único por lo cual valía la pena vivir en este mundo era por ser un día rey o ídolo de una nación. De pronto, divisó a lo lejos a dos de sus andrajosos camaradas de Offal Court: uno de ellos, el lord gran almirante de su fingida corte y el otro el primer lord de la alcoba en la misma ficción de otros tiempos, y al verlos se envaneció más que nunca. ¡Oh, si le reconocieran ahora! ¡Qué inefable gloria sería si le reconocieran y se dieran cuenta de que el escarnecido rey de mentirijillas de los barrios pobres se había convertido en un rey de veras, servido por ilustres duques y príncipes y con el pueblo inglés a sus plantas! Pero tenía que negarse a sí mismo y ahogar sus deseos, porque semejante reconocimiento podría costarle tal vez la vida. Volvió la cabeza y dejó que los dos sucios muchachos continuaran con sus gritos y alegres adulaciones, sin sospechar quién era aquel a quien se las prodigaban.

Por momentos, se oía el grito de «¡Una dádiva, una dádiva!», al cual respondía Tom tirando un puñado de monedas nuevas y relucientes para que la chusma se las disputara.

Y dice el cronista: «En el extremo de la calle Gracechurch, ante el emblema del águila, la ciudad había erigido un hermoso arco, bajo el cual se extendía una tribuna de un lado al otro de la calle. Se destacaba una representación histórica de los inmediatos progenitores del rey. Allí estaba Isabel de York, en medio de una rosa blanca descomunal, cuyos pétalos formaban recargados volantes que la rodeaban; a su lado se hallaba Enrique VII, que salía de una inmensa rosa encarnada dispuesta de la misma manera. Las manos de la real pareja estaban entrelazadas y mostraban ostentosamente el anillo de boda. De las dos rosas salía un tallo que llegaba hasta un segundo piso, ocupado por Enrique VIII, que salía en una rosa encarnada y blanca, con la efigie de la madre del nuevo rey, Juana Seymour, representada a su lado. Brotaba una rama de aquella pareja, que ascendía hasta el tercer piso, donde aparecía la figura del mismo Eduardo VI, sentado en su trono con regia majestad, y toda la alegoría quedaba rodeada de guirnaldas de rosas rojas y blancas».

Gozó tanto el pueblo a la vista de tan singular y alegre espectáculo, que las aclamaciones ahogaron por completo la vocecita del niño cuya misión era explicar el cuadro en encomiásticos versos; pero a Tom Canty no le pesó, pues aquellos leales aullidos eran para él una música más dulce que todas las poesías, por muy buena que fuese su calidad. Cada vez que Tom volvía su alegre semblante a un lado, el pueblo reconocía la exactitud del parecido de su efigie y estallaban nuevos torbellinos de aplauso.

Siguió el gran cortejo la carrera y pasaron bajo una serie de arcos triunfales y por entre una maravillosa sucesión de cuadros simbólicos, cada uno de los cuales representaba alguna virtud, talento o mérito del reyecito. En Cheapside, de todos los aleros y de todas las ventanas pendían banderas y gallardetes, y los más ricos tapices, telas y brocados cubrían las calles, como muestra de la gran riqueza de sus tiendas. Y todos los barrios pugnaban por exceder en riquezas.

—¡Oh! Estas preciosidades me las dedican a mí, a mí —se decía Tom Canty, entre dientes.

El fingido rey tenía las mejillas rojas de excitación; sus ojos centelleaban y sus sentidos se desvanecían en un delirio de placer. De pronto, al levantar la mano para tirar otro puñado de monedas, se fijó en una cara pálida y llena de estupor que asomaba en la segunda fila con los ojos fijos en él. El niño se sintió invadido de profunda consternación. ¡Conoció a su madre! Y sus manos, con las palmas hacia fuera, cubrieron sus ojos, en aquel involuntario ademán nacido de un episodio olvidado y repetido por la costumbre. En aquel momento se abrió paso la madre entre la gente escurriéndose entre los guardias que estaban a su lado. Abrazóse a las piernas del niño y las cubrió de besos, exclamando: «¡Oh, hijo mío, vida mía!», mirándole llena de alegría y de amor. Rápido, un oficial de la guardia del rey la arrancó de allí con una maldición y la envió de un empujón al sitio de donde había salido. Los labios de Tom Canty decían: «No te conozco, mujer», al ocurrir este triste incidente, pero le desgarró el corazón ver que trataban a su madre de aquella suerte, y cuando ella se volvió para mirarle otra vez, mientras la muchedumbre la envolvía y la ocultaba a su vista, la mujer pareció tan herida, tan descorazonada, que el niño se sintió invadido por una vergüenza que desvaneció su orgullo y marchitó su usurpada realeza. Todo aquel lujo perdía su valor y parecía desprenderse de él como harapos podridos.

Continuó su marcha el cortejo, entre esplendores, entusiasmos y tempestades de vítores que iban en aumento, pero para Tom Canty ya no existía nada, pues el niño ni veía ni oía. Todo el encanto de la realeza había desaparecido y su esplendor se convertía en reproches. El remordimiento roía su corazón. «¡Ojalá estuviera libre de mi cautiverio!», se decía el niño.

Como por instinto había vuelto a la fraseología de los primeros días de su obligatoria dignidad.

El brillante séquito siguió dando vueltas como una serpiente interminable por las torcidas calles de la peregrina y vieja ciudad y por entre la entusiasmada muchedumbre; pero el rey seguía cabalgando con la cabeza baja y los ojos en éxtasis sin ver otra cosa que el rostro de su madre y la dura expresión que brotó de sus labios.

—¡Una dádiva, una dádiva! —repetía la gente.

Pero estos gritos no eran atendidos.

—¡Viva Eduardo de Inglaterra!

La tierra toda vibraba de entusiasmo, pero no se obtenía respuesta del rey. Este oía los gritos como se oye el ruido de la resaca desde una gran distancia, pues lo ahogaba otro grito dentro de su propio pecho, en su acusadora conciencia, una voz que no cesaba de repetir estas vergonzosas palabras: «No te conozco, mujer».

Esta frase golpeaba el alma del rey, como los toques de una campana fúnebre golpean el alma de un amigo sobreviviente cuando le recuerdan secretas traiciones de que ha hecho víctima al difunto.

Por un momento, la alegría del populacho cambió algo y se convirtió en solicitud y ansiedad. Al propio tiempo, pudo observarse que disminuía la fuerza de los aplausos. El lord protector no tardó en notarlo, ni tampoco en descubrir la causa. Rápido corrió al lado del rey, se inclinó en su silla con la cabeza descubierta y dijo:

—Señor, la ocasión no es oportuna para soñar. El pueblo observa tu cabeza baja, tu preocupado ceño y lo toma como mal agüero. Sé prudente. Descubre el sol de la realeza y déjale brillar y dispersar esos agoreros vapores. Levanta la cabeza, mira y sonríe al pueblo.

Dicho esto, tiró el duque un puñado de monedas a diestro y siniestro, y luego se retiró a su puesto. El fingido rey cumplió maquinalmente lo que le encargaban, mas su sonrisa era forzada, aunque pocos ojos fueron lo bastante perspicaces para descubrirlo. Los movimientos de su empenachado gorro, al saludar a sus súbditos, estaban llenos de gracia y gentileza; las dádivas que su mano prodigaba eran verdaderamente regias por lo liberales, y así se desvaneció la ansiedad del pueblo y volvieron a estallar las aclamaciones en creciente entusiasmo.

Poco antes de terminar la recepción, se vio el duque obligado a acercarse al rey y a dirigirle otro reproche.

—¡Oh, mi querido señor! —dijo en voz baja—. Sacude ese humor fatal, porque los ojos del mundo están clavados en ti —y añadió con viva energía—: ¡Malhaya esa loca mendiga! Ella ha sido la causa de la tristeza de su espíritu.

El fingido rey fijó en el duque los ojos sin brillo y exclamó con voz muerta:

—¡Era mi madre!

—¡Dios mío! —gritó el protector, tirando de las riendas a su caballo para volver a su puesto—. ¡El agüero estaba preñado de profecía! ¡Se ha vuelto otra vez loco!

CAPÍTULO XXXII

Trasladémonos a la abadía de Westminster a las cuatro de la madrugada, en el histórico día de la coronación. No nos hallaremos solos en este lugar, pues, aunque es noche cerrada, ya están las galerías atestadas de gente, que se resigna a esperar siete u ocho horas a la luz de las antorchas para no perder la oportunidad de ver lo que sólo se ve una vez en la vida: la coronación de un rey. Sí. Londres y Westminster se agitan sin descanso desde que sonaron los cañonazos anunciadores a las tres de la madrugada, y una multitud de gente rica, pero sin título, que había comprado la distinción de acomodarse en las galerías se apiñaba en los puestos reservados a su clase.

Las horas pasan lentas y tediosas. En las galerías la calma es absoluta, pues están llenas a rebosar. Dediquémonos a mirar y a reflexionar a nuestro gusto. En todas las direcciones, en el vago crepúsculo de la catedral, divisamos varias galerías y palcos rebosantes de público, entre las columnas y salientes arquitectónicos. Tenemos ante los ojos la totalidad del gran crucero, que permanece vacío, en espera de los privilegiados de Inglaterra. Vemos también el gran espacio o plataforma cubierta de rica alfombra en que se alza el trono. Este ocupa el centro de la entrada y se alza sobre cuatro escalones. En el asiento del trono está encajada una piedra lisa y vasta, «la piedra de Scone», en la que muchas generaciones de reyes escoceses se han sentado para recibir la corona, por lo cual el tiempo le ha dado el título de sagrada y sirve al mismo fin a los monarcas ingleses. Lo mismo el trono que el escabel están cubiertos de brocado de oro.

El silencio es absoluto, languidecen los hachones y el tiempo pasa aburrido; mas, al fin, afirma sus derechos a la retrasada luz del día, se apagan las antorchas y una luz difusa invade los amplios ámbitos. Se distinguen ya claramente los nobles rasgos del gran edificio, pero muy suaves y como entre sueños, pues el sol aparece ligeramente velado por las nubes. A las siete se promueve la primera interrupción en la soñolienta monotonía, pues al dar la hora entra la primera dama noble en el crucero, vestida como Salomón, con respecto a riquezas, y es conducida al lugar que se le ha destinado por un dignatario vestido de raso y terciopelo, mientras sostiene la larga cola de la dama, y cuando esta se ha sentado se la arregla sobre el regazo. Luego, coloca el escabel conforme a los deseos de la dama y pone la corona al alcance de la mano, para cuando llegue el momento de la coronación simultánea de los nobles.

A esta dama siguieron otras en reluciente cortejo, y los oficiales iban de un lado a otro, instalándolas con toda comodidad. La escena es animadísima. Hay movimiento, vida y colores cambiantes por doquier. Al poco tiempo vuelve a reinar la calma, pues ya han entrado todas las damas y están en sus sitios, tal que un gran arriate de flores multicolores y aljofaradas de diamantes como una vía láctea. Vense allí todas las edades: viudas arrugadas y canosas, que pueden retroceder en el camino del tiempo y recordar la coronación de Ricardo III y los turbulentos días de aquella olvidada época; hay hermosas damas de edad madura, matronas lindas y graciosas, y doncellas gentiles y bellas de radiantes ojos y tez fresca, que es muy posible que se pongan sin gracia ni arte la enjoyada corona en el momento solemne, porque el lance será nuevo para ellas y sus nervios constituirán un gran obstáculo. No obstante, puede ocurrir lo contrario, porque el peinado de las damas se ha arreglado con especial cuidado a la colocación rápida y airosa de la corona en su sitio cuando se dé la señal.

Nos llama la atención que todas las damas van cubiertas de diamantes, cosa que constituye un maravilloso espectáculo, pero... ahora sí que nos vamos a asombrar de veras. Aproximadamente a las nueve se rasgan las nubes y un haz de rayos de sol hiende la tibia atmósfera y recorre lentamente las filas de las damas, y cada fila que toca se enciende en un deslumbrante esplendor de fuegos multicolores y nosotros nos entremecemos hasta las yemas de los dedos por la eléctrica conmoción que nos produce la sorpresa y belleza del espectáculo. De súbito, un enviado especial de algún remoto rincón de Oriente, que llega con el cuerpo de embajadores extranjeros, cruza la franja de luz del sol y retenemos la respiración, pues se presenta adornado de gemas de pies a cabeza, y sus menores movimientos promueven a su alrededor un radiante tintineo de luces.

Para mayor comodidad, pongamos el tiempo en pasado. Transcurrió una hora, dos horas, dos horas y media, cuando el estruendo de la artillería reveló que al fin habían llegado el rey y su gran cortejo, y todos los que esperaban se entregaron al regocijo. De sobra sabían que les aguardaba una nueva demora, porque el rey debía prepararse y ataviarse para la solemnidad, pero esta demora transcurría agradablemente por la aparición de los pares del reino con sus trajes de gala. Los pares fueron conducidos ceremoniosamente a sus asientos y se les pusieron las respectivas coronas al alcance de la mano, y entretanto, el público de las galerías ardía en interés, pues muchos de ellos veían por vez primera a duques, condes y barones cuyos nombres figuraban en la historia desde hacía quinientos años. Por último, cuando todos estuvieron acomodados, el espectáculo desde las galerías y desde todos los puntos de mira era magnífico, y su brillantez le hacía digno de ser contemplado y retenido en la memoria.

Los togados y mitrados primates de la Iglesia y sus asistentes subieron al estrado y ocuparon el puesto que se les asignaba. Estos fueron seguidos por el lord protector y otros grandes dignatarios, y estos, a su vez, por un destacamento de la guardia, con sus armaduras de acero.

Se produjo una pausa de espera; luego, a una señal dada, sonó la marcha triunfal y Tom Canty, vestido con largo manto de brocado, apareció en la puerta y subió a la plataforma. Todos se pusieron en pie y siguió la ceremonia del reconocimiento.

Una hermosa antífona llenó la abadía con sus dulces sonidos y, así precedido y saludado, Tom Canty fue conducido al trono. Se procedió a las antiguas ceremonias con impresionante solemnidad, mientras el auditorio las contemplaba embelesado, y cuando se acercaban a su fin, Tom Canty empezó a palidecer y en su ánimo y en su corazón, lleno de remordimientos, surgió una profunda desesperación y un intenso malestar.

Se acercaba el acto final. El arzobispo de Canterbury levantó de su almohadón la corona de Inglaterra y la suspendió sobre la cabeza temblorosa del fingido rey. Al mismo tiempo, una radiación de arcoíris recorrió el espacioso crucero, pues, como por un solo impulso, todos los componentes de aquella gran concurrencia de nobles levantaron la corona, la suspendieron sobre su cabeza y se detuvieron en esta postura. Un silencio imponente y prolongado recorrió la abadía. En aquel preciso instante, una aparición sorprendente penetró en la estancia, una aparición en la que nadie había reparado hasta que se presentó de improviso por la gran nave central. Era un niño con la cabeza descubierta, mal calzado y vestido de toscas prendas plebeyas, que se caían a pedazos. El niño levantó la mano y pronunció estas palabras:

—¡Deteneos! Os prohíbo poner la corona de Inglaterra sobre esa cabeza impostora. Yo soy el rey.

No acabó de pronunciar estas palabras cuando varias manos indignadas cayeron sobre él, pero al mismo tiempo Tom Canty, con sus regias vestiduras, avanzó vivamente y exclamó con vibrante voz:

—¡Soltadle y deteneos! ¡Él es el rey!

Un temor extraño circuló por la asamblea. Todos se levantaron de sus asientos, se contemplaron atontados unos a otros y miraron a las principales figuras de la escena, como preguntándose si estaban despiertas y en sus cabales o dormidos y soñando. El lord protector se quedó pasmado como los demás, pero se repuso pronto y exclamó con voz autoritaria:

—No hagáis caso a Su Majestad; la enfermedad que padece le ha vuelto a atacar. ¡Prended a ese vagabundo!

Habría sido obedecido, pero el supuesto rey dio una patada en el suelo y exclamó:

—¡No oséis hacerlo! ¡No le toquéis, que es el rey!

Todos quedaron como paralizados. Nadie osaba moverse ni proferir una palabra. Ni tampoco sabían qué partido tomar en tan singular situación. Prescindiendo de la actitud de todos, el niño siguió avanzando con paso firme, altivo continente y serenidad en la expresión. Sin detenerse un momento y mientras los cortesanos divagaban sin saber a qué atenerse, Eduardo subió al estrado y el supuesto rey le salió al encuentro con la alegría en el rostro, arrodillándose ante él y diciendo:

—¡Oh, mi rey y señor! Concede al pobre Tom Canty ser el primero en jurarte fidelidad y decirte: «Ciñe tus sienes con la corona real y recobra lo que te pertenece».

El lord protector miró con severidad al recién llegado, pero rápidamente la severidad desapareció y una expresión de sorpresa se dibujó en su rostro. Lo mismo ocurrió a los demás palaciegos: se miraron unos a otros y por común e inconsciente impulso retrocedieron un paso. Todos tenían el mismo pensamiento: «¡Qué extraño parecido!».

—Permitidme, señor, pero debo haceros ciertas preguntas que...

—Contestaré a todas, milord.

Preguntóle el duque muchas cosas acerca de la corte, del difunto rey, del príncipe y de las princesas, y Eduardo le contestó acertadamente y sin vacilar. Describió las habitaciones de gala del palacio, los aposentos de Enrique VIII y los del príncipe de Gales.

¡Qué cosa más rara y maravillosa! ¡Sí, era inexplicable! Así dijeron cuantos le oyeron. Empezaba a crecer la esperanza de Tom Canty cuando el lord protector movió la cabeza y dijo:

—Cierto que es maravilloso en extremo, pero no es más de lo que puede hacer nuestro señor el rey.

Esta observación, refiriéndose a Tom como rey, entristeció al muchacho, quien sintió que se derrumbaba su esperanza.

—Esas pruebas no bastan —añadió el lord protector.

La marea subía muy deprisa, en extremo deprisa, pero en dirección opuesta, y dejaba al pobre Tom Canty encallado en el trono y al rey nadando en el mar. El lord protector medió un momento y movió la cabeza, porque se le había ocurrido un pensamiento: «Es peligroso para el Estado y para todos que se sostenga un enigma como este, que podría dividir a la nación y socavar el trono». Luego dijo en voz alta:

—Sir Thomas, prendedle... ¡No, deteneos! —agregó de pronto, interrumpiéndose por una idea luminosa.

Y se dirigió al desharrapado candidato con esta pregunta:

—¿Dónde está el Gran Sello? Contesta a eso y el enigma quedará descifrado, porque sólo el que fue príncipe de Gales puede saberlo. De una cosa tan trivial dependen un trono y una dinastía.

Fue una pregunta afortunada, una idea feliz. Los grandes dignatarios la aprobaron con un silencioso aplauso que salió de sus ojos en forma de brillantes miradas de asentimiento. Sí, sólo el verdadero príncipe podía revelar el persistente misterio de la desaparición del Gran Sello. Aquel pequeño impostor había aprendido bien su lección, pero allí debía fracasar, porque ni su mismo maestro podía responder la pregunta. «¡Ah! ¡Excelente idea! Ahora nos veremos libres de este enojoso y peligroso asunto». Y así movieron la cabeza de un modo casi imperceptible, y sonriendo, llenos de satisfacción y mirando sin tregua para ver a aquel muchacho, atacado por la parálisis de la confusión, culpable. Mas, ¡cuán sorprendidos se vieron al no observar nada de eso! ¡Cómo se maravillaron al oír responder vivamente, con voz confiada e impertérrita:

—Es la cosa más fácil la solución de ese enigma.

Y sin pedir licencia a nadie, se volvió y dio esta orden, con el desembarazo propio del que está acostumbrado a ser obedecido:

—Milord St. John, id a mi gabinete particular de palacio —pues nadie lo conoce mejor que vos— y muy cerca del suelo, en el rincón izquierdo más distante de la puerta que da a la antecámara, hallaréis en la pared una cabeza de clavo de bronce. Oprimidlo y se abrirá un armario lleno de joyas, que nadie conoce en el mundo sino yo y el leal artesano que lo fabricó por orden mía. Lo primero que encontraréis será el Gran Sello. Traedlo.

Todos los presentes se sorprendieron al oír estas palabras, y mucho más al ver que el muchacho escogía entre todos a aquel hombre sin vacilación ni temor de equivocarse, llamándole por su nombre, con la natural convicción de haberle conocido toda la vida. El par se quedó tan sorprendido que estuvo a punto de obedecer. Llegó a hacer un movimiento como para salir, pero no tardó en recobrar su actitud y en confesar su torpeza sofocándose. Tom Canty se volvió a él y le dijo con severidad:

—¿Por qué vacilas? ¿No has oído la orden del rey? ¡Ve al momento!

Lord St. John hizo una profunda reverencia —y se observó que la hacía con toda cautela, pues no la dirigía a ninguno de los reyes, sino al espacio neutral que quedaba entre ambos— y se alejó.

Entonces se inició un movimiento de las brillantes partículas del grupo oficial, lento y apenas perceptible, pero tenaz y persistente; un movimiento como el que se observa en un caleidoscopio que se hace girar lentamente, con lo cual los componentes de un grupo se disgregan y se unen a otro; en el caso presente, disolvió los grupos cercanos a Tom Canty para agruparlos alrededor del recién llegado. Tom Canty se quedó casi solo. Sobrevino luego un lapso breve de profunda suspensión y espera, durante el cual los pocos que aún permanecían cerca de Tom Canty fueron, gradualmente, haciendo acopio de valor para deslizarse uno a uno y unirse a la mayoría. De esta manera, Tom, con su manto real y sus joyas, se quedó solo por completo y aislado del mundo, como figura conspicua que ocupaba un elocuente vacío.

Regresó lord St. John de su cometido, y cuando avanzó por la nave central el interés era tan vivo que ahogó el murmullo de las conversaciones de la concurrencia, el cual fue reemplazado por un débil siseo y una pausa muda, repercutiendo sus pisadas como golpes apagados y lejanos. Todas las miradas se fijaban en él mientras avanzaba. El prócer llegó al estrado, se detuvo y luego se dirigió a Tom Canty, con profunda reverencia, y le dijo:

—Señor, el Sello no está allí.

Rápidos, como si se tratara de un apestado, los pálidos y aterrados cortesanos se apartaron del lado del andrajoso pretendiente a la Corona. Ahora le tocó al rey quedarse completamente solo, sin un amigo ni paladín, y como blanco que se concentraba al asaeteo de las miradas despectivas y burlonas. El lord protector exclamó con soberbia:

—Arrojad a ese mendigo a la calle y azotadle por toda la ciudad. ¡Basta ya de consideraciones!

Los oficiales de la guardia se precipitaron a cumplir la orden, pero Tom Canty los detuvo con el gesto y dijo:

—¡Atrás! ¡El que le toque pone en peligro su vida!

El lord protector, perplejo en grado sumo, dijo a lord St. John:

—¿Lo habéis buscado bien? Aunque es inútil preguntarlo. Todo esto es rarísimo. Las cosas sin importancia son las que le escapan a uno de la memoria; pero, ¿cómo puede desaparecer una cosa tan voluminosa como el Sello de Inglaterra, sin que nadie pueda dar con su rastro...? Un disco de oro macizo...

Al oír esta descripción, se adelantó Tom Canty, con los ojos brillantes de alegría:

—¡Callad! ¡Ya basta! ¿Era una cosa redonda y gruesa con letras y emblemas grabados? ¿Sí? ¡Oh! Ahora ya sé lo que es ese Gran

Sello de que tanto habéis hablado. Si me lo hubierais descrito, hace tres semanas que lo tendríais. Ya sé dónde está. Pero no fui yo el que lo puso allí por primera vez.

—¿Quién, pues? —preguntó ansioso el lord protector.

—Ese que está ahí parado, el verdadero rey de Inglaterra. Él mismo os dirá dónde está y entonces veréis que lo sabe de ciencia propia. Recuerda, rey mío. Fue lo último que hiciste aquel día antes de salir de palacio vestido con mis pobres guiñapos para castigar al soldado que me había ofendido.

Sucedió un silencio, no interrumpido ni por gestos ni por cuchicheos, y todos los ojos volvieron a posarse en Eduardo, que, cabizbajo y con el ceño fruncido, exprimía su memoria para sacar de ella, entre todos sus recuerdos, un solo hecho que se le escapaba y del que dependía ahora su proclamación como rey y que de no recordarlo le dejaría para siempre en el estado en que se hallaba, como un mendigo o un paria. Pasaron unos instantes, que se convirtieron en minutos, y el niño seguía luchando en silencio, sin dar señales de vida. Mas, al fin, exhaló un profundo suspiro, movió tristemente la cabeza y dijo con voz temblorosa y afligida:

—Recuerdo lo ocurrido, toda la escena, pero nada tiene que ver el sello —detúvose un poco, alzó los ojos y dijo con dignidad—: Milores y caballeros, si queréis despojar a vuestro verdadero soberano de lo que le pertenece, por la falta de una prueba que no os puedo facilitar, no os haré frente, porque me veo en absoluto incapacitado para luchar; pero...

—¡Oh! ¡Imposible, rey mío! —exclamó Tom Canty, lleno de terror—. Espera, piensa un poco, no desmayes, que tu causa no está perdida. Escúchame bien y sigue todas mis palabras. Voy a recordarte otra vez aquella mañana con todos los acontecimientos. Hablamos... Yo te conté de mis hermanas, Nan y Bet... ¡Ah, sí! Eso lo recuerdas... Y de mi vieja abuela y de los juegos de los muchachos de Offal Court... Sí, sí, también recuerdas esto. Sígueme más allá..., y lo recordarás todo. Me invitaste a comer y a beber, y con regia cortesía despediste a los servidores para que mi falta de soltura no me avergonzara ante ellos... Sí, todo eso lo recuerdas.

Según iba Tom Canty exponiendo estos detalles, Eduardo movía la cabeza como asintiendo y el auditorio y los dignatarios les observaban llenos de asombro. Realmente aquello tenía sabor de historia; pero, ¿cómo se había realizado el inverosímil encuentro entre el príncipe y el mendigo? Nunca se había visto una reunión de personas que siguiesen un proceso con tal interés y asombro.

—Recuerda, príncipe, que por bromear cambiamos los vestidos. Después nos miramos al espejo y nos encontramos tan iguales que convinimos en que parecía que no nos habíamos cambiado... Ya veo que lo recuerdas. Luego pensaste que el soldado me había lastimado una mano. Mira, aún tengo la señal. Apenas puedo escribir, pues se me han quedado los dedos rígidos. Al fijarte en ella diste un salto y dijiste que ibas a castigar al soldado y te encaminaste corriendo a la puerta... Al pasar junto a una mesa en la que estaba eso que llaman el sello... Echaste una ojeada alrededor buscando un sitio en qué esconderlo... Entonces reparaste en...

—¡Basta! ¡Basta ya! ¡Alabado sea Dios! —exclamó el andrajoso pretendiente, lleno de excitación—. Id, mi buen St. John, y en un brazo de la armadura milanesa, colgada de la pared, encontraréis el sello.

—¡Exacto, rey mío! —exclamó Tom—. Ahora, el cetro de Inglaterra va a ser tuyo. Id, mi buen lord St. John, poned alas en vuestros pies.

Todos los presentes se habían levantado llenos de inquietud, de temor y de devoradora excitación. En el suelo y en el estrado estalló un murmullo ensordecedor de conversaciones frenéticas, y transcurrió un rato sin que nadie supiera ni oyera nada ni se interesara por nada; unos a otros se hablaban a gritos y al oído. Pasó tiempo, nadie supo cuánto, no podían precisarlo. Por fin volvió a correr un rumor por todo el recinto, en el instante en que apareció en la plataforma lord St. John enarbolando el Gran Sello del Estado. Todos prorrumpieron en el grito de:

—¡Viva el verdadero rey!

Durante unos minutos vibraron en el espacio los gritos y los sones de los instrumentos músicos y se vio una blanca nube de pañuelos que se agitaban, y en medio de todo ello a un muchacho andrajoso, la figura más conspicua de Inglaterra, que permanecía altivo y feliz en el centro del lujoso estrado, con los grandes vasallos del reino arrodillados a su alrededor.

Todos se levantaron y Tom Canty exclamó:

—Ahora, ¡oh rey!, recobra tus regias prendas y devuelve sus andrajos al pobre Tom Canty, tu criado.

El lord protector dijo:

—Desnudad a este bribón y encerradle en la Torre.

—No, por cierto —exclamó el verdadero rey—. A no ser por él, yo no habría recobrado la corona. Nadie le pondrá una mano encima para dañarle, y en cuanto a ti, mi buen tío y lord protector, tu conducta no muestra agradecimiento hacia este pobre muchacho, porque tengo entendido que te ha elevado a duque (el protector se ruborizó) y eso que no era todavía rey. Por tanto, ¿de qué vale ahora tu encumbrado título? Mañana me pedirás a mí, por su mediación, que te lo confirme, pues de lo contrario seguirás siendo simple conde.

Ante este sofión, Su Gracia el duque de Somerset se retiró de la primera línea.

El rey se volvió a Tom Canty y le dijo con cariño:

—Amigo mío, ¿cómo has podido recordar dónde escondía el sello, cuando yo mismo no podía recordarlo?

—¡Si supieras, rey mío, para lo que lo he usado!

—¿Lo has usado y no sabías explicar dónde estaba?

—No sabía lo que era. No me lo describieron, señor.

—Entonces, ¿para qué lo usaste?

La sangre coloreó las mejillas de Tom, que bajó los ojos y quedó en silencio.

—Habla, muchacho, y no temas nada —dijo el rey—. ¿Para qué usaste el Gran Sello de Inglaterra?

Tom titubeó un momento, acongojado y confuso, y al fin dijo:

—¡Para cascar nueces!

¡Diantre de muchacho! El aluvión de risas que acogió esta salida le levantó casi en vilo. Por si quedaba alguna duda respecto a que Tom Canty no era el verdadero rey de Inglaterra, ni estaba familiarizado con los augustos chirimbolos de la realeza, esta respuesta la disipó por completo.

Le quitaron a Tom de los hombros el regio manto de gala y se lo pusieron al verdadero rey, cubriéndole con él los pobres vestidos. Se reanudaron las interrumpidas ceremonias de la coronación.

El auténtico rey fue ungido y coronado, en tanto que los cañones atronaban el espacio para anunciar a la ciudad el fausto acontecimiento y todo Londres se estremecía en un aplauso de júbilo y entusiasmo.

CAPÍTULO XXXIII

Muy gracioso y pintoresco era Miles Hendon antes de adentrarse en el motín del puente de Londres, pero lo era mucho más al salir, pues unos rateros le limpiaron el poco dinerillo que tenía. De modo que si entró en el puente con algunos cuartos, salió de él con los bolsillos vacíos.

Pero lo importante para él era encontrar al muchacho. Como buen soldado, no quiso malgastar las energías y trazó a maravilla su plan de campaña.

¿Adónde podía dirigirse el muchacho? Nada más fácil, pues lo natural es que fuese a su primitiva guarida, que así es el instinto de casi todos los pobres que pierden la razón, exactamente igual que el de los espíritus cuerdos, pues al verse sin hogar y desamparados vuelven a su punto de partida. Sus miserables vestidos y el aspecto de aquel rufián que pretendía ser su padre dejaban comprender que su cobijo debía estar en los barrios más sucios y pobres de Londres. ¿Sería difícil encontrarle? No, lo probable era que le encontrase enseguida. No emprendería la caza del muchacho, sino la caza de una muchedumbre. Porque en el centro de una muchedumbre, pequeña o grande, tarde o temprano, hallaría a su pobre amiguito, ya que la sarnosa turba se entretendría insultando y molestando al niño, al conocer su locura de proclamarse rey. Pero Miles Hendon apalearía a algunos y se llevaría a su pequeño, a quien consolaría y alegraría con palabras cariñosas y de quien no volvería a separarse jamás.

Se encaminó Miles a cumplir su misión y durante varias horas recorrió callejones y calles infectas a la busca de grupos y cuadrillas, que halló a montones, pero sin el menor rastro del muchacho, cosa que le sorprendió en gran manera, pero no se desalentó. Esto en nada afectaría su plan de campaña. Lo único mal calculado era el tiempo, pues la campaña iba resultando larga.

Al amanecer del día siguiente notó que había recorrido muchas calles y examinado muchos grupos, y que el único resultado de ello era un cansancio más que regular, bastante hambre y mucho sueño. Necesitaba desayunarse, pero no tenía medios de conseguirlo. No se le ocurrió mendigar y en cuanto a empeñar su espada, más pronto hubiera decidido vender su honor. Podía prescindir de algunas de sus ropas, pero más fácil hubiese sido hallar un cliente para una enfermedad que para ropas como las suyas.

Le alcanzó el mediodía correteando entre la turba que seguía al cortejo real, pues pensó que aquel boato de la realeza llamaría poderosamente la atención del pobrecito loco. Siguió a la comitiva en sus revueltas por las calles de Londres y en todo el camino hasta Westminster y la abadía. Se mezcló entre la muchedumbre que se agrupaba en las inmediaciones y quedó siempre chasqueado, hasta que, al fin, se alejó tratando de concebir un medio de mejorar su plan de campaña. Cuando se despejó de sus meditaciones observó que la ciudad quedaba lejos y que iba declinando el día. Se encontró cerca del río y en el campo, en una comarca de hermosas fincas rústicas que no era precisamente la que había de dar buena acogida a un hombre de su pelaje.

Como el tiempo era templado, Miles se tendió en el suelo, al socaire de un seto, para descansar y pensar. El sueño no tardó en apoderarse de él y, mientras llegaba a sus oídos el atronar lejano de los cañones, dijo para sí: «Están coronando al rey», e inmediatamente se quedó dormido. Llevaba más de treinta horas sin dormir ni descansar; por tanto, no se despertó hasta bien entrada la mañana.

Se levantó renqueando, entumecido y medio muerto de hambre, se lavó en el río, se desayunó con uno o dos cuartillos de agua y se encaminó hacia Westminster, riñéndose a sí mismo por haber perdido tanto tiempo. El acoso del hambre le sugirió un nuevo plan: trataría de ponerse al habla con el viejo sir Humphrey Marlow y le pediría unas monedas, con las cuales... Pero interinamente puso manos a la obra; tiempo habría de reflexionar cuando saliera del primer apuro.

Serían las once aproximadamente cuando se acercó a palacio, y aunque se vio rodeado de un grupo de personas lujosas, que iban en la misma dirección, todos se fijaron en él, pues de ello cuidó su traje. El soldado observó atentamente los semblantes de todos, esperando hallar un alma caritativa que se dignara pasar un recado en su nombre al viejo teniente, porque no había que pensar en penetrar en palacio con aquella facha.

Pasó por su lado el «niño de los azotes» y, dando media vuelta, miró atentamente su extraña figura diciéndose:

—O este es el vagabundo que preocupa a Su Majestad, o yo soy un asno..., aunque me parece que lo he sido antes. Tiene sus mismas señas. Si Dios hubiera hecho a dos personas como esa habría sido abaratar los milagros por su inútil repetición. Quisiera tener una oportunidad de hablarle...

Miles Hendon le sacó del apuro, pues se volvió, como suele hacerse cuando alguien nos magnetiza mirándonos insistentemente por la espalda, y al observar un vehemente interés en los ojos del muchacho se encaminó hacia él y le dijo:

—Veo que acabas de salir de palacio. ¿Vives en él?

—Sí, señor.

—¿Conoces a sir Humphrey Marlow?

El niño se sobresaltó y dijo para su capote:

—¡Cielos! ¡Mi difunto padre! —y contestó en voz alta—: Sí, señor.

—¡Oh! ¡Cuánto me alegro! ¿Está ahí dentro?

—Sí —dijo el niño, y añadió para sí—: ¡Está dentro de la tumba!

—¿Quieres hacer el favor de ir a decirle de mi parte que deseo hablar un momento con él?

—Al momento, señor.

—Bien. Pues dile que Miles Hendon, hijo de sir Ricardo, le espera. Te lo agradeceré en el alma, amigo mío.

«No es ese el nombre que el rey le ha dado —dijo para sí el muchacho, con desencanto—. Pero qué más da; este es su hermano gemelo, y apuesto a que puede dar noticias del otro a Su Majestad».

Con este pensamiento, dijo a Miles:

—Entrad un momento aquí, señor, y esperad hasta que yo vuelva.

El lugar indicado por el niño era un entrante de la pared de palacio y allí se retiró Hendon en un banco de piedra que servía de refugio a los centinelas cuando llovía. Apenas se hubo sentado cuando pasaron unos alabarderos al mando de un oficial. Este le vio, detuvo a sus hombres y ordenó a Hendon que le siguiera. Obedeció el soldado y enseguida le prendieron por sospechoso que vagaba en las inmediaciones de palacio. Las cosas empezaban a complicarse, pero el oficial le mandó callar bruscamente y ordenó a sus hombres que le desarmaran y registrasen.

—Quiera Dios, en su infinita bondad, que encuentre algo —dijo el pobre Miles—. Bastante he registrado yo sin conseguirlo, no obstante ser mi necesidad más apremiante que la de ellos.

Después de mucho registrar sólo le encontraron un documento. Lo abrió el oficial y Hendon sonrió al reconocer los «garabatos» trazados por su amiguito en aquel largo día de Hendon Hall. El rostro del oficial palideció al leer los párrafos ingleses y Miles se echó a temblar al oír estas palabras:

—¡Cómo! ¿Otro nuevo pretendiente a la Corona? —exclamó el oficial—. Parece que hoy llueven del cielo. Coged a ese tunante y tenedle sujeto, mientras yo envío este precioso papel a Su Majestad.

Alejóse corriendo, después de dejar al preso al cuidado de los alabarderos.

—Aquí termina mi mala suerte —se dijo Hendon—, pues con seguridad que me veré colgado al extremo de una cuerda por esa endiablada escritura. ¿Y qué será de mi pobre muchacho? ¡Ah! ¡Sólo Dios lo sabe!

Vio aparecer corriendo al oficial y se revistió de todo su valor, con propósito de hacer frente a la situación como correspondía a un hombre. El oficial ordenó a los soldados que soltaran al preso y le devolvió su espada. Luego saludó respetuosamente y dijo:

—Señor, servíos seguirme.

Siguióle Hendon, mientras murmuraba:

—Si no fuera este el camino de la muerte y del juicio final, y no me viese en la necesidad de ahorrar los pecados, estrangularía a ese bribón por su burlona cortesía.

Atravesaron un patio lleno de gente y llegaron a la entrada principal de palacio, donde el oficial, haciendo otra reverencia, le entregó en manos de un palaciego espléndidamente ataviado, quien le recibió con profundo respeto y le acompañó por un gran vestíbulo a cuyos lados se alineaban soberbios lacayos (que se inclinaron cortésmente a su paso, pero desternillándose de risa ante aquel espantapájaros en cuanto volvió la espalda) y le condujo por una escalera entre una multitud de personas bien vestidas, hasta que por fin le introdujo en un gran aposento y cruzaron por en medio de la nobleza de Inglaterra; luego, con una cortesía, le recordó que se quitara el sombrero y le dejó en pie en medio del salón como blanco de todos los ojos; unos le miraban con ceño de indignación y otros con sonrisas burlonas y regocijadas.

Miles Hendon estaba desconcertado. Frente a él, a cinco pasos de distancia y bajo un rico dosel, se hallaba el joven rey con la cabeza inclinada hacia un lado y hablando con un gran duque.

Hendon pensó que ya era bastante triste verse sentenciado a muerte en la flor de la vida; no era menester aquella humillación tan señalada. Deseaba que el rey se apresurase, pues algunos de los encumbrados personajes que le rodeaban empezaban a molestarle. Al levantar el rey levemente la cabeza y verle la cara, se quedó casi sin aliento. Le miró con ojos de asombro y exclamó:

—¡Vamos! ¿Qué te parece? ¡El señor del reino de las quimeras en su trono!

Murmuró entre dientes unas palabras sin dejar de mirar y de maravillarse, y luego volvió los ojos alrededor para contemplar la espléndida concurrencia y el suntuoso salón, diciéndose: «¡Pero estos son de veras! Esto no es un sueño». Y volviendo a mirar al rey pensó: «¿Es esto un sueño..., o es ese el verdadero soberano de Inglaterra y no el desdichado muchacho que yo le creía? ¿Quién me saca de esta duda?».

Brilló en sus ojos una idea repentina, que le impulsó a dirigirse a la pared, coger una silla, plantarla de un golpe en el suelo y sentarse en ella.

Un murmullo de indignación se extendió por la sala y una mano le tocó en el hombro, mientras una voz exclamaba:

—¡Levántate, payaso desvergonzado! ¿Osas sentarte en presencia del rey?

Este incidente llamó la atención del monarca, quien exclamó con un ademán:

—¡Que nadie le toque! ¡Está en su derecho!

Los magnates retrocedieron estupefactos y el rey agregó:

—Sabed todos, damas, lores y caballeros, que este es mi fiado y queridísimo servidor, Miles Hendon, que interpuso su excelente espada y salvó a su príncipe de un daño corporal y quizá de la muerte... Y por eso es caballero, por nombramiento del rey. Pero no es esto sólo, sino que salvó de los azotes y de la vergüenza a su soberano, recibiéndolos en su lugar; por este acto es par de Inglaterra y conde de Kent, y tendrá oro y tierras cual pertenecen a su dignidad. Más aún: el privilegio que acaba de ejercer le corresponde por concesión real, pues así lo hemos ordenado, que él y sus sucesores legítimos tengan el derecho de sentarse en presencia de la Majestad de Inglaterra de hoy en adelante, generación tras generación, mientra subsista la Corona. No le molestéis.

Dos personas se habían retrasado y sólo hacía que estaban en la habitación cinco minutos. Al oír aquellas palabras miraron al rey y después al estrambótico personaje, y luego otra vez al rey, quedándose paralizados de estupor. Se trataba de sir Hugo y lady Edita. Pero el nuevo conde no los vio, pues no cesaba de mirar al monarca como un hombre atontado y diciendo para sí:

—¡Mísero de mí! ¡Este es mi mendigo! ¡Mi chiquillo loco! ¡Este es aquel a quien yo quería demostrarle la grandeza de mi casa con setenta habitaciones y veintisiete criados! ¡Este es el que creí que nunca había visto ni tenido nada más que andrajos para vestirse, puntapiés por consuelo y piltrafas por manjares! ¡Este es el que yo quería adoptar para hacerle un hombre! ¿Quién me dará un saco para meter la cabeza?

Y, reflexionando, recordó sus modales y cayó de rodillas, tomando las manos del rey, y le juró fidelidad y le rindió homenaje por sus tierras y sus títulos. Levantóse luego y se puso respetuosamente a su lado, y todos los ojos estaban fijos en él y todos le envidiaban.

Miró el rey a sir Hugo y dijo con voz solemne y encendidos ojos:

—Despojad a ese ladrón de su falso boato y de sus bienes robados y encerradle bajo llave hasta que yo disponga de él.

Un retén de guardias prendió a sir Hugo.

Se notó cierto revuelo en el otro extremo del salón. Dejaron libre el paso y Tom Canty, lujosamente vestido, pero de un modo raro, avanzó entre la muralla viviente precedido de un ujier y se arrodilló delante del rey, quien le dijo:

—Me he enterado de cuanto ha pasado en estas últimas semanas y estoy muy satisfecho de ti. Has gobernado el reino con gentileza y humanidad, como un verdadero rey. ¿Has encontrado a tu madre y a tus hermanas? Bien. Se proveerá para ellas, y tu padre será ahorcado, si lo deseáis y la ley lo permite. Sabed todos los que me oís que, desde este día, los que estén recogidos en el Hospicio de Cristo y disfruten de la bondad del rey recibirán alimento para el alma y el corazón, lo mismo que para el cuerpo, y este niño vivirá allí y desempeñará el primer puesto en su honorable junta de gobernadores durante toda su vida. Y teniendo presente que ha sido rey, es muy justo que merezca algo más que la observancia vulgar; por consiguiente, fijaos en el traje de gala que lleva, pues será su uniforme especial y nadie podrá copiarlo, y dondequiera que vaya recordará a las gentes que durante unos días ha sido rey, y todos le guardarán respeto y le saludarán con reverencia. Tiene la protección del Trono, el apoyo de la Corona, y será conocido y llamado por el honroso título de «Pupilo del rey».

Lleno de gozo y satisfacción, se levantó Tom Canty y besó la mano del monarca, de cuya presencia se alejó con la debida cortesía.

Enseguida voló al lado de su madre y de sus hermanas, Nan y Bet, contándoles lo ocurrido para compartir con ellas su felicidad.

CONCLUSIÓN

Pasado algún tiempo, Hugo Hendon confesó que su esposa se negó a reconocer a Miles porque él se lo había ordenado, advirtiéndole que si le desobedecía la mataría. Y como ella le contestó que prefería morir a negar a Miles, le respondió que mandaría asesinar a su hermano. Esta fue la razón por la cual la dama cumplió su palabra.

Así y todo, ni lady Edita ni Miles quisieron que se le castigase, ni por sus amenazas ni por su usurpación de bienes y títulos; por tanto, Hugo no fue perseguido. Dejó a su mujer y a su familia y salió para el continente, donde murió enseguida. Y cuando se cumplió el luto, se casó su viuda con el conde de Kent. Se celebraron espléndidos festejos en el pueblo de Hendon cuando se presentaron los recién casados por primera vez en Hall.

Del padre de Tom Canty no se volvió a saber nada.

El rey dio orden de buscar al labriego que había sido marcado y vendido como esclavo, le apartó del mal camino y le puso en vías de ganarse el pan honradamente.

También sacó de la cárcel al viejo abogado, a quien perdonó la multa. Proporcionó un hogar confortable a las hijas de las mujeres baptistas, a las que vio quemar, y castigó al alguacil que descargó sobre las espaldas de Miles Hendon los no merecidos azotes.

Les perdonó el castigo en las galeras al muchacho que robó el halcón perdido y a la mujer del retal de paño, pero llegó demasiado tarde para salvar al hombre convicto de haber matado un ciervo en el bosque del rey.

Favoreció al juez que se apiadó de él cuando le acusaron de haber robado un cerdo y tuvo la satisfacción de verle elevarse en la estimación pública y convertirse en un hombre insigne, a quien todo el mundo respetaba.

Durante toda su vida gustó el rey de referir la historia de sus aventuras, de cabo a rabo, desde la hora en que el centinela le echó de un pescozón de la puerta del palacio hasta la noche en que, con malicia, se mezcló entre una cuadrilla de obreros y así penetró en la abadía y se ocultó en la tumba del Confesor; allí estuvo durmiendo tan a gusto que poco faltó para que perdiese la ceremonia. Decía que el recuerdo constante de su valiosa lección le alentó en su propósito de que sus enseñanzas beneficiaran a su pueblo, y así, mientras viviese, seguiría refiriendo la historia para mantener perenne su triste significado y rebosantes en su corazón los manantiales de piedad.

Miles Hendon y Tom Canty gozaron de la privanza del rey en su breve reinado, y le lloraron sin consuelo cuando murió. El conde de Kent tenía demasiado talento para abusar de su singular privilegio y sólo lo ejerció dos veces: una, cuando el advenimiento al trono de la reina María, y otra, en la coronación de la reina Isabel. Un descendiente suyo usó de él al subir al trono Jacobo I. Había pasado casi un cuarto de siglo antes de que el hijo de este descendiente ejerciera su derecho, por lo cual el «privilegio de Kent» se había borrado de la memoria de muchas gentes. Así, cuando el Kent de esta época se presentó en la corte de Carlos I y se sentó en presencia del soberano, para afirmar y perpetuar el derecho de su casa, se produjo un verdadero revuelo; pero no tardó en explicarse el asunto y el derecho se confirmó. El último descendiente de este título cayó luchando por el rey en las guerras de la república y el singular privilegio terminó con él.

Tom Canty vivió muchos años, convertido en un viejecito guapo, con el pelo blanco y de aspecto bonachón. Mientras vivió, recibió honores y se le tributaron las debidas reverencias, pues su extraño y peregrino traje recordaba a las gentes que «en una ocasión fue rey». Y doquiera que se presentaba le abrían paso y se decían unos a otros: «Descúbrete, que es el pupilo del rey», y le saludaban, y recibían de él una sonrisa amable que tenían en mucha estima, porque era honrosa la historia de Tom.

Sí, el pobre Eduardo VI vivió pocos años, pero con dignidad. Más de una vez, cuando un gran dignatario o encumbrado vasallo de la Corona dirigía un reproche contra su lenidad, alegando que la ley que se proponía modificar era harto suave para su objeto y no ocasionaba padecimientos ni opresión de gran importancia, el joven rey volvía hacia él la triste elocuencia de sus hermosos y compasivos ojos y respondía:

—¿Qué sabes tú de sufrimientos y opresión? Eso lo conocemos yo y mi pueblo, pero tú no.

El reinado de Eduardo VI fue especialmente benigno para aquellos duros tiempos. Ahora que nos despedimos de él, tratemos de guardar en la memoria un recuerdo en su honor.

ÍNDICE